LOCUS

LOCUS

LOCUS

LOCUS

mark

這個系列標記的是一些人、一些事件與活動。

mark 55 名爲西藏的詩

作者：唯色

責任編輯：李惠貞

美術編輯：楊雯卉

法律顧問：全理法律事務所董安丹律師

出版者：大塊文化出版股份有限公司

台北市105南京東路四段25號11樓

www.locuspublishing.com

讀者服務專線：0800-006689

TEL：(02) 87123898　FAX：(02) 87123897

郵撥帳號：18955675　戶名：大塊文化出版股份有限公司

版權所有　翻印必究

總經銷：大和書報圖書股份有限公司

地址：新北市新莊區五工五路2號

TEL：(02) 8990-2588 (代表號)　FAX：(02) 2290-1658

製版：瑞豐印刷事業有限公司

初版一刷：2006年 2 月

初版三刷：2011年 12 月

定價：新台幣 380 元

Printed in Taiwan

名為西藏的詩

唯色⊙著

目錄

I 拉薩？拉薩！｜7

帕廓街：喧嘩的孤島｜21

往日的法王之宮｜51

我的德格老家｜66

薩嘎達瓦——西藏的「窮人節」｜101

II 噶瑪巴在西藏時的故事｜113

尼瑪次仁的淚｜139

一個本教活佛的故事｜149

丹增和他的兒子｜157

記一次殺生之旅｜173

III 在哲蚌寺｜195

在輪回中永懷摯愛｜200

在二〇〇〇年的前夜｜215

二十一個片斷｜231

半個蓮花，燦如西藏｜253

IV 被塵封的往事｜263

藏傳佛教是鴉片嗎？｜279

布達拉宮的淪落｜307

烏金貝隆之旅：是尋找還是逃亡？｜329

表述西藏的困難｜345

後記｜363

西藏，我生生世世的故鄉，
如果我是一盞酥油供燈，
請讓我在你的身邊常燃不熄；
如果你是一隻飛翔的鷹鷲，
請把我帶往光明的淨土！

從古格王宮廢墟上殘缺的窗戶往外看去，
能看見什麼呢？

I

拉薩？拉薩！

拉薩？拉薩！——叫我如何說好？

比如，有一年藏曆新年的早上，我在拉薩的轉經路上追隨著兩百多個磕長頭的僧尼，用並不高級的相機和並不出色的攝影技術，捕捉著少有的如此壯觀的集體磕長頭的情景——遠處，八瓣蓮花狀的群山之巔覆蓋著昨日的大雪，往上是藍得令人心醉的晴天和大團白雲，但只要將鏡頭稍稍拉近，都是些什麼呀：縱橫交錯的電線，高低錯落的瓷磚樓房，鱗次櫛比的商店和飯館，川流不息的車水馬龍，連街上的行人也清一色與漢地同步的入時裝束。拉薩的轉經路有大半是從鬧市中穿過，因此兩百多個僧尼要從鬧市中磕著長頭，匍匐而行。有時候正好要穿過熙熙攘攘的十字路口。年紀小的、差不多八九歲的僧尼（有幾個小阿尼很清秀）會有些緊張、也有些好玩地咯咯笑著飛跑過去；年紀大的卻目不斜視，堅定地望著前方，兀自頗有節奏地三步一個等身長頭。被擋住的轎車、越野車、計程車、麵包車等等車輛，大多會耐心地等候著；也有的一個勁地撳響喇叭，十分煩躁的樣子。臉膛黝黑的交通警察也比平日裡多增加了幾位。那些為生計忙碌的人們：騎三輪的、修鞋子的、擺地攤的、搞裝修的、買涼粉的（多為漢地來的民工）依然忙碌著；拉薩的老人們依然牽著名叫「阿不索」的卷毛狗或額頭被染紅的放生羊，在散步似地悠閒轉經。也有在這個季節寥寥無幾的遊客模樣的人在興奮地拍照，誇張地驚歎。

我和我的朋友林潔，一個把頭髮剪成男孩似的、三年前來到拉薩就不想再走（當然她後來還是回去了）的北京女子，一直跟在磕長頭的僧尼們的旁邊。我倆都拿著相機，被他們以爲是來旅遊的遊客。我漸漸地有些不自在了，暗自思忖：我是誰？——旁觀者？觀察者？還是熱衷於獵奇的攝影愛好者？還是（我其實渴望成爲的）見證人？還是，在族系上與他們同屬一脈的西藏人？我想知道什麼，記錄什麼，或者說穿了，僅僅是好奇什麼呢？我能夠從這些僧尼被破碎的酒瓶劃傷的赤腳，被堅硬的水泥地面磕破的額頭，以及冬日裡仍流淌著汗水的臉上看出什麼呢？我有時和他們說話，但我怎麼可能由此便知曉他們的內心世界？他們在鬧市中匍匐而行，神態裡有著一種抑止不住的幸福，仿佛此刻是他們最幸福的時刻，所以他們一直微微地笑著，而這種微笑卻與塵世無關。

他們已經這樣磕了好幾天了。先是幾十個，漸漸地越來越多，那些從遠方磕著長頭剛到的、或已在拉薩一帶雲遊多年的僧尼紛紛加入進去，使那年冬天的拉薩城終日被一條絳紅色的河流環繞著。但聽說已被勒令是最後一天了，當局很不滿如此醒目的磕頭長隊。我是昨天才看見的。昨天正午，在娘熱路口那金色的拙劣的彎弓搭箭的騎士銅像一側，拉薩無數熱氣騰騰的火鍋餐館中的一個——「金爾金」，其明晃晃的藍色玻璃門前的停車場上突然間出現了一片絳紅色，那正是他們磕頭至此，稍作休息並按寺院的慣例以齊聲誦經的方式完成午課。這一情景引來了人頭攢動的圍觀者，許多異族人的神情既好奇又分明滿懷不解。可他們不爲所動，在一位蒼老領誦師的主持下，在彌散著隔夜火鍋辛辣餘味的餐館門口，神情莊嚴地行施了佛事。值得一提的是，當他們挨肩接踵地

偶然在路上遇見的兩個磕長頭的康地女子，拉薩是她倆的終點。

穿過布達拉宮下面的菜市場（那是拉薩最大的菜市場），穿過堆滿鮮紅肉塊而且肉渣正被砍得四濺的肉案，穿過盛滿遊弋著「拉薩魚」或「內地魚」的大盆小桶，先是不禁駐足，搖頭咋舌，又似有些無措，這樣愣了一會兒，他們突然放開喉嚨，近乎吶喊一般朗誦起經文來。他們一邊熱烈地朗誦，一邊大步向前（菜市場又擠又髒，無法磕長頭），聲音和動作中洋溢著強烈的情感，使菜市場裡所有的人目瞪口呆。我向其中一位喇嘛打聽，他說這裡面充滿了殺生的氣味，所以要為那些被殺的眾生祈禱。

　　後來，我給內地的一位朋友打電話，突然有些結巴。不過，我還是提及了……拉薩的耀眼陽光……大昭寺廣場上的眩暈……帕廓街的魔力

……甜茶館磁石般的吸引力；提及了，那些親切的寺院，那些寺院裡親切的佛像和親切的喇嘛，以及……像我這樣一個不倫不類的人──血統或骨頭，藏地和漢地，帶有康巴味的拉薩話與夾雜四川口音的普通話，諸如此類。我終究還是沒有說出那一行穿過血腥菜市場的祈禱隊伍。那兩百多個磕長頭的僧尼啊，我如何才能懂得你們？而電話的那頭，一個人的嗓音明顯南方地隨著電流的沙沙聲遠遠傳來……或許，這就是你的方向，你的這種恍惚，這種身份的無法定位，恰恰是你的，而不是別人的……

可是，我想要說的並不是我呀。我只想說一說拉薩。說一說拉薩這個古老的坎坷的際遇繁多的城市，可以在當時當地就呈現出各種光線交錯下的各異圖像，但這是多麼不容易說清楚啊。

有一次，我和一位剛從內地來的打扮得像登山者的朋友，並肩騎車在初冬拉薩的北京中路上，看上去顯得過於蒼白的他仰頭喝了一口可口可樂，突然感慨道：「這可樂的味道和北京的不一樣。」當時我正緊張地注意著從我們跟前急駛而過的汽車，對他的話並未留心。「你知道為什麼不一樣嗎？當然，可樂還是可樂，不一樣的只是這個環境，」他的聲音裡流露出某種異樣，「比如吃火鍋就得在成都，那裡的潮濕，甚至那裡人說話的腔調都和火鍋相適宜，換了地方就沒有那種味道了……」我頓時很受啟發。如此說來，地域顯然具有一種奇怪的力量，卻又十分地隱秘，它使人的這些感覺，像味覺、嗅覺甚至觸覺、視覺等等，在此地如此，但在彼地便不如此了，這似乎取決於諸如氣候、地理等因素。可是還有一些什麼呢？一罐可樂都如此，那麼其他的呢？

拉薩的天空，顯現美麗的彩虹。（攝影：尼瑪次仁喇嘛）

還有一個朋友，與我情同手足的馬容，曾在拉薩待過幾年，一邊替人畫畫一邊東遊西蕩，後來她回到蘇州老家那江南的溫柔之鄉，回想記憶中的拉薩這樣寫到：

　　　　我首先要去的地方是拉薩，那個聖地的中心，那麼多那麼多的人，一生的願望，僅僅是到拉薩去朝拜佛祖，我於是想，現實中是否真有這樣一座城市能與這種聖潔而崇高的願望相對等？當人們傾其所有，經歷種種苦難來到拉薩，是否只會感到一種真切的失望與失落？或者，他們來到拉薩，看到、想到的依舊是他們心中的拉薩，而現實的拉薩，只是一個暫時的存在，就像我們紙上的字？再或者，像我心中秘密的希望那樣，拉薩高高在上，純淨一如天國。

　　　　我在拉薩生活、工作。一旦落入現實，所有的俗套照樣重演，一樣活得仿佛塵埃，在拉薩強烈的日照裡也是同樣。同樣茫然地製作著各種世俗的悲歡。我已經看不見那個被我臆造的拉薩，看不見被我虛構的西藏了。

　　　　我常常在黃昏時和朝佛的人們一道轉經。繞著大昭寺，一遍一遍信步走著，四周滿是搖著經筒的信徒，而我在異族的人流中，一如既往地體會著重新的也是熟悉的孤獨，僅僅因為手無寸鐵而格外膚淺麼？可憐的好人，懷中沒有信仰，頌著六字真言也是枉然。

　　而在寫下這些文字的時候，自稱是「逃跑的孩子去西藏」的馬容卻沒有想到，三年後當她再一次來到拉薩，已是個皈依佛門的朝聖者了。

因為我總是十分感性地、直覺地描寫事物在我心中引發的觸動，而且我總是有所偏重和傾向，難免不會挂一漏萬，所以，在這裡，我要引用曾走遍全藏各地並多次到過拉薩的漢人作家王力雄，用現實主義的筆觸如實地、客觀地評說今日拉薩的文字：

　　……拉薩是藏人心目中的聖城。世世代代，無數藏人的最高心願就是一生中能到拉薩朝聖。為了那個目的，他們甚至不惜傾家蕩產。……拉薩乞丐之多……其實那些乞丐中的相當一部分就是前往拉薩的朝聖者，因為花光了盤纏或供奉了全部錢財而無法返回老家，才淪為乞丐的。他們對此心甘情願。

　　……當年在西方人心目中，拉薩就是西藏的化身。幾個世紀以來的西方探險者在其艱苦卓絕的行進路上，方向全指著拉薩。凡沒有達到拉薩者，在成績單上皆顯得黯然失色，如同就沒到過西藏。

　　……今天情況則全然不同，拉薩成了西藏境內最容易達到的地方。成都、北京、西安的航線直達拉薩，僅需要幾個小時的飛行。站在拉薩街頭，會產生置身於中國內地城市的感覺。整個拉薩城裡擠滿了南來北往的外地人，朝聖的藏人只占很小比例，大多數是做生意或打工的漢人、回人，還有形形色色的旅遊者和出差的中國公務人員。如果只到過拉薩，在今天反會被認為沒到過西藏。拉薩不僅已經越來越失去了聖城的神聖光環，而且在很大程度上已經失去了西藏特色。

　　……（一九五○年前），拉薩城區只有三平方公里，現在擴展到

磕長頭的藏人在小昭寺門口祈禱。

　　了五十一平方公里。當年一下雨就泥濘不堪的幾條土路，現在延伸
為總長一百五十多公里的城區柏油路。比起往日垃圾遍佈、野狗和
乞丐到處遊蕩的拉薩，新建築日新月異地崛起，遮蔽古老藏式建
築。可以說除了高聳的布達拉宮，今天的拉薩已經完全沒有了過去
的模樣。

　　……除了城市面貌改換，最使拉薩變了味道的，是那數千家林

全藏地最神聖的佛像，是大昭寺的釋迦牟尼十二歲等身佛像。

上→磕著長頭轉帕廓。

下→在大昭寺前做「曼紮」的老人。

有一年藏曆新年的早上，我遇見兩百多個磕長頭環繞拉薩的僧尼，這個小阿尼和這個小紮巴就是其中兩個。

立街道兩旁的飯館、酒吧、商店、歌舞廳、夜總會等。拉薩市區總共不到十二萬的城鎮人口（一九九四年末為十一萬七千七百五十三人），竟然有一萬三千多個個體工商戶，可想經營風氣之盛。過去的拉薩之所以被稱作「聖城」，在於它是宗教聖地，是藏傳佛教中心。那時儘管也存在世俗的尋歡作樂，但是皆在宗教至高無上的神聖籠罩之下。今天的拉薩則完全不同，即使重新恢復了寺廟，有了眾多僧人，各地的藏人百姓也前來朝拜，然而世俗生活已經在拉薩佔據了絕對主導地位。拉薩街頭，形形色色的門面招牌交相輝映，叫賣、拉客的吆喝此起彼伏，三陪小姐花枝招展，烹調油煙四處彌漫，拉薩從過去的聖城變成了一個物質豐富、生活舒適的世俗城市，欲望湧動，貪婪橫流。以佛教的眼光，肯定是世風日下，人心不古。

──此番評說，我相信肯定能夠引起在拉薩生活和生活過的人們共鳴。因為我即是如此。但無論如何，至少，我們今天還能夠看見那兩百多個連續幾日三步一個等身長頭圍繞拉薩全城的朝聖隊伍。這很重要，也彌足珍貴，儘管已屬罕見。我覺得，他們是拉薩城裡的彩虹，是從天上幻化到人間的彩虹，是轉瞬即逝卻又不時出現的彩虹。他們使拉薩終究還是拉薩。何況，還有些彩虹似的美麗深藏在鬧市甚至濁世之中。

　　就像有一年在一次漫長的旅行結束之後，在驀然出現於距離拉薩百多公里的當雄上空的兩道彩虹護送下，我回到拉薩。那彩虹的異樣之美久久地駐留心間，使我眼中的拉薩發生了變化。本來，拉薩已經變成了……這樣一個地方，而且當時拉薩的天空並沒有彩虹的影子或者彩虹已然消失，可是我卻分明感覺來到了彩虹升起的地方。拉薩的天空佈滿了隱形的美麗彩虹。彩虹的綺麗之光照徹了我們蒙塵的內心。許多年前，拉薩使一個無比嚮往它的異國人感歎的一句話──「在一個已經不存在多少秘密的世界上，這裡所有的一切看上去都是十分可能的」──此刻似乎仍舊如此，似乎尚未過時。我甚至覺得需要重新認識拉薩。是的。重新認識這個古老的、坎坷的、際遇繁多的──拉薩？拉薩！

二〇〇二年二月十二日藏曆水馬年前夕於拉薩

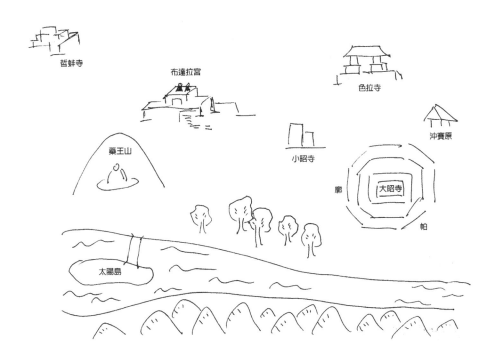

手繪拉薩老城圖：哲蚌寺——哲蚌貢巴，布達拉宮——孜布達拉，小昭寺——繞木齊，
色拉寺——色拉貢巴，大昭寺——祖拉康，藥王山——夾波日，太陽島——古瑪林卡。

上→轉帕廓。

下→帕廓街的攤上琳琅滿目，還夾雜著毛澤東的塑像。

帕廓街：喧嘩的孤島

當黎明尚未來臨，天色依舊黑暗，拉薩城裡——尤其是東邊的那一條老街——已經甦醒了。紛紛走出家門的多是老人，他們總是那樣，念珠和嘛呢輪從不離手。有的還牽著小小的哈巴狗或長毛拖到地上的卷毛狗；有的身邊緊跟著眼神竟如人一般含情、身上染著紅顏色的羊，這是些再無宰殺之虞的放生羊。許多人都帶著像裙褿一樣的小白布口袋，上面繡著吉祥圖案，垂掛著彩色穗線，兩邊各裝有糌粑、青稞和香草，那是供奉給神佛的最早的食物，沿途的轉經路上都有盛放這些食物的器皿——白色的香爐或者途中某一處特殊的地方。

一天的禮拜開始了。當一部分人還在沉睡的時候，另外的一部分人已經以這樣的方式向心中的神佛表達著深情。信仰使人如此不同，拉薩城裡所有的轉經路可以為證。

在所有的轉經路上，唯一的、永恆的方向是順時針方向。而被稱為「帕廓」的轉經路啊，多少年來，在每一個日子，以它最接近大昭寺裡的「覺仁波切」（佛祖釋迦牟尼）的神聖位置，最先迎接的便是這樣的人流。

在從前修建「祖拉康」（大昭寺）的時候，觀世音的化身松贊干布帶著度母王妃們，就住在這朝暮可聞水聲的「吉雪臥塘」湖畔，壁畫上猶如堡壘似的石屋和篷帳是帕廓街最早的雛形。像曼陀羅一樣的房子建起

來拉薩賣酥油的藏北牧人。

來了，無價之寶的佛像住進去了，自稱「赭面人」的「博巴」（西藏人）像眾星捧月，環繞寺院，紛紛起帳搭房，把自己的平凡生活和諸佛的理想世界緊緊地聯繫在一起，炊煙與香火，錙銖與供養，家常與佛事，從來都是相依相伴，難以分離……

　　在一幅從前繪製的著色的拉薩全貌圖上，不算那些零零星星的白房紅廟，整座為河流和樹木圍繞的城郭之內只有兩大部分：高踞於山巔之上、有著「火舌般的金色屋頂」和千扇紅框窗戶、數百級迂迴階梯的法王之宮——布達拉宮，以及右邊仿若壇城之狀的大昭寺。這幅具有西藏傳統繪畫風格的拉薩之圖，全然是一個在寫實的基礎上加以抽象化的二度

平面空間，美若仙境，其實仙境也不過如此。但在大昭寺的周圍，從一群如蟻般大小的來自遠方的商賈身上，我彷彿看見了一個充滿著濃郁的生活氣息的熱烈人間。

人們都說，帕廓街不僅僅是提供轉經禮佛的環行之街，而且是整個西藏社會全貌的一個縮影。

——從前，高高的布達拉居住著觀世音的化身，帕廓街才是形形色色的凡夫俗子聚集之處。在這裡，除了身著錦鍛長袍、頭頂瓏玉髮髻、耳垂黃金長墜、出門就要騎馬的達官貴人，平民中最為醒目的是那些或者走南闖北或者就地經營的商人。其中有出售絲綢、珠寶、器皿、茶葉甚至騾馬的生意人，有以種種手藝為生的裁縫、木匠、畫師、地毯紡織工、金銀煆造匠、木石雕刻工等手工藝人，也有帶著本地特產從遠方近郊趕來的打算以物易物的農夫和牧民，正是這些人使這條不規則的圓形之街琳琅滿目，充滿生機。還有托缽的雲遊僧、虔誠的朝聖者和快樂的吟遊歌手，還有四處流浪的乞丐和戴枷遊街的罪犯，以及被人瞧不起的鐵匠、屠夫和天葬師。而且，「不僅有土著，還有大批他鄉之客」——這是十八世紀初到過拉薩的一位天主教教神父說的，他們是漢人、蒙古人、印度人、尼泊爾人、喀什米爾人（多的是穆斯林）和膚色白皙的不丹人，和不斷出現的幾個靠化裝混入的「夷人」（西方人）。

西藏的女人是可以拋頭露面的。因此，在這條街上，既能看到衛藏的貴婦頭戴蜂巢似的環狀木框上嵌滿寶石的「巴珠」頭飾，也能遇上康和安多的牧女編著一百零八根長辮，環佩叮噹，滿面塗著黝黑的油脂遮掩了漂亮的容顏。至於本地的姑娘們，除非節日才著盛裝，平日裡總是

帕廓街上的「阿佳」（大姐）與模特兒。

帕廓街吸引著各地遊客。

清清爽爽的一身，顯得十分優雅；她們似乎都是美人，也比較矜持，當時流傳著這樣一首歌謠：

　　拉薩帕廓街裡，窗子多過門扇；
　　窗子裡的姑娘，骨頭比肉還軟……

　　太陽漸漸上升了，大昭寺門前的香爐裡冒出的桑煙依然嬝繞不絕。帕廓街似乎每天都一樣，似乎今天也和昨天一樣，似乎中間從未有過中斷：轉經的轉經，遊蕩的遊蕩，買賣的買賣（這些角色常常是會相互轉

換的）。似乎從過去到現在，依然還是那些人──「土著」和「他鄉之客」，不一樣的只是各人的面目，各自的裝扮；還是那些滿目的琳琅，仿佛少有變化，甚至充斥各個小攤的氆氌（一種手工羊毛織品）和卡墊、長刀和火鐮、銀盃和木碗、「嘎烏」（裝有佛像等聖物的護身盒）和燈盞、銅佛和唐卡、法號和白螺，仿佛過去就擺放在那裡，至多有一些褪色或鏽跡，這更增添了一種亙古歲月的滄桑（有時候，寧願忘記那些面目全非的往事，所以要說那麼多的似乎）。

各種各樣的聲響：喃喃低語的誦經之聲，叫賣貨物的吆喝之聲，叮鈴噹啷的滿身首飾，嘰嘰喳喳的各地語音，混雜著從小攤上、小店裡傳出的咦咦呀呀的印度流行歌曲、交叉著藏語和漢語的西藏現代歌曲，以及被稱為「囊瑪」的從前的高雅樂曲、以及用吐字鏗鏘的康方言說唱的沒完沒了的格薩爾，而在由這些聲響彙聚而成的鬧市中，突然出現的穿透滾滾紅塵的激越而清亮的最高音，是那些磕著等身長頭終於來到拉薩的遠方藏人發出的，他們挨肩接踵、義無反顧又不乏喜色地撲向帕廓街的地面猶如在做最後的衝刺，那手中已破的木板與大地相摩擦的巨大聲響，和那飽受風霜的身體倒在大地的沉重聲音令人怦然心動，人們紛紛為之讓出一條路來。

各種各樣的氣味：真假難辨的古董的陳舊氣味，美麗絲綢的幽幽香味，梵香、藏香、印度香等香料的濃香之味、有人家的窗戶裡或附近的茶館裡飄出的咖哩味和甜茶味，混合著擦肩而過的羊皮長袍和狐狸皮帽裡的動物膻味，以及遊客──尤其是金髮碧眼的老外──身上濃烈的體味和撲鼻的香水味……而在這所有的氣味之中，充溢不在的是酥油味，仿

佛所有的東西都是從酥油裡取出來的，所有的人和物，只要從這條街上經過，都會染上酥油那聲牛奶香濃郁的味道。這就是白日的帕廓街，從來都是熙熙攘攘如故，喧喧嘩嘩如故，一直到夜幕降臨。

帕廓街啊，它緊傍著寺院，卻坦然地洋溢著一種世俗的快樂。

像西藏這樣一個節日繁多的地方，有多少節日與帕廓街有關呢？

過去，最盛大的莫過於新年時的「默朗欽莫」傳昭大法會。那時候，大昭寺和帕廓街是法會和節日的中心，三大寺成千上萬的僧侶來到這裡，舉行講經、辯經、驅鬼、迎請彌勒絳巴佛、供奉用酥油製作的大型「朵瑪」（一種供品）等活動，各地的朝聖者也趕在這時像潮水一般湧入拉薩，無數的商人和小販乘機聚集而來，雲遊各地或附近寺院的僧侶也蜂擁而至。那時候沒有警察，所以總是從哲蚌寺選出一些體魄強壯的僧人來維持秩序，雖說人們都稱他們是「鐵棒喇嘛」，其實他們拿的是長長的木棒，當然如果有人搗亂，「鐵棒喇嘛」手中的傢伙是不會留情的。期間，最激動人心的是正月二十五日，爲了祈請未來佛早些出世，由精心挑選的僧人將大昭寺內的一尊呈站立姿勢的絳巴佛像，恭恭敬敬地抬上裝飾一新的四輪木車上，而後沿帕廓遊歷一圈，彼時萬頭攢動，群情激奮，禱告之聲訇響，可謂蔚爲壯觀。同樣隆重的是在正月十五日，將巨大的彩色酥油浮雕供放在高高地豎立於帕廓街的木架上，當滿月高懸天空，無數盞供燈齊放光明，天上人間，輝映成一片；由最潔淨的僧侶之手虔心捏成的酥油「朵瑪」上，被安詳的飛禽走獸和美麗的奇花異草環繞的諸佛菩薩栩栩如生，無比燦爛。

我在帕廓街上只看見過兩個節日。一個是藏曆十月二十五日的「燃燈節」，西藏人稱之為「甘丹安曲」，是為了紀念六百多年前的一代宗師——宗喀巴。當夜，整個帕廓街上家家酥油燈，人人頌三寶，用來供祀的香草已經添滿香爐，沖天的火光宛如更大的燈盞，許多孩子手提自製的紙糊燈籠，嘻笑著跑來跑去，在他們的心中，是「杰宗喀巴」送給了他們一個無比明亮的快樂之夜。

　　還有一個是拉薩的婦女節「白拉日珠」。這與大昭寺內供奉的女神白拉白東瑪有關。因為她長著一張蛙臉，所以平時總是用布蒙著，每年只有一天可以掀開來以供信徒們瞻仰。她的左邊是三目圓睜、露齒而笑的女神白拉姆。雖然在藏傳佛教的觀念中，她倆都是萬神殿中居首位的女護法、也是大昭寺乃至拉薩的大護法——班丹拉姆（吉祥天女）示現的不同法相，但在民間的傳說裡，她倆卻是班丹拉姆的女兒。小女兒白拉姆聰明勤快，又十分孝順，深得母親喜愛，而大女兒白拉白東瑪卻不聽話，偷偷地和護送文成公主所帶來的釋迦塑像的力士赤尊贊相愛，令班丹拉姆大為生氣，將赤尊贊從大昭寺驅逐到拉薩河的南岸，雖經女兒苦苦哀求，一年也只許相會一次。於是，每年的藏曆十月十五日，由大昭寺的僧人背著掀開了面紗的白拉白東瑪繞帕廓一圈，當轉至南邊的拐角處時稍作停留，讓背上的女神和河那邊已經成為執掌氣候的保護神的情人遙遙相對片刻，以解相思之苦。不知出於何種情由，這個名為「吉祥天女遊幻節」的日子成了拉薩婦女的節日。在這一天，拉薩的女人們都要盛裝以飾，手持燃香，口唱頌歌，跟在背著女神的僧人後面也繞帕廓一圈，然後回到寺院再行叩拜之禮。不過，如今背負女神繞行帕廓的習

來拉薩朝佛的牧人母子。

俗已被取消，但女神的面紗還是要掀開，拉薩的女人們還是會打扮一番，紛紛前來拜謁。

我想我是一個有著「帕廓情結」的人。其實許多人都有著「帕廓情結」。

我曾經說過，帕廓街具有一種強烈的戲劇感，足以讓人在輕微的暈眩之中忘記現實。說起來，暈眩的感覺十分美好，類似於陶醉，是非常空靈的陶醉。而生活中，有許多的事和物會令人暈眩，帕廓街更是將之集中紛呈。像一些這樣的首飾：一枚鑲著紅珊瑚或綠松石的銀戒指，一隻刻著六字真言的銀手鐲，一條繫著微型嘛呢輪的銀項鍊，一副從康巴少女的耳朵上取下的長墜搖晃的銀耳環；像一些這樣的衣物：一件曳地的長裙上用金絲銀線繡著異國的花卉，一塊窄長的圍巾上垂落著無數挽結的細穗，一頂織有彩條的氆氇小帽使人一戴就變了模樣。還有，像一方舊綢緞，一張舊地圖，一個舊面具，一幅舊唐卡，一串不賣別人卻低價給我的舊的犛牛骨頭念珠。還有，突然生起的對印度或尼泊爾這些似乎遠不可及的異國他鄉的迷戀，體現在一盤不知用什麼樂器演奏的每隔幾秒才發出「空」的一聲的磁帶上，體現在九塊錢十小盒的純粹是薰迷之香的鼻煙上，體現在一包用植物磨成的可以將頭髮染出炫目的卻不易察覺的美麗之紅的顏料上，體現在那些充滿異國情調的小餐館裡懸掛著的繪有智慧佛眼或當地奇特神像的紙糊的燈籠上。

還有，那些數不清的小巷深處，通通半垂著白色棉布上印著「吉祥八寶」圖案的門簾裡，一群人或者喝著甜茶笑顏逐開地看著電視上會說

藏話的孫悟空降妖伏魔，或者津津有味地吃著漢人帶來的涼粉、回回人帶來的拉麵、尼泊爾人帶來的咖哩土豆；調皮的半大少年們在弓著腰打檯球，把巷口堵得死死的，使很不容易開進來的車無法調頭。有時候，走著走著，旁邊突然出現一個幽深的大雜院，門上掛著一塊牌子，寫著「拉薩古建築保護院」，據說已有數百年的歷史；往裡瞧瞧，有搓羊皮的，有洗衣服的，有曬太陽的，顯然是許多人家安居之處。有時候，又會突然看見一座龐大的廢墟，據說往日是盛極一時的寺院，後來在「文革」中被造反派當作武鬥的據點，而今那頹垣斷壁上的幾根殘樑筆直地刺向天空，跑來兩個小孩，莫名地執意要領你們去看廢墟裡緊靠在牆上的塑像，可那不知是什麼神靈的塑像除了泥土、草垛、木棍，僅剩下無數隻殘缺不全的乾枯手臂。那時是黃昏，金黃的光線下，每一根彎曲的手指倒很完整，似乎會說話，似乎很是可怖。

還有，那些依傍著巷落、民居不易被發現的小寺院啊，我說的是「木如甯巴」。我喜歡坐在一個角落裡靜靜地聽僧人們誦經，他們的聲音很像是十分深情的傾訴，叫人難以相信這些年輕的男孩子竟蘊藏著如此豐富的感情。有些經真的是一念就能引起內心的悸動。有時候，我會和做罷法事的他們一起清掃殿堂，因為這裡主要供的是護法——乃瓊護法和班丹拉姆，所以，在兩位護法的塑像面前各供放著一個巨大的杯盞，裡面盛滿了青稞酒或白酒。奇怪的是，酒在這裡仿佛滌盡了刺鼻的味道，只留下一縷淡淡的芬芳。僧人們都很端正、俊氣，個頭兒也差不多一般高。他們的名字是：益西，索朗，巴桑，拉巴。他們總是給我一遍遍地添茶，還會堅持端來一碗米飯或是一碗麵條，讓我同他們一塊兒

黃昏的光線下，那殘缺的塑像的每一根彎曲的手指似乎會說話，
但他倆不害怕。

吃。這些飯菜都很簡單，因為這段時間正在修觀世音的法，要念兩個月的「嘛呢」（六字真言），必須戒葷。實際上，一戒葷他們基本上就沒什麼可吃的了，寺院的廚師好像只會做白菜或青椒。然而該戒的時候就戒了，他們一點兒也不貪求，說到肉，口氣很平常。經常有外國人走進來，也像我一樣，坐在角落裡靜靜地聽著。在低沉而婉轉的唱誦中，鼓一直輕輕地敲擊著，唯一的一對鈴鐺一下下碰著，突然，如裂帛般的長號長鳴起來，似要卷走什麼——是卷走俗念還是惡業呢？都好，都好。

今天在帕廓街上，似乎無論何時都可以看到外國人。尤其是住在帕廓街上不少價格低廉、具有西藏風味的小旅館裡的「散客」。大多裝束怪異，竭盡誇張之能事，或者長髮亂卷，渾身披披掛掛，皺皺巴巴的衣衫沒有一件不嫌太大；或者光頭錚亮，皮衣馬靴，很酷的神情中有著一份故作的冷漠。更多的人喜歡穿各式各樣的藏服：西藏男人斜襟鑲金邊的黑氆氌短上衣，西藏女人頗有風情的飄飄綢緞長裙；衛藏的，康巴的，安多的；可是沒有一個能穿好，不是拖曳在地上就是露出了瘦骨嶙峋的赤腳，有的甚至是邊地牧人那繫著碎松石的滿頭髮辮。這部分人最有意思，表情和藹，笑容可掬，個個都是自來熟，但得注意，他們多會說藏語，而且說得很好，隨便和你聊上幾句，你反倒露了馬腳，這下該輪到他們嘲笑你了；有的人簡直就是西藏通，如果還有念珠在手，那說不定還是修行不淺的佛教徒，至少談起這個或那個教派來，也是頭頭是道。當然，也還有打扮整潔、體魄健壯、輕裝簡囊、一副職業旅行者模樣的年輕人。

在這個廢墟已經坍塌的牆上，還殘留著如此美麗的壁畫。

美國人，英國人，法國人，德國人，義大利人，瑞士人，日本人，南韓人……在帕廓街上，似乎可以看到來自全世界各地的人。我們的朋友遍天下。而對於西藏人來說，他們統統都是「哈囉」。帕廓街上的小商小販指著那些真假難辨的古董，頗為得意地告訴你：「『哈囉』來了，全部沒有了。」

常常是這樣，當你漫步在帕廓街上，從這些和你擦肩而過的老外臉上，你會隱約察覺到純屬觀光者的好奇中含著一縷恍惚。這是一種恍若

廢墟週圍，尋常的百姓院落。

隔世的神態。即使充斥拉薩城裡的各種現代化的車輛正在飛馳往來，使他們不得不相信這已是二十世紀末的拉薩，但他們還是要努力地使自己保持這種恍若隔世的感覺。你於是猜想，今天的拉薩，對許多外國人而言，是深深的遺憾，因為他們再也無法體驗到幾百年前，甚至幾十年前，他們的祖父輩們（相對而言，其實寥若晨星），在這塊曾經被封閉的禁地上品嘗到的難以比擬的刺激和快樂。今天，他們渴望冒險的幻想已像肥皂泡沫一樣消失了。然而他們的追念還在。這種追念反映在他們特意古怪的外表上，和依然不懈的對西藏的一切的熱情上。我們可以理解他們。

如今有許多記載當年的外國冒險家硬闖西藏的故事被翻譯過來，像法國神父古伯察的《韃靼西藏旅行記》，俄國學者崔比科夫的《佛教香客在聖地拉薩》，英國戰地記者坎德勒的《拉薩真面目》，奧地利登山家海因裡希·哈雷的《拉薩冒險》，日本佛教徒多田等觀的《入藏紀行》，以及我最欽慕的法國藏學家大衛·妮爾寫的《一個巴黎女子的拉薩歷險記》……等等。這些生動、精彩又不乏驚險、離奇的故事，又被後人（是他們的後人）濃縮在像英國人霍普柯克寫的《闖入世界屋脊的人》、瑞士人米歇爾·泰勒寫的《發現西藏》以及美國人麥葛列格寫的《西藏探險》等書中。只要讀過這些書，你會看到，當年的那些老外，那些兼具各種身份的傳教士、旅行家、歷史學家、人類學家、地理學家、自然學家甚至秘密間諜或軍人、甚至佛教徒的外國人，是多麼渴望一睹遙遠東方的那一塊有著天堂高度的人間秘境。這一高度既是地理上的天堂高度，也是人文上的天堂高度，因此其難以想像的誘惑力使他們甘願拿生命去冒

險。最了不起的是那些滿懷傳教激情的傳教士們，分別從喜馬拉雅山脈延貫的地區和中國內陸進入西藏，忍受著高原缺氧的生理痛苦，體驗著迥然不同的風俗習慣和文化差異，千辛萬苦地向原住民們傳播上帝的教義，卻發現人心早已皈依佛陀。傳教士所有的努力幾乎都失敗了，彼此之間的衝突表現在地圖上，則形成了從西藏的所有邊緣竭力伸入腹地的無數粗大或細小的箭頭，而這些箭頭從未形成過點或圓圈。一些人甚至一去不回，永遠地留在了路上。

　　混雜著野心的幻想是多種多樣的。對於西藏這一塊廣大而未知的地帶，外國人的欲望被極大地激發起來。個人的；群體的；政府的。單純的獵奇逐漸演變為以宗教、商業、政治、軍事為目的。無論西藏怎樣地依恃著強大的天然屏障和頑固的人為屏障阻擋著，但當人類進入二十世紀之後，西藏的大門終究還是被現代化的槍炮轟開了。首先是一九○三年，由英國人榮赫鵬率領的名為使團實為武裝侵略軍的千人隊伍挺入拉薩，一位西方的戰地記者如是評述：「中世紀的軍隊在二十世紀殘酷的兵器火力面前潰敗了。」這是針對西藏的所有冒險史上令人厭惡的一幕，因為所有的武力下都是血流成河，屍橫遍野，暴露了人性中最醜陋、最陰暗、最殘忍的一面，包括一九五○年之後，毛澤東派來的「金珠瑪米」（解放軍）同樣在廣大的藏地點燃了一場場戰火。所有的、所有的武力都無法讓人原諒，我不願再次回顧。

　　我喜歡在黃昏來臨之前，或者坐在帕廓街的露天甜茶館裡，或者坐在抬頭就能看見布達拉宮的家中陽臺上，邊喝茶邊讀這些書。在漸漸變成金色的光線下，昔日的舞臺閃爍著魅影幻現而出，書中有趣的故事緩

看上去心滿意足的老外。

緩拉開帷幕，故事中的傳奇人物紛紛飄然降落。於是，我先是看見，那時候的西藏，沒有一條公路，處處是天塹，處處是關卡；那時候的西藏，有的是暴風雪、冰雹、地震、天花、野狼和鷹鷲；有的是神靈、鬼怪、強盜和土匪，當然，還有高貴的法王、眾多的喇嘛、慵懶的貴族和純樸的百姓。接著我看見，那些勇敢的冒險家，憑藉著各種高明的化妝術踏上了遠涉西藏的旅程（必須依靠化裝才能進入拉薩，這本身就有著

一種難以言傳的魅力）。有的裝扮成漢人經商的模樣，有的裝扮成遠方拉達克一帶朝聖進香的信徒，有的穿著蒙古長袍、頭戴蒙古皮帽打算混跡而入，有的跟著商隊，像是當地的挑夫。為了獲得西藏的地理情況，他們改造念珠，偽造嘛呢輪，暗藏秘密的六分儀和指南針，無休無止地計算步距，辨別星辰，測量溫度，其勘測工作是如此地出色，以至他們最終所統計出的沿途的路程、方位、海拔高度、緯度等等資料誤差極小，基本上填補了全球版圖上的某一塊空白。同時，他們還搜集了大量的有關農業、牧業、水力資源、黃金礦源、生活方式、社會階層和宗教習俗等等人文情報。有一位植物學家，在拉薩東面的山上發現了藍罌粟，那是西藏傳說中最美麗的花朵，他把它移植在他英國老家的花園裡——「這令人難以忘懷。」霍普柯克這樣感歎道。

我還看見那個胖胖的好開玩笑的法國女子大衛・妮爾，居然在五十四歲的年紀，帶著擅長「法術」的喇嘛義子庸登秘密地徒步走向拉薩。「她化妝成一名藏族乞丐，襤褸的衣服下面藏著一把左輪手槍」，「還用墨汁染了頭髮，塗黑了面孔。」一路上，「他們生動活潑地扮演了自己的角色，爭相玩弄手段以欺騙當地人的好奇心、討好官吏和擺脫土匪。」大衛・妮爾不但藏語說得和邊地藏人一樣流利，而且還是一位頗有成就的修行者，在積雪覆蓋的山上，用「拙火定」這一藏密大法使身體發熱，擦燃火鐮，安然地度過了嚴寒的夜晚。一天晚上，一位陌生的喇嘛從黑暗中向她走來，久久地凝視著她，然後提起了她曾在康或安多一帶旅行時的僧侶裝束，並和她談起了玄學和西藏的宗教，繼而像來時一樣神秘地匆匆消失了。當他們終於走到拉薩時，正值狂歡節一般的藏曆新

年期間，她得意洋洋地說：「有兩個月的時間，我在喇嘛的帝國裡毫無拘束地遊蕩，沒有人會懷疑在歷史上，第一次有一名外國婦女見到了禁城。」她在寺院、茶館和帕廓街上同人們說著俏皮話，他們總是把她看作是從遠方來朝聖的拉達克女人，把看上去飽經風霜的她推到喇嘛跟前說：「給這個可憐的女人一點聖水吧……她的信仰該是多麼強烈啊……」她還以布達拉宮為背景，盤坐在草地上照了一張模糊不清以至遭人質疑的相片，甚至隨著朝佛的人群混入了布達拉宮，頗為心曠神怡地極目遠眺整個拉薩城的風光……大衛・妮爾的冒險經歷多麼像一出富有喜劇色彩的戲啊！

然而今天的拉薩，哪裡還是能夠提供如此有趣情節的光彩奪目的大舞臺！從成都搭乘飛機只須兩個小時就可以站在帕廓街上，成為許多好奇而抱有遺憾的遊人中的一員。一位名叫阿堅的北京人說：「僅僅兩個小時就到了世界上最偉大的城市，這未免太不敬了。」因此有不少人選擇坐汽車進藏，這算是所有遺憾中比較少的一種，起碼能夠滿足那些希望以車代步來實現冒險心理的人。故而在並不漫長的汽車旅行中，任何一點風險都會被他們如獲至寶，並盡可能地留下對這一點風險的回憶和感受。於是，在帕廓街上的一些旅舍和小餐館裡，不乏狡黠的老闆，那些會說英語和漢語的拉薩男人或女人，及時地迎合了他們渴望傾訴，甚至渴望炫耀的心情，在放著菜單的桌子上貌似隨意地擺放了幾本劣質的筆記本。這種本子在小攤上花兩、三塊錢就能買到，卻可以讓這些可憐的「冒險家」們一邊忘情地吃喝一邊激動地記錄下他們豐富多采卻如出一轍的旅途經歷。真的是內容驚人地雷同。不外乎是在哪一個路口上被

串通一氣的警察和旅行社多收了多少錢（一般是在格爾木至唐古拉山口一線），又在哪一個小鎮上無比歡喜地吃到了多麼便宜的飯菜，以及從此段至彼段的公里數是多少……等等，基本上全是對沿途住宿、飲食、里程之類的情況彙報，十分詳細，竟到了瑣碎的地步。有一則留言用歪歪扭扭的中文寫著「外國人三十元，中國人十五元」，然後是一個大大的問號。大多還頗為專業地配有各種簡略的路線圖。最相似的是，差不多無一例外地，都要寫下折磨他們的同樣病症──高山反應。有一幅漫畫很有意思，畫的是一個人的腦袋正在不停地膨脹，眼睛瞪得很大，牙齒是齜著的，一堆驚嘆號像冒火的星星一樣亂飛。

有的則故作驚人之語，在寫有用著重符號強調的「情報」字樣的題目下，不時地出現「下落」、「警告」、「閉鎖」、「問題」、「恐怖」等等辭彙，這是最樂意在各處留下旅行痕跡的日本人做的事。有一位不嫌麻煩的日本人還興致勃勃、自得其樂地在本子裡粘貼上他或她自己設計的小報，一共四張，由日、藏、英、漢四種文字組成；內容豐富，有旅行見聞、（對本國的）回憶、招募同行夥伴的啟事等等；版面活潑，附有各種插圖和題花，別出心裁的是，這些插圖分別是諸如「拉薩啤酒」和「娃哈哈」礦泉水的商標、「大白兔」糖紙、「萬寶路」和「熊貓」牌香煙盒、旅行社和航空公司的標誌，以及三輪車和中巴車的票據；這張用藏文題名卻無藏人認得的小報，還如此注明：「發行所：（日文）；發行日：九八年七月；發行者：別記；連絡者：別記。」

也有老外騎自行車進藏的，只是很少。鑒於對外國人的種種成文或不成文的規定和措施，許多老外即使有此心也無可奈何。倒是有東方人

常常如願以償。本來長得就和中國人差不多，再如果會講漢語，一路上風餐露宿，不怎麼需要亮示證件，最多用錢作敲門之磚，走哪兒不行呢？我在一本「情報本」上看到，有個日本人竟然是從雲南的德欽沿滇藏線和黑昌線騎自行車到的拉薩，在彎彎曲曲的路線圖下，在橫豎撇捺的日文中，穿插著這樣的漢文：「自行車大破，走行不能……景色最高……最惡……憂……大丈夫。」這「大丈夫」三個字難道是對他自己的褒獎嗎？

不過，在拉薩的街上，還是時常可以看見騎自行車的金髮老外，大概是終於可以過把癮了，都能夠把自行車騎得和所有人不一樣。他們生龍活虎，意氣風發，騎得飛快，屁股都快從車座上騰起來了，斷無高山反應之說。事實上，大多數西方老外的身體總是要比東方的老外更好。有一次，我在模樣蠢笨的金犛牛雕像下正好看見有五六個老外共騎一輛自行車飛馳而來。那車肯定是從樟木口岸帶進來的，車身格外地長，有五六對腳踏板，通體銀色，在陽光下熠熠閃亮，倒像一艘神氣的快艇。而那些老外個個年輕、健康、漂亮，一路灑下歡聲笑語。我不禁思忖，在他們的心中一定不見得有多少對往日冒險家生涯的懷念，因為他們會認為自己也在冒險，而且如此風光。

最有冒險精神的老外甚至把自行車騎出了拉薩城。我曾經見過，也聽人說，他在羊卓雍湖上面的甘巴拉山上遇到過，只是那老外已經騎不動了，伏在自行車的車把上氣喘吁吁……

至於說到徒步旅行，往往以旅行社組織的為多。也有例外，但不乏危險。幾年前，在邊境口岸亞東密林中的一座寺院的門上，我意外地看

兩個磕長頭的孩子引起老外的注意。

見一紙告示，說有個老外於某個時候在此地獨自步行，卻莫名失蹤不
見，希望發現者通知云云。我忘記是哪一個國家的老外了；更無法知道
他是故意隱沒于崇山峻嶺之中成為一名修行之士，還是已被傳說中的野
（女）人抓去在山洞中生下一群小野人，還是真正地遭遇了不測。我只記
得他失蹤的時間已經很久，記得他鬍鬚濃密的臉上，灼熱的眼光穿透告
示上褪色的複印小照。

然而我還是對這樣的老外印象更爲深刻。比如那位本名似叫尼古拉、藏名索朗、漢名古途（多麼古雅而拗口，我最早聽成了「骨頭」）的法國人。我是在帕廓街上的「瑪姬阿米」酒館認識他的。其實，外觀塗著黃顏色以表明曾與六世達賴喇嘛倉央嘉措有關的小酒館，更像混合著本地和異域風味的小餐館，而在寒冬之夜又像十分溫暖的小茶館。我和幾個朋友圍坐在康和安多一帶才有的煙囪長長、燒著柴禾的鐵皮爐邊，喝著甜茶或用磚茶久熬而成的清茶，或聊天或看書或欣賞各國遊客留下的音樂磁帶（幾乎是全世界流行歌壇最新動態的匯總）。在這個牆上掛滿具有西藏風情的照片或素描、座位上鋪著圖案別致的氆氌毛毯的屋子裡，除了我們經常光顧，就是這位酷似俄國電影裡的憂鬱主角的法國人了。誰都沒有想到有著一大把鬍子、看不出來究竟多大年紀的他會說藏語。實際上藏地的三大方言他通通會講，令我汗顏。更了不得的是，藏語不過是他擅長的八、九種語言中的一種。他的漢語也不錯，但因爲是跟藏人學的，不免帶有藏人學講漢語的口音，又不禁讓人暗笑。最使人驚訝的是，與其說他是一位語言學家——目前，他正在編寫一本比較藏、法、英三種語法的專著——不如說他是一位西藏學家。他對於西藏的歷史、佛教、民俗、現狀等等幾乎是西藏的一切的瞭解，堪與同他經歷相似的美國人梅・戈爾斯坦相比，即著名的《喇嘛王國的覆滅》的作者。都在藏人聚居的地方（包括印度和尼泊爾）生活過，都有純粹西藏血統的妻子（據說戈爾斯坦已離婚），都在西藏社會科學院工作過（尼古拉或索朗或古途至今仍是社科院定期邀請的專家之一）。我很想知道他爲什麼對西藏的興趣如此濃厚，氣定神閑的他這樣回答：「我是一個世界人，

我們的世界是一體的……」

　　還有一位個子修長的老外，藏名永度嘉措的美國人，多年以前就是藏傳佛教的一個徹頭徹尾的信徒了，曾經在山洞裡閉關三年修行噶瑪噶舉的大法，並且完全地投身於向全世界弘揚佛法的事業之中。走在人流中各色人等雜陳的帕廓街上，他邊捻佛珠邊對我說，信仰不分國界和民族……

　　今天，對於西藏的態度，在類似的世界大同的言語中，似乎已由往昔的激烈轉變得平和多了。實際上，冒險的誘惑始終是存在的。因爲西藏還在。冒險的誘惑就是西藏的誘惑，而西藏的誘惑即使對於一個被異化的藏人也同樣存在，抑或更爲深重，具體表現爲綿綿不絕的「帕廓情結」。我說的是我自己。當我在西藏的腹地生活多年，漸漸發現這種誘惑宛如那美麗的藍罌粟，人們都會爲之深深入迷。然而，眞正的藍罌粟只存在於西藏古老的傳說裡，人們滿懷喜悅地摘走的不過是酷似它的花朵而已。僅僅如此。

　　一天正午，在被穿透力極強的陽光帶回的時光隧道中，老拉薩的面貌隨著一個人的回憶漸漸地在虛無中復原。

　　我跟隨著他走在帕廓街上。他外表上的遲緩和他內在裡的善良一眼即可看出，讓我爲之所動。今天，很多時候他僅僅是一個名叫強巴旦達的藏人，他的另一個身份是自治區婦聯的退休幹部，所以他的穿著既大眾化又不同於一般藏族群眾。他住在色拉路上一座頗爲寬敞的院落裡，但房屋具有一九八〇年代漢藏結合的那種建築式樣，在今日拉薩接踵出

毀于「文革」中的希德寺廢墟前的老婦。

夜晚的帕廓街。

現的用時興材料結構的所謂退休房或安居園的群落中顯得過時。他臉色深黑，戴著笨重的眼鏡，高大的身體有點佝僂。我說過，從外表看去，他的舉止顯得有些遲緩，這超出了他五十七歲的年紀，以至當我走在他的身邊，有時不禁要側目凝視他半晌。在炫目的陽光下，這個過早衰老的人會變成三十多年前一個十分英俊的青年，那是他的相冊上幾張他在中央民族學院學習時的留影。那時候的他風華正茂，未經風霜，有著令人驚訝的英俊，但如今已全然不復。而那時，他被人稱作「色古修」。

「色古修」是藏語，少爺的意思，在過去的西藏是用來稱呼貴族家的公子的。而這個人是西藏歷史上顯赫的貴族世家之一——霍康第十一代傳人。全名是霍康·強巴旦達。他對我說，「因為我是霍康，所以我一生下來就可以承襲祖上的職位，註定擁有四品官的頭銜，如果我日後有發展，有本事，還可能是三品官的『粲薩』，甚至更高一等的『噶倫』（『粲薩』和『噶倫』均為西藏噶廈政府的高級官員）。當然這是在過去，在舊西藏的制度下如此而已，至於現在，我是一個普普通通的老百姓，用解放以後的話來說，是一個自食其力的勞動者。」霍康·強巴旦達微笑著如是補充道。不過，對那種在社會制度的轉變下，將原來統治階級陣營裡的人物改造與被改造的過程，我雖有興趣但不是特別濃厚。我的願望僅僅是想知道西藏的一些故事而已，為此他表示願意帶著我走一回拉薩老城，為我指點那些舊日生活的遺跡。

　　我要感激這個人。他果然實踐了他的諾言，帶著我不辭辛勞地穿行在今天的拉薩尋訪過去的故事。這些故事遺留在帕廓街周圍的小巷深處，湮沒在拉薩河邊已經消失的「林卡」（園林或叢林）附近，通過這樣一些屬於歷史範疇的名稱：霍康、邦達倉、阿沛、噶雪巴、桑頗、平康等等，通過曾經象徵這些名稱的一幢幢巨大、陳舊的老房子，如今或者充斥其間的市井之聲或者空寂無人的殘垣斷壁，通過蒼老的故人或遷居已久的居民和移民、幾個戴著紅領巾去吉崩崗小學上學的藏族孩子，漸漸地在強烈之極的午後陽光下顯現出來，直至夕陽西下。拉薩夏日的陽光有著化學反應的效果，如同洗印黑白底片的藥水。

　　那麼，是什麼樣的景象在一張張被這藥水浸泡著的底片上漸漸顯現

出來？我想總有一天我會將其一一描述。

夜幕降臨。但必須是在深深的夜裡，帕廓街上才會萬籟俱寂。

在深深的夜裡，我和親人們靜靜地走著，靜靜地環繞著帕廓街，充滿心底的悲哀漸漸地平息下來。曾經是我們之中至親至愛的一位，三天前突然離開了我們，一去不回地踏上了輪迴的長途。所以在這個深夜，依照我們的風俗，我們要來為他送行。我們高高地舉著大把燃著的香，默默地持誦著祈請諸佛的經文——是的，我們在心中一遍遍地祈請諸佛：當我們的親人，那個飽受苦難的好人，他在這個世間的光明已謝，正在獨自前往我們誰也無法知道的地方，諸佛啊，請以慈悲之鉤抓住他，不要讓他落入惡業的支配之中，請護佑他，使他免除中陰的險境。啊，諸佛，請讓我們和他來生相遇，來生還是骨肉相連、息息相關的親人……

在深深的夜裡，帕廓街是那樣的黑暗，那樣的寂靜，那樣的深藏不露。手牽哈達的人們在急急地奔跑著，快快地跑向每一個路口，要趕在看不清道路的靈魂到來之前，用潔白的哈達擋住所有的歧路——靈魂啊，脆弱的靈魂，請沿著轉經路的方向旋轉【正如由一位西方人所編譯、蓮花生大士著述的《西藏度亡經》中注解的：「如人夜間在大路獨行一樣，讓他的注意力承受突出的路標，獨立的大樹、家屋、橋頭堡、寺廟以及靈塔等等的吸引，亡靈在人間流浪時亦有相似的感受，他們（亡靈）被業習引向常去的人間處所，但因只有意生之身或欲望之身而無粗質的肉身，故而不能在任何一個地方作長久的停留……他們像臨風的羽毛一樣，被業風吹得東飄西蕩。」為了避免亡靈在流浪中誤入歧途，導致不好的轉世，故在西藏有用哈達攔住各種路口的習俗】。

在深深的夜裡，我們走到了帕廓街的盡頭。那是終點也是起點。那是「祖拉康」，是我們生生世世的庇護之所。一盞盞酥油供燈點亮了，祥麟法輪四周的風鈴搖響了，「覺仁波切」慈祥的微笑綻開了，我們的親人他真正地安息了，解脫了，而我終於悲喜交加，淚如泉湧……

一九九八年—二○○二年於拉薩

往日的法王之宮

孜布達拉

……關於「孜布達拉」（藏人對布達拉宮的稱呼），我們能夠說些什麼？白天，它在我們的眼裡；黑夜，它在我們的夢裡……然而，關於它，我們能夠說些什麼！

在西藏的民間，有許多歌謠、許多詩文是這樣讚美它的：

布達拉，佛之樂園，
觀世音的宮殿。
從南到北，從西到東，
在這塵世上，矗立著布達拉宮。
* * *
布達拉宮的金頂上，升起了金色的太陽；
那不是金色的太陽，是喇嘛的尊容。

布達拉宮的山腰中，響起了金制的嗩吶；
那不是金制的嗩吶，是喇嘛的梵音。

布達拉宮的山腳下，飄起了五彩的哈達；
那不是五彩的哈達，是喇嘛的法衣。

在五世達賴喇嘛的讚美詩中，布達拉宮象徵著解脫輪迴的淨土：

純金成幢焰火洪，普照世間光明中；
日神含羞從夜台，躍向北州遁虛空。
四面梵天觀諸方，何宮堪與此比長？
徒勞無獲求久劫，有漏樂中睡未央。

至於在許多第一次見到它的異國人的筆下，皆是這樣的感歎：

不是宮殿座落在山上，而是一座也是宮殿的山。
* * *
金色的屋頂在陽光下像火舌一樣閃閃發光，必定叩擊著滿懷敬
畏、無限崇敬之感的那些來自荒涼高原的朝聖者的心扉。

甚至連侵略者榮赫鵬在軍事遠征結束之即，回首眺望被晚霞籠罩的
布達拉宮，心中滋生起「壓倒一切的情緒使我激動不已，快樂的時刻持
續著。我再也不願去想那些邪惡的事情，也不願再對任何人懷有敵意。
所有的欲望、所有人道都沐浴在燦爛的光明裡……離開拉薩獨處的時刻
是值得終生回味的。」據說後來在他死亡之時，依照他生前囑咐，將一
尊西藏的佛像隨其入葬。

一九九四年的夏天，布達拉宮展佛，從雲南來的漢族詩人于堅這樣

燈火照亮的布達拉宮就像舞臺佈景。

寫道：

　　這個活動已經四十多年沒有進行了。拉薩所有可以看見布達拉宮的地點都被人們站滿了。我看見許多個子矮小的山民，他們站的地方根本看不到佛像，但他們朝佛所在的方向默默地流著淚。這和我不同。我以為如果看不到佛像一切就等於零。我後來明白，沒有看到佛的是我。

他繼續寫道：

　　成千上萬的人在曬佛的這一天，順時針方向環繞著布達拉宮行走。一路上都是塵土。西藏人、漢人、西方人、僧侶、百姓……扶老攜幼，猶如歷史上那些偉大的遷移。但它不是前進，而是一種原在的移動。

羅布林卡

　　對於西藏這個喇嘛王國來說，布達拉宮與羅布林卡都是法王達賴喇嘛的宮殿。當然，矗立在拉薩這片河谷地帶之中的神山──「瑪波日」（紅山）上的布達拉宮更為悠久、顯著和高貴，它早在一千三百多年前，「圖伯特」（在太多漢文史料上稱為「吐蕃」，故在此糾正之，下同）王松贊干布時期就有了最初宛如城堡的形貌；西元一六四二年，五世達賴喇

嘛建立「甘丹頗章」政權，統一西藏，如學者評說，「成了全西藏至高無上的僧俗領袖，……另一令人矚目的成就即建造了布達拉宮」，規模宏偉的布達拉宮從此成為西藏政教合一的象徵。而他自己不但深居於此，圓寂於此，珍藏其法體的靈塔也安放於此，這成為後世達賴喇嘛所要承襲的傳統。

然而，正如十四世達賴喇嘛在他的傳記《流亡中的自在》所講述的，「布達拉宮雖然很美，但並不是理想居所。……室內寒冷，燈火不足，我懷疑從達賴五世圓寂後，那裡是否有人碰過。裡頭所有的東西都是古老的，陳舊的；四片牆上掛的簾子後面積著數百年的陳灰。」他還曾這樣向一個西方人回憶他住在布達拉宮時候的感受：

當我小的時候，偶爾我也曾經想到過，如果我只是個普普通通的人，也許我會過得比較快樂一點。尤其是在冬天。因為一到冬季，我的活動範圍就被局限在布達拉宮內的一個房間裡；從早到晚，就只待在那裡；這樣持續大約五個月的時間。遵照傳統的要求，我必須要「避靜」，並且把時間花在背誦陀羅尼上面。我那間房間很陰暗、很冷，而且老鼠成群！房間裡還有一股惡臭。白天結束了，在夕陽西下的時候，我都從窄小的視窗向外看。黑夜逐漸吞噬了就在旁邊的色拉寺。我感到無限地悲哀。……在布達拉宮的前面，我每天都看著村民早上趕牛羊到野地，一天結束了，牧人也回家了。他們看起來是那麼快樂，那麼高興。他們邊走邊唱，小調旋律悠揚，聲聲入耳。也許他們很羨慕住在布達拉宮上面的我，然

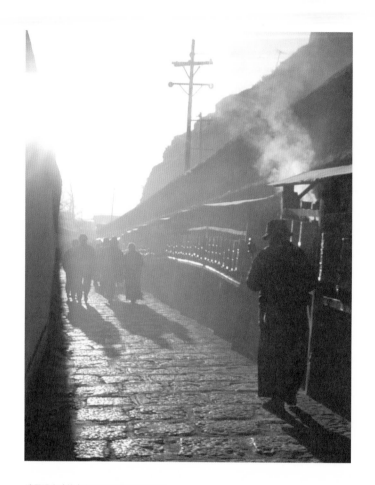

清晨沿布達拉宮山腳下的環形道路轉圈。

左→這就是轉孜廓的人們。

右→每天早晨，人們向象徵達賴喇嘛的布達拉宮遙拜。

而，實際上，他們可不知道達賴喇嘛多麼希望能夠和他們生活在一起。（董尼德，《西藏生與死──雪域的民族主義》）

所以，年輕的達賴喇嘛更喜愛另一個宮殿，被稱作「寶貝園林」的羅布林卡那包容在大自然和民間之中的環境。他總是殷切地期待著去羅布林卡的時間，那是拉薩每年的一個盛大的節日，明媚的陽光下，脫下沉重多衣的人們無論貴賤貧富皆傾城而出，手捧潔白的哈達，夾道護送

心目中的觀世音菩薩移駕夏宮。他寫到：「辭別我在布達拉宮的陰暗臥室，無疑是我全年最歡愉的一日。……這時節，正值芽萌葉出，到處湧現新鮮的自然美。」於是，在一些珍貴的照片和電影裡，我們可以看到那個坐在法王轎子裡的孩子，在萬民歡騰聲中遠望羅布林卡時流露出的喜悅神態。

　　始建于七世達賴喇嘛時期的羅布林卡，距今已有三百多年的歷史。事實上，自七世達賴喇嘛起，羅布林卡總是為以後的歷代達賴喇嘛所鍾愛。如十三世達賴喇嘛就非常喜愛羅布林卡的庭院生活，據說每當秋季移居布達拉宮的儀式結束，大隊人馬浩浩蕩蕩地把他護送到布達拉宮，但當其他人一離開，他就坐在從印度進口的轎車上由後門下山，悄悄返回有著奇花異草和珍禽異獸的羅布林卡。十四世達賴喇嘛執政之後，不但在羅布林卡裡安排了放映電影的房間，一九五四至五六年間，還修建了一座兩層樓的新宮「達旦明久頗章」，意為「永恆不變的宮殿」，樓上寢宮內的陳設頗具現代化。不料三年後，羅布林卡竟成為他未來長達四十多年流亡生涯的起點。在他的傳記中，他這樣回憶一九五九年三月十七日深夜，最後一次來到羅布林卡裡的護法殿的情景：

　　……我推開沉重而吱吱作響的門，走進室內，頓了一下，把一切情景印入腦海。許多喇嘛在護法的巨大雕像的基部誦經禱告。室內沒有電燈，數十盞許願油燈排列在金銀盤中，放出光明。壁上繪滿壁畫，一小份糌粑祭品放在祭壇上的盤子裡。一名半張面孔藏在

陰影裡的侍者，正從大甕裡舀出酥油，添加到許願燈上。雖然他們知道我進來，卻沒有人抬頭。我右邊有位僧人拿起銅鈸，另一名則以號角就唇，吹出一個悠長哀傷的音符。鈸響，兩鈸合攏震動不已，它的聲音令人心靜。我走上前，獻一條白絲的哈達。這是西藏傳統告別儀式的一部分，代表懺悔以及回來的意願……

幾天後，在拉薩有史以來從未有過的猛烈炮火中，羅布林卡變成屠戮之地。多年以後，在一些建築上仍可見深深的彈痕，在紅牆下仍可翻出累累白骨。一九五九年的羅布林卡因此成為西藏歷史上一場劇變的無言見證之一。

「寶貝園林」從此名不副實，雖然在一九六六年以前仍然徒有其名，然而沒有了「益西諾布」（藏人對達賴喇嘛的敬稱，意思是「如意之寶」）的羅布林卡還是羅布林卡嗎？大概這也正是新政權所考慮到的，那麼以人民的名義來重新命名豈不是順理成章？具有造反精神的紅衛兵小將們率先宣稱：「『羅布林卡』原來是達賴以他自己的名字起的，達賴是最反動、最黑暗、最殘酷、最野蠻的封建農奴制度的總根子，我們堅決不能要達賴的臭名做勞動人民修建的林卡的名字」。於是，正如一九六六年八月二十九日的《西藏日報》所描述的：「從早晨起，『人民公園』（原『羅布林卡』）的革命職工就滿懷激情地在門口迎接紅衛兵和革命群眾的到來。早在幾天前，他們學習革命小將的革命精神，經過充分醞釀討論，決定支持紅衛兵的倡議，把『羅布林卡』改名為『人民公園』。並將一些帶有欺騙群眾的迷信物拆除、砸碎，在大門的紅瓦頂上插上五星紅

文革中，羅布林卡被改名為「人民公園」。

旗，以表示向舊世界宣戰的決心。這天，紅衛兵抬著巨大的『人民公園』牌子走來，他們就跑向前去迎接並親手接過牌子掛在大門上。這時，全體職工激動地擂起鑼鼓，和幾千名革命群眾的鑼鼓聲、歡呼聲響成了一片。前來遊園的職工群眾也加入了改名的行列，大家唱呀！跳呀！盡情讚頌『人民公園』在革命的烈火中誕生。」

這天，因出身「三大領主」家庭（這是一九五〇年之後，共產黨給傳統西藏的政府、寺院、貴族所起的專用名稱），為逃避學校裡的批鬥，與一位躲在羅布林卡寫書的藏文老師相伴的中學生德木‧旺久多吉，親眼目睹了羅布林卡變成「人民公園」的一幕。他回憶說：

　　拉薩的「牛鬼蛇神」第一次被遊街的第二天，羅布林卡裡的園林工人組織的紅衛兵造反隊，跑來抄我和龍老師的宿舍，把我們的東西全都扔到羅布林卡的大門口，還把我的相機裡的膠捲扯出來曝光。當時我拍了不少照片，大多拍的是壁畫，像「措吉頗章」就是「湖心亭」那裡面原來有很好的壁畫，但這些壁畫在「破四舊」時都被砸得亂七八糟。我們的收音機也被說成是「收聽敵臺」的證據，可說實話，「敵臺」在什麼地方我還真不知道。他們勒令我倆在大門口低頭站著，站了一上午。當時還來了很多紅衛兵，不過沒有我們學校的，是別的學校的。他們聚集在一起，要給羅布林卡換上一塊新牌子，名字叫做「人民公園」。後來學校來了一輛馬車，上面坐著幾個紅衛兵，拿著紅纓槍，把我們押送回了學校。

不知道當時為什麼沒有給布達拉宮改名字。既然將羅布林卡改為「人民公園」，何不也將布達拉宮改為「人民宮」或者別的什麼呢？這兩座往昔的宮殿不都是「三大領主」的總頭子「殘酷壓迫勞動人民的封建堡壘之一」嗎？據說確曾有人建議改為「東方紅宮」，而且把「毛主席萬歲」五個大字刻成巨大的牌子，置於高高的布達拉宮之頂俯瞰眾生。難道這意味著偉大領袖毛主席將要由中南海遷入布達拉宮嗎？還是表示毛主席這個紅太陽從此將要從布達拉宮冉冉升起？

　　一九七九年，文化大革命結束的第三年，北京政府做出調和姿態，與流亡印度的達賴喇嘛在長達三十年之後第一次建立聯繫，立即回應的達賴喇嘛委派參觀團赴全藏各地視察。美國作家約翰・F・艾夫唐所著的《雪域境外流亡記》中，記錄了由達賴喇嘛的兄長洛桑三旦率領的參觀團重返羅布林卡時的情景，其中一段是這樣描寫的：

　　　除了新宮那個院子之外，它裡面的花園不過是一片灌木叢。這裡的殿堂亭閣只剩下了一副外殼，而且搖搖欲墜，僅僅增加了一個稀奇古怪的動物園，裡面有些假山和猴籠。二名中國男女領著他們參觀樸素的兩層樓新宮，參觀團聽了他們的解說詞，這些解說內容有關西藏領袖的生活方式，平時是講給為數不多的一些參觀者聽的。他們對參觀者說，「這是達賴睡覺的地方，這是他吃飯的地方，這是達賴會見他母親的地方。這是他的電唱機，這是他的電扇。」最後洛桑三旦插話了，「我對你們講的十分清楚，難道你們不認為我該告訴你們：你們這是在什麼地方嗎？這座宮殿是我建造

拉薩街上的耀武揚威。

的，我曾經天天都在這裡工作。」他們沒有再解說下去，而趕忙答道，「啊，是的，洛桑是比我們清楚。」過了不久，參觀團從格桑頗章門前經過，這是羅布林卡內的一座大宮殿，曾是國家舉行重要活動的場所。他們發現正門上了鎖，因此從外面的梯子上爬了上去，從破舊的窗洞裡看到了裡面的大殿。殿堂裡面一堆毀壞了的具有幾百年歷史的佛像、頭像、四肢以及基座四分五裂，堆得高達二十五英尺。導遊解釋說，「這些東西是我們從人們手中搶救下來的。在文化大革命期間，毀壞它們的是人民自己，而不是我們。他們搶走了珠寶金子，事實上，假如我們沒有保護這些佛像的話，它

上→羅布林卡的熊貓。

下→在羅布林卡賣藝的舞者。

們也會被偷走的。」

　　洛桑三旦一想到格桑頗章內的那堆毀壞的佛像，就離開了官方招待他們的地方，大步走到宮殿前門的臺階上向人們發表講話，這違背了他與中國人達成的諒解──決不發表公開講話。

　　幾千名藏人擠到這座宮殿的石坪上。只有一排警察手挽著手，將人群朝後壓，而那些便衣警察則在照相做筆記。洛桑三旦剛一出現，人們就開始高呼：「達賴喇嘛萬歲！」……

　　至於今天，雖然拉薩城裡還是有人把羅布林卡叫做「人民公園」，但那曾經高懸在絳紅色的舊日大門上方、猶如君臨一切的巨幅毛澤東畫像和「人民公園」的牌子早已不見，羅布林卡又恢復了從前的名字。可是，這片到處晃蕩著行為隨便的遊客、充斥著旅遊紀念品和模樣難看的「熊貓」垃圾箱的所謂羅布林卡，還真不如就叫「人民公園」更為名副其實。

一九九八年十一月─二○○三年於拉薩

我的德格老家

　　……老家越來越近了。我的德格老家。越來越濕潤的空氣中，隱隱地混合著一股熟悉而又親切的氣息。這是屬於個人的氣息，秘密的氣息，僅僅與親緣相關的氣息。這樣的氣息，哪怕在人為的強制之下——以地理上的疏遠或心靈上的隔絕——僅剩下一縷，也足以彌漫一個人的整整一生。幾天來，我久已壓抑的感情，在遠眺馬尼干戈童話似的屋舍時，在凝視玉龍拉措淚珠似的湖面時，似乎悄悄地得到了一些慰藉，一些舒緩，然而老家越來越近了，我再也忍不住了。

　　我的德格老家，最先是以路邊的一堆嘛呢石的形式出現的。嘛呢石的顏色很單純，或青色或塗滿絳紅色的石板上深深地刻著各種真言。在嘛呢石的周圍，幾根碗口般大小、佈滿節疤的原木，猶如支撐一頂帳篷的木杆，由上至下，環繞一圈，懸掛著幃幔似的重重經幡。而那白色的薄紗上印滿淡黑色的文字，即使風欲靜止，這些字也會鼓動經幡輕輕地翻飛、招展；這些字因為一個個滿懷虔誠的人兒已經有了生命。有幾個人在附近刻著嘛呢石。是藏人，德格的藏人，我仿佛從他們臉上認出了什麼。我仿佛從他們刻著的嘛呢石上認出了什麼。我默默地看著他們在石頭上刻嘛呢。我含著淚水，等著他們把刻好的嘛呢石交給我。我對自己說，這是為我的親人們，為我的已經故去的親人們刻的。然後，我抱著一塊塊刻好的嘛呢石，放在那敞露在路邊的嘛呢篷帳裡，一共九塊。

　　我再也忍不住了。當小城在黃昏中漸漸露出明晰的輪廓，果然是絳

上→德格老家的親人們。

下→父母結婚那年。

刻嘛呢石。

紅色的小城啊，我的德格老家，我僅僅在很小、很小的時候，來過一次的德格老家！我怎能忍受在綿綿無盡的懷念中寫下的詩，轉化為比現實更讓人心碎的現實？對於我來說，德格從來就不是一個地名；它只是那幾個人的名字，那幾個，親人的名字。因此，當我見到德格，這絳紅色的小城是我倍覺心碎的安慰。然而與我同庚的命中之馬在哪裡呢？它能否帶著我與故去的親人重逢？

然而，德格就是我的老家嗎？

老家，又意味著什麼呢？——籍貫？出生地？還是此生莫名傾向的地方？

米蘭・昆德拉說：「一個移民的生活，這是一個算術問題……」譬如我迄今為止的生命，用幾個時間，幾個空間，便可以算得一清二楚。

次日上午，我獨自走在德格的街上。我是往寺院的方向去的。我不用打聽，也不須憑藉親緣的牽引。——在德格，無論誰都會找到寺院，因為它在小城的最上方，在山腰間，紅紅的，最為醒目。但我還是被親緣牽引著。我無法擺脫。神秘的親緣如一縷纖細而堅韌的絲線，牽引著隱藏在內心的命中之馬，讓我獨自走向那絳紅色的房子。絳紅色的家園。親人們已換上了絳紅色的衣袍，在等候著我。

而這個緩緩上升的小城，在我的眼中，竟奇異地空無一物。應該說，是我自己一無所視。我不得不一無所視。因為親人們的臉，親人們的目光，在清晰，在放大，在每一幢新的、舊的、半新半舊的建築上顯

我路過的康地小鄉村。

現，並凝視著我，似乎在對我說，這就是我們生活過的地方，這就是你的父親整整生長了十三個年頭的地方。而我的父親，我親愛的父親，我頭上的哪一朵白雲是他曾經望過的？我腳下的哪一塊石板是他曾經踩過的？哪一扇門，被他輕輕打開，或重重關上？哪一些人，被他笑著，或哭著呼喊過？

　　我似乎看見，那一年，一九五○年，他剛滿十三歲，就被他的父親送走了，被那個背景複雜因而高瞻遠矚的漢人送到闖進西藏的解放軍先遣部隊。當一路壯大的解放軍，雄糾糾、氣昂昂地離開德格，奔赴即將燃起戰火的昌都——那西藏的門戶時，他落在最後，軍衣過膝，強忍著眼

德格山上的風景。

淚凝視著路邊懷抱小妹的母親。他是多麼眷戀身體孱弱、性情溫良的母親啊，對母親的愛是他心底最深厚的感情，如果他早知道和母親只有十三年相聚的緣份，他會鬆開她緊緊不放的手嗎？僅剩下四年光景的母親早已哭成了個淚人兒，懊悔著，昨夜裡只顧一味地哭泣，忘記了爲兒裁短軍衣。

我那還是孩子的父親，就這樣走進了歷史上尤爲重要的時刻：一只背包，一雙腳，一顆思念故鄉和親人的心，以及，一件不合身的軍衣。

而他的父親，那個改變了他和弟妹們的血統，進而改變了我和弟妹們的血統的人，姓氏爲程，籍貫四川江津，曾做過袍哥和隸屬劉伯承早年所率的國民黨部隊的中校副官。至於他爲何人到中年，卻隻身逃往德格這個異族人聚居的地方，有好幾種語焉不詳的說法，但不論哪種，總歸是被歷史事件所左右，以至他採取了這樣不尋常的方式：逃亡。

他的生存能力自然與他的人生經驗相當。他脫下戎裝，隱瞞身世，不久，娶得一位年輕的康巴女子，生下子女七人，淘金，教書，後爲國民黨管制的縣政府的財政科長和縣參議員。然而三十多年後，尤其是我奶奶過早地撒手塵寰，叫他感喟無常，看穿輪回。究竟是什麼樣的業力主宰著脆弱的生命呢？他乾脆把家中值錢的東西和飼養的牲畜一併供奉給了寺院，成爲德格城中最爲虔誠的漢人，較之不少的藏人還要徹底。他一下子變窮了，但他不管。當他於每個清晨和黃昏，跪在絳紅色的大門口，雙手合十，念珠繞頸，用字正腔圓的川東口音放聲念誦佛號，一顆白髮蒼蒼的頭顱份外顯眼，許多轉經的藏人都不禁嘖嘖讚歎。

我至今也很難想像，曾在燈紅酒綠的重慶度過了許多光陰的爺爺，

怎麼能夠安下心來，把一個太遠、太偏僻且大為迥異的外族人的家園，當作自己的家園甚至葬身之地呢？他是如何艱難地維持著他那漢人的習性，譬如之乎者也，譬如三綱五常，譬如打打算盤，吸吸大煙，做一做風味小菜？他又是如何學會了同他們安然相處，把一口鏗鏘有力的康巴話說得與川東話一樣地流暢？當然，那時候的德格城裡漢人不少，在我們的親戚裡就有一位做生意的陝西人，可他只要一說起他家鄉的話，心裡一定有一種親切卻又悵惘的感覺，家鄉的風景歷歷在目，家鄉的親人時時浮現，但真正就在他面前的已有異族血液的兒女們，他總是對他們說，要記住，你們姓程，你們是程家的後代。他多麼希望他們能夠永遠地記得源自他身上的那一半血脈啊。

從家中珍藏的幾本發黃的照相簿上，可以看到，那個形容清臞、個子不高的漢人，始終是一襲長袍馬褂加身；在他的周圍，群山廣袤無邊，寺院龐大，多麼年輕、秀氣的奶奶頭結松石，藏袍曳地，我那還是少年的父親眉頭緊縮，身體單薄，似乎長子的重擔已早早落下。

實際上，後來，大約在一九六〇年代初，他曾重返過一次老家。那裡還有他的結髮妻子和兩個女兒。但她們最終也沒能挽留住如同被換了血液的他。他顯然已無法適應在流逝的光陰中轉變的一切了。說什麼物是人非，其實物亦非物了。他的歸宿已不在漢地而在德格了，在那個飄曳著袈裟、回蕩著法號、彌漫著桑煙的小城。想當初，他沒有姓氏，沒有原籍，沒有親眷和朋友；他起先是一個人，內心惶恐，兩手空空，身上有傷，匆匆而至；漸漸地，一種東西安慰了他，容納了他，平息了曾經燒灼著他的功名心——它是否包括一個康巴女子、一個重新獲得的家庭

和陽光一般普照整個藏地的宗教呢？所以，他要回去，終究還是要回去，回到他那長長的因緣鏈上的其中一個故鄉，真正的故鄉——德格。儘管那時候，我奶奶離開人世已經十年了。

至於我的父親，從他穿上過膝的軍衣起，他就不是作為個人而活著，他幾乎就沒有作為個人而活過。因為他是軍人，軍人是國家的專政機器，服從命令為軍人的天職，而他幾乎當了一生的軍人。鐵打的營盤流水的兵，說穿了，他就是一個移民，他的生活就是一個算術問題，他使他的家人都成了這樣。一九七〇年，他帶著他的日喀則妻子，三個兒女，從已經變成紅色而非絳紅色的拉薩出發，在藏漢混雜的地方繞了一大圈，繞了整整二十年，最終，恰是一個再也無法抑制的秘密，讓他又返回了拉薩。這秘密，啊這難以言傳的秘密，催促著他，使他匆匆地完成了這道算術題。匆匆地，早早地，完成了，卻留有一個餘數，一直延伸到來世，來世他將轉變成一位比丘，作為這餘數、這抽象符號的完美體現。而這正是他在離開從來就不自主的現世之後，由藏醫院天文曆算所的喇嘛卜算出來的。

有誰會想到他此生除不盡的是這樣一個秘密呢？那還是多年以前，在西藏的邊境上巡邏的時候，他看到，像是懸在半空中的山洞裡，一個衣不遮體的人，鶴髮童顏，精神矍鑠，正在盤腿修行；一些異常珍稀、僅在壁畫和唐卡裡見過的動物圍繞四周，或臥或立，卻不喧嘩。一切顯得如此地寧靜、祥和，他也輕輕地打馬離開。從此，做這樣一個超凡脫俗的人成了他畢生的願望，這願望如此隱蔽而又美妙，說給誰聽誰都會以為是場夢。這樣的願望，現世根本實現不了，惟有來世，來世他才能

自由自在，圓圓滿滿。

　　那麼，就讓親緣，那隱而不見的親緣，牽引著我內心的命中之馬，把我帶往那絳紅色的房子吧，那才是我的家園，我唯一的、永遠的家園。我知道，在我絳紅色的家園裡，我的親人們早已換上了絳紅色的衣袍，正靜靜地等候著我。

　　為了還願，為了重逢，為了許下對來世的承諾……

　　終於，到了。

　　首先是「巴康」──印經院。

　　從嚴格的意義來講，印經院不是寺院。或者說，因為印經院通常都在寺院裡，不過是寺院的一部分。但德格的印經院，它自成一格；它的外觀──顏色，結構，規模，一句話，它的樣子，實在是與一座寺院無異。尤其是那大片的絳紅色──假如不是這種顏色，它可能更像一座城堡，一座宮殿，或僅僅是一座具有民族風格的大房子。

　　幾十年前，幾百年前，甚至更早，在這裡──德格，仿佛除了絳紅色，就沒別的顏色了。人們都把這裡當作是又一個聖地，幾乎是和拉薩、日喀則一樣的聖地；而在聖地的中心，只有二百七十多年歷史的印經院，像是亙古就存在了，顯著地、無言地矗立著，它算得上是整個西藏最大的圖書館。當然，它不是現代意義的圖書館，擁有無可估量、不斷增加的現成藏書，那些既不相同也不重複的浩繁卷帙（今天已經可以濃縮在薄薄的光碟上了），讓人望而興歎，由衷地感覺到此生有涯，而知

識無涯。

它其實是藏版室和手工作坊的綜合。

它收藏有多達二十五萬餘塊的印版。這些集中了西藏文化之精粹、被稱為「德格版」的印版，多麼奇特啊，似乎具有一種神秘的、昌盛的繁殖力，使一旁緊密相連的作坊，兩百多年來，幾乎從來就沒有停止過工作；那由一張張又窄又長的書頁捆為一匝匝的書籍，似乎烙滿了這種神秘而昌盛地繁殖的痕跡。加之這些印版——或書版，或畫版，內容之豐富，價值之寶貴，有些還是稀世的孤版、珍版，以至在藏地，無論什麼書籍，只要說是德格版，人們都會聞之起敬，趨之若鶩。幾乎所有的寺院，都珍藏有德格版的經書；幾乎所有的僧人，都讀過德格版的經書；甚至只要憑藉一部古老的德格版的經書，就可以瞭解德格，瞭解康巴，瞭解西藏。

除底層外，印經院有三層樓，正是儲藏印版，以及印刷、裝訂直至形成書籍之處。中央是不算寬大的天井。實際上，還不及從一側沿梯而上，已經能夠在人們歡快而響亮的歌聲中，毫不費力地分辨出紙張在印版上，有力地，且頗有節奏地刷刷擦過之聲。

拾階而上，在環繞天井的走廊間，果然有幾十個年輕人正在熱烈地工作著。只見他們兩人一組，一人在傾斜的印版上塗墨，另一人左手先鋪紙，待右手執一滾筒一推而過，再揭起已印上文字的紙，一張書頁便告完成。整個過程一氣呵成，無比快捷，讓人目不暇給，眼花撩亂。已經不能用眼疾手快來形容這些像機器一樣工作著的人們了。其中最快的一對，其實還是半大不小的少年人，簡直像失控的機器飛速地運轉著，

手中的紙張像雪片一樣紛紛落下，抽一張來看，竟然字跡清晰之至。而且，他倆的歌聲最為嘹亮。藏人即使在從事如此機械的勞動時，也是如此地快樂。我也被他們的情緒感染了，開心起來。

再往上，長長的走廊之間牽滿繩索，上面懸掛著剛剛印好尚濕漉漉的書頁，很像重重經幡。因為一側露天，有微風拂過，和人們穿行時激起的輕微氣流的震盪下，這些經幡似的書頁輕輕地，一張張地飄動著，使整個印經院變得生動、活潑。

而這些紙……因為和別的紙太不一樣，無論顏色、韌性、對墨或色彩的承受程度，更主要的，是取自於一種十分特殊的材料，以致於人們只好稱其為「藏紙」。──這限制性的稱呼，似乎說明，只有在藏地才可能有這種紙。是什麼樣的材料使這種紙與其他紙不同呢？人們都說，這紙的原料是一種名叫阿交如交的植物的根，極富纖維，又有毒性，將其挖出，洗淨漚泡，搗碎成泥，加城提漿，如此反復，最終形成土黃色、較粗糙卻柔韌性極強的紙。其特點是蟲不蛀、鼠不咬，久藏不壞，是製作經書的最佳紙張。故而千百年來，西藏所有的寺院裡，那浩如煙海、成卷累牘的經書全是用這種紙張印成的。

我也十分地偏愛這種紙。我喜歡它的泥土的顏色；喜歡它在陽光下隱約可見的紋路，那是絲絲縷縷的草根；喜歡它在手中搖動時，發出風的聲音；但我不敢把它含在嘴裡，那有毒的說法，反而使它隱含著一種魔力。

這些紙，這些經幡似的書頁，尤其是成千上萬的印版，使這印經院甚至有了一種奇異的效果。

德格印經院，西藏頗負盛名的圖書館。

　　當我往裡走，就像走入曲裡拐彎的迷宮，每個房間的格局本不複雜，然而粗大的樑柱之間，用於存放印版的木架太多、太高，稍微地，穿來往去，就容易迷失其中。那一排排的木架共分十五格，每一格都密密麻麻地插滿了印版。印版的一頭都有把手，可若要取出頭幾格的印版，竟須緣梯而上。木架和印版都塗著絳紅色，和圍繞印經院的牆壁的顏色一樣，可謂表裡如一。……似乎沒有燈，也許有燈，但我沒發現，自然的光亮在這裡很微弱，使木架及其印版漸漸地遁入黑暗之中，像是

一望無際，深不可測。我說過，這些印版似乎有一種繁殖力，的確如此，在這樣的環境裡，若不神秘地、而且昌盛地繁殖，那才奇怪。

這些印版，絕大多數都是老印版；最老的，據記載，如《般若八千頌》，是在西曆一七一三年刻制而成，距今有二百八十六年的歷史。最著名的《甘珠爾》和《丹珠爾》，這兩大經書的印版也於十八世紀刻制完畢。我悄悄地抽出一塊印版，沒想到它很沉，一隻手幾乎拿不動，這不可思議的重量，不禁讓人懷疑這印版的材料是否屬於這個世界。後見縣誌上說，它通常是取最好的紅葉樺木，砍成數段，用微火燻烤，在糞池中漚泡一多，再水煮，烘乾，推光刨平，然後以古老的傳統技術刻下文字或畫，經嚴格校對，方算一塊真正的印版。——僅僅如此，就會使它變得如此沉重嗎？這種沉重，可真不像是由於木頭本身帶來的，似乎……是因為其上的字。難道每個字都有一定的份量嗎？

我把印版放在膝上，細細地端詳著，輕輕地撫摸著，忽然覺得一陣暈眩。這印版散發著一種奇妙的味道，既不馥鬱，也不淡雅，更不腐臭，卻足以使人迷幻。雖與陳年有關，更與某種情感有關，但是，是誰的情感呢？而這些字，這些凹凸不平、痕跡如花的字，多麼陌生，簡直如謎、如天書一般；我不相信它們是能夠解讀的。人們當然可以準確地讀出它們的發音，但有誰可以準確地說出它們的含義？就在我陷入越來越深的虛妄之時，我飄移的目光突然落在頭頂的木樑上，那木樑上繪滿了小小的、彩色的佛像，一尊尊寧靜如水，又似處變不驚，我頓時明白這些字是誰的密碼了。

假如我能夠，我願意化身為這印版上的一個字，願意湮沒在這千千

萬萬的印版之中，不爲別的，只爲了變成誰的密碼，讓誰把我放在這裡，一直留在這裡，留在我的德格老家。

——這些印版，似乎讓我看見了一個美妙的前景。我對來世的承諾，再好不過如此。

因此，當我去更慶寺時，我已經平靜了。我得以從容地和同伴們一起，沿著被稱作歐曲的小河而上，繼續朝聖。有誰看得出我心中曾經的波瀾？

然而，更慶寺……它以前的形象在哪裡？

我不敢相信它又回到了最初……幾乎是最初，僅剩下一座主寺。或者比那時的規模大一些，圍繞粉刷一新的主寺還有一個院子，十多間僧舍；但要和昨日最鼎盛的時候相比，如近年出版的縣誌所說：整個寺院沿歐曲透迤而下，東有主寺與僧舍，西有印經院和唐傑經堂，形成占地數百畝的龐大的建築群。

若從最初說起，此寺緣起于唐傑經堂。五百多年前，叱吒一方的「德格傑布」（德格王）的第一代——博塔‧紮西生根，與噶舉派兩大傳承之一的香巴噶舉中以建橋、創立藏戲留名於後世的、來自于衛藏的一代游僧唐東傑布，共同主持修建了這座得名于唐東傑布的經堂。因歷代德格王信奉薩迦，實則此經堂爲薩迦經堂。以後，十六世紀末，第六代德格王開始興建更慶寺的主寺；十八世紀初，第十二代德格王大興土木，費時數十年，在更慶寺的西側建起氣勢恢弘、名聞藏區的印經院，並交予寺院管理。至此，幾乎占城一半的更慶寺成爲德格的象徵，並轄屬數

十座分寺。以至於今天，誰若自稱是德格人，人們還會習慣地問，是德格更慶的，還是德格江達的（在歷史上，江達一帶屬德格王管轄，二十世紀五〇年代以後，被新政權劃給西藏自治區的昌都地區）？言語之間，若是德格更慶的似乎才算正宗的德格人。

但如今的更慶寺，我此時的回憶，卻是那樣的有限、淡薄。

記得寺院院落不大，四處堆放著木材和刨木花，有一、兩隻狗在懶洋洋地曬太陽，卻無人走動，顯得異常地空寂。幾個朝佛的當地人還在門口就與我們擦肩而過了。在光線昏暗的大殿裡，我們只看見四位年老的僧人在修法。其餘的僧人，我想大概亦如我們路上經過的幾座寺院，剛剛結束了夏安居，正在外面過著短暫的遊方生活吧。……假如都去遊方倒也罷了，那四位並坐一排、形容瘦削的老僧，營造了一種特殊的氣氛。他們像是一直就坐在那裡修法。他們的法器簡單，唯一的金剛鈴顏色沈鬱，大如倒置的燈盞；他們的手印頻繁、複雜，每一隻手都密佈青筋和皺紋；他們的從被層層袈裟緊掩的喉管發出的梵語和藏語的音節，在大殿內嗡嗡作響，隱約有回聲；還有，他們的凝然不動的目光，他們的幾乎可見一絲微笑的臉──這一切，讓人覺得時間還是過去的時間，時間在更慶寺的四位老僧的身上凝固，如歷史在更慶寺的四位老僧的身上凝固；只是隨著緩緩轉變的光線，他們身上的陰影在慢慢加重，這是否象徵著更慶寺不易察覺的衰微？

在大殿的法座上，是一位薩迦高僧的塑像，塑像後面的一張巨幅黑白照片引起了我的注意。照片上，一位表情凝重、氣宇軒昂的人，身穿僧衣，頭戴法帽，像大喇嘛一樣端坐如儀。據介紹，這就是過去馳名藏

左→自幼出家的小僧人,在藏地有很多。
右→法會上的小僧人,是我的德格老鄉。

地、威震藏東的德格王。但他是第幾代王,以及他的名字是什麼,我無法打聽到。後來從有關書籍中,我大概知道,照片上的人有可能是第二十代德格王並第十三世德格法王多吉僧格。

其實,我並不是非究竟他的名號不可,只要是德格王,便值得研究。因為他們的歷史幾乎就是德格的歷史,幾乎就是大半個康巴的歷史。

但德格王在漢文史料上被稱作「德格土司」。當然這是一面之詞,在此姑且用之。

在德格一帶,曾經有兩大稱王的家族最為顯赫。一為林蔥,一為德格,先後相互臣屬,也曾分庭抗禮,最終形成「德格傑布」獨霸一方的局面。

轉嘛呢輪的滄桑老婦。

　　林蔥家族實則是這塊土地上最悠久的土著之王。西藏歷史和傳說中的英雄人物格薩爾，據說是林蔥家族中的第四十五或第四十六代祖先。林蔥家族稱，西元十一世紀，格薩爾在今德格、石渠、白玉境內首建嶺國，作為多康地區政治、軍事勢力最強大的國王，活躍於今四川省甘孜州西北部、西藏昌都地區和青海省玉樹、黃河源一帶。如今，在那高峻、開闊的谷地和綿長、起伏的山脊之間，儘是一片片的濃密森林和青

翠草地，或茫茫荒原，漠漠大地，誰能想到曾孕育出一個無比強大的王國——嶺國？

而德格家族，乃西藏歷史上充滿智慧的噶爾・祿東贊（圖伯特重臣，因受命于圖伯特王松贊干布赴長安迎娶文成公主而立下汗馬功勞）的後人。圖伯特後期，因避誅滅之禍逃難至此，逐漸繁衍開來，取西藏薩迦領袖、元朝國師八思巴給予的賜號中「德格」二字作為家族名號，並演變為地名，區域廣大，自名「德格傑布」即德格王。歷史上，其家族中均以長子出家為僧，並任更慶寺的寺主；次子為俗，承襲王位；若系單傳，則兼任二職。難能可貴的是，歷代「傑布」——不論林蔥與德格，都採取不分宗教教派，一律予以扶持（儘管各有尊奉）的政策，故而在其所轄境內，形成寧瑪、薩迦、噶舉、格魯以及本波五大教派並存的宗教格局，各教派寺院總共超過兩百座，僧尼三萬有餘。「傑布」甚至各有本家寺廟之分，如德格王的家廟，除了薩迦的更慶寺之外，還有噶舉的八蚌寺，寧瑪的噶陀寺、白玉寺、竹慶寺和協慶寺。而且，在「傑布」當中，大學者、名醫竟屢見不鮮，如第十代、第十一代、第十二代德格王都精通醫方，擅長醫術，並且自己研製藥丸，名貴藏藥「仁青常覺」即是其中之一。

最了不起的是第十二代德格王登巴澤仁。他出生於一六七八年，辭世於一七三九年。正是他，主持修建了德格印經院，徵集大量的差民雕刻了《甘珠爾》印版，扶持第八世司徒仁波切修建了八蚌寺，並大力推行不分教派、同等對待、一律扶持的宗教主張，因此，在他統治期間，整個廣大的轄區內，形成了政教勃興、文化繁榮的昌盛局面。這可以說

是德格史上最為輝煌的時期，以至十八至十九世紀在藏東蓬勃興起的「利美－不分宗派運動」，不能不說是源自於這一時期的深遠影響；一些偉大的佛教上師，如第一世宗薩欽哲、第一世蔣貢康楚、伏藏大師秋吉林巴等應運而來，救度眾生。其中，第一世宗薩欽哲甚至有九位化身，分別轉世在寧瑪、薩迦、噶舉等教派，使西藏佛教從派系糾葛的漩渦中脫身而出，振衰起弊，迅速復興。

歷史……恐怕總是由幾個人，或一些人來書寫的。所有的眾生有情只是在生死輪回中，以某種偶然性與某種必然性遭遇，總是充滿了種種的不測，所以有這樣的說法：幸逢盛世或慘遭浩劫。而盛世或浩劫，沒辦法，似乎總是由幾個人或一些人來決定的。

我正是在環繞更慶寺的時候，從一張過去的黑白照片上明白了這一點。

德格，在我停留的幾天裡，漸漸地露出了它在塵埃下的實質。我能否把它看作是康巴大地上已經消失的奇跡？或以絳紅色的綢緞為襯底，以細密的金絲銀線為花穗，在歲月的風雲中仍然包裹著的一顆碩大的、碧綠的松耳石？但是，已經有瑕了；只要仔細一看，就會發現，它已經有瑕了，而這些瑕疵即無法遮掩，也無法彌補，甚至只會越來越多，越來越深。萬事萬物終究都是這樣的一個運行規律——成、住、壞、空。若再添加上人為的因素，更是勢不可擋。

博爾赫斯說過：

正在轉經的德格人。

　　一座山、一條河、一個帝國、星辰的形狀都可能是神的話語，
但是在世紀的過程中，山嶺會夷平，河流往往改道，帝國遭到變故
和破壞，星辰改變形狀，蒼穹也有變遷。山和星辰是個體，個體是
會衰老的。我尋找某些更堅韌不拔、更不受損害的東西。我想到穀
物、牧草、禽鳥和人的世世代代……

是的，植物和動物的世世代代，尤其是，人的世世代代……

傳統上，這裡的人民一直都是牧民、商人和最樸實的農夫，以及手工藝者。而他們或他們的親人中，有相當多的一部分走進了滿山遍野的寺院和修行洞，成爲廣大僧侶階層中的一員。正如達賴喇嘛的兄長當采仁波切所說：「這些立下神聖誓言的人在西藏是一支龐大的隊伍，幾乎每戶都有一個喇嘛。」僅現在意義上的德格，在一九五九年以前，保守地說，僧尼人數便占總人口的百分之三十。這樣一個自覺而無意的安排，它的內蘊，是否如同在無常的時空中，終於出現的一條解脫之道呢？是否唯一的一條解脫之道呢？

精神才是永恆的。因爲精神中，低微的可以流轉，崇高的可以留駐，成爲榜樣中的榜樣！

而精神是可以淨化的。

所以歷史上，以及歷史上的這裡……

西元九世紀，篡位的圖伯特王朗達瑪瘋狂滅佛，使佛教遭遇有史以來第一次最大的法難，將近百年之內，佛法在衛藏消聲匿跡。一些堅決不改信仰的僧人四處逃散，在安多和康巴一帶藏身，並暗暗地傳播正法，如宗教史書《土觀宗派源流》上所說：

> ……使佛教的灰燼，從下路（即指安多和康巴）又重新復興起來，開佛教再宏之端。由此漸次弘傳，使衛藏諸地，僧伽遍滿，講解實修，蒸蒸日上。

因此，在這些地區，實際上保存了西藏佛教最原初、最精粹的教義和實修法門。

加之山高地遠，物種古老，民心淳樸，也就是說，原始風貌猶在，原始人情尚存，使得這裡成為西藏最主要的禪修及瑜伽修行的地區。

也就有了那麼多的成就者，那麼多的上師，那麼多的修行人……

成就者往生淨土或乘願再來；修行人前仆後繼，追求解脫，即使有時僅剩下星火，也可以燎原。

一想起他們，這些遼闊西藏大地上的精華，我便相信了：瑕不掩瑜。

或者，生命之樹常青。

從小，我就困惑於故鄉這個概念。

如同困惑於我的血統。

我常常這麼想，即便在一個地方消磨了一生，又能說明什麼呢？因為有些東西，譬如血統，它一旦混雜就不倫不類，難以挽回，使得人的真實處境猶如置身於一塊狹長的邊緣地帶，溝壑深深，道路彎彎，且被驅散不盡的重重迷霧所籠罩，難辨方向。而終生蹀躞在這樣一塊邊緣地帶，這本身就已經把自己給孤立起來了，這邊的人把你推過來，那邊的人把你推過去，好不容易站穩了，舉目四望，一片混沌。多麼難以忍受的孤獨啊！猶如切膚之痛，深刻，又很難癒合。

一個人的血統，是否就是累世業力的化現呢？

長久以來，我一直有一種無所適從的感覺。但我同時深信，一旦找

到故鄉，便如葉落歸根，就能過上真正意義的生活。這真是好笑又矛盾，這時候，我竟忘卻了血統那致命的影響力。

當我終於回到拉薩，我要做的第一件事情，就是立即換上一生下來就有的卻很少使用的藏名——維色。全名是茨仁維色，我父親起的，意思是永恆的光芒。這個名字，在藏人中不算常見，多為男人所用。後來又把「維」換成「唯」，改為「唯色」。我還偏愛另一個名字——仁增旺姆，是在倉央嘉措的詩歌裡找到的，那可是一首意境優美而深遠的詩歌：

在東方的山頂上，升起皎潔的月亮；
美麗的仁增旺姆，燃起祝福的高香。

而仁增旺姆是誰？是人間的女子，還是天上的「康珠」（空行母）？

我一直以為，名字可以對抗血統。或者說，一個恰當的名字，可以讓人知道自己是誰。而且，通常換了名字，人會有一種重新出生的感覺。改名易姓，抑或隱姓埋名，這是一樁可以在現實中發生的不尋常的事件，富有戲劇性。可無論再生多少次，那如影隨形的，除了業力還會有什麼？

就像學藏文，作為母語的藏文就像是遺忘在茫茫腦海之外的東西，不管如何費勁去打撈總是難有所獲，註定了此生只能在方塊字的框框裡活動。何況至今我仍然保存著方塊字帶給我的最初的喜悅，雖說我已忘記認識的第一個方塊字是什麼了。啊，許多方塊字都似有魔力，比如「夢」這個字，它多像是森林中的一條暗河裡的小魚，或森林中的一隻精

靈的眼睛。

另外的，像對琵琶這種樂器的熱愛，每每聽到彈撥琵琶之聲，總覺得那一聲聲全潛入了心裡，因此也就理解了「心弦」這個詞。有時會湧上淚來，似是被一種無名的憂愁帶往某個很熟悉、很親切卻早已喪失的地方。那是前世所在的地方嗎？是一個什麼樣的地方呢？是藏文書中形容漢地的說法──彩緞產地，還是形容西域的說法──豆蔻之鄉？

不過，即便是名字確實可以與血統抗衡，但也要看是什麼樣的名字，尤為關鍵的，得看是誰給的名字。藏人習慣在孩子生下來以後，抱著孩子去寺院，請有名望的喇嘛或仁波切賜予孩子一個名字。他們一般不會自己給孩子起名。許多人也許說不出究竟，但他們會遵從這個不知從何時起便約定俗成的傳統。許多人的名字因此是一樣的，雷同的，像「多吉」（金剛）和「卓瑪」（度母），是最常見的。在藏地肯定有成千上萬個多吉和卓瑪。對西藏和西藏人缺乏瞭解的人們或許會覺得如此多的重名很可笑，殊不知這裡面蘊含著精神上的意義。它與轉世的觀念有關。它就像那流轉的靈魂上的一個表記，需要發現，並在重新被發現的時候再一次予以肯定。可不可以這樣說，它像一條隱蔽的河流，只要溯源而上，便能到達真正的老家或故鄉？

可不可以這樣說，有了這樣的名字，血統便算不得什麼了？而我竟一直蹉跎到四年前才有了這樣的名字。

幾年前，當我的心開始轉向的時候，我近乎迷信一般，幾乎遍請有幸遇上的每一位仁波切賜名。這些仁波切，有成就的喇嘛上師，總是慨然應允，總是注視我半晌，然後贈給我一個名字。每一個名字都很動

上→在康地鄉下，一家康巴女人為我編起了六十三根小辮子。

下→康地小鎮上的女子。

聽。每一個名字，多麼巧合啊，都有燈盞的含義。有的是佛燈——「確尊」，有的是神燈——「拉尊」，有的是獲得解脫之燈——「朗尊」，總之都是供養之燈——「尊」。說不定，不，肯定是這樣的：從前，我就是供在佛菩薩跟前的一盞燈！而他們一定認出了我。這些喇嘛上師們，一定認出了從前的一盞供燈。所以他們給我的名字，每一個名字都是靜靜燃著火苗的酥油供燈。感謝這些喇嘛上師，讓我終於知道自己是誰了。我願意做這樣一盞供燈，願意永遠做一盞佛前的供燈，常燃不熄。

漸漸地，我也知道了我的老家或故鄉在何處，實際上，老家或故鄉是十分抽象的概念，它無法落在任何具體的地點上，即使似有一、兩個地點，比如拉薩或德格，那也只是因爲塗染在這些地點上的顏色是絳紅色——所有顏色中最美的顏色。如此而已。假如非得找一個確實的地點不可，那就是拉薩，那就是德格，或者說，整個西藏。

米蘭·昆德拉這樣分析過一個把音樂當作祖國的移民，或遊子：

> 他的唯一的祖國，他的唯一的自己的地方，是音樂，是所有音樂家的全部音樂，是音樂的歷史；在這裡，他決定安頓下來，紮根、居住；在這裡，他終於找到他的唯一的同胞，他的唯一的親友，他的唯一的鄰居……

我是否可以把這段話裡的「音樂」換成……西藏？

在德格，我尋找著令我倍覺親切的老式民居。

哪一幢房子，曾經盛放著我的親人們的喜怒哀樂，夢想和創傷？

　　自從父親離世以後，我開始沉浸於在遙遠的藏東有我的家園、舊屋這一頗爲傷感的情結之中，儘管那裡早已人去樓空。此時當我四下尋找，我才發現，連空樓亦不復存在，在原址上拔地而起的是國營相館和商店，但我還是確信留在那裡的、已經故去的親人在等待著我。因此，我去另外一個地方，去遠處半山上，那淹沒在萋萋荒草裡的墳地，與他們相見。

　　眞的，連空樓亦不復存在了。我所看見的，不論多美的建築，都是陌生的建築。而我的親人們，早就遷移了，他們棄下老房子，如棄下軀殼、皮囊；如今，在一座青山的懷抱中，那黃土和石塊壘就的另一種房子裡，恐怕只是一堆白骨了。

　　應該說，在藏人的喪葬習俗中，雖說有土葬，以及火葬、水葬，但普遍是天葬。很早以前盛行過土葬，比如圖伯特時代，由於連接人間國王與天國之間的繩梯在戰鬥中被砍斷，從第八位「贊普」（國王）起，以方形墳墓的形式來存放「贊普」們的遺體。直至今天，在西藏的南部，還保留著一大片被稱爲「藏王墓」的墓群。後來（只能泛泛地說是後來）整個西藏開始流行天葬的葬俗，不僅僅出於把屍體奉獻給鷹鷲的這一利益眾生的佛教行爲，從密乘的教義來說，鷹鷲被認爲是十方空行母的化身，在有些秘密的經書中，它們被稱作「夏薩康珠」，意思是食肉的空行母。據說在天葬時，如果鷹鷲井然有序地降落，並將屍體吞噬乾淨，則有利於死者的轉世；相反，甚至更糟的是，鷹鷲根本就不降落，這表示死者生前的業障很重。

西藏第一大天葬台——止貢提天葬台。

　　不少人認為天葬很殘酷。其實，葬俗中，再也沒有哪一種比天葬更
能讓人了悟生死。赤條條來，赤條條去，今生今世的肉體不過是一件舊
衣服，當那包裹在裡面的，那隱形的，那本質的，或者說，魂要飛，魄
要散，在這時候，將舊衣服棄之何足以惜！

　　我倒是很樂意在我死後把我送去天葬。

　　我希望把我的多少年來自珍自愛的肉體奉獻給鷹鷲。我希望鷹鷲——
這上面的、神秘的使者，帶著我的骨肉飛向惟有喇嘛上師才知道的一個
美妙的所在。

　　但是在德格，我指的是縣城，似乎更習慣於土葬。事實上，康區有

左→天葬台修法的喇嘛在吹「岡陵」。
右→天葬台前祈禱的藏人漢子。

許多地方都有土葬的習俗。不知是亘古以來就這樣，還是中途發生了變化，比如與漢人早在一個世紀前的湧入有關，據說晚清佔據康區的大將，那視藏人為草、殺藏人如麻的趙爾豐就曾經明令禁止天葬和水葬，力倡土葬。總之，縣城東郊的幾乎滿滿一片山坡上，全是高低錯落的墳塋，但不似漢地的墳塋，因不興壘砌得又高又大，只能是一小土堆，上面鋪放著刻有經文的石板；而且，舊時，在土葬前，要請喇嘛卦示出殯和入土的時間，並察地點穴。

我是和表姑及她的女兒一起去上墳的。除了她們，我在德格就沒有別的親戚了。表姑的父親是陝西人，因為做生意來到這裡，並娶了藏女

定居下來，過著富足的生活。表姑德秋排行最小，哥哥、姐姐很早參加了革命，均是國家縣、地級幹部，留下她隨「文革」期間被趕到鄉下的父母一塊務農，直至父母雙亡才在幾年前搬回德格。表姑完全是道地的康巴女人的模樣，漢語說得很費力，見到我，她哭了，她說我長得實在是太像我的父親了。

幾十年了，爺爺和奶奶的墳在哪裡，表姑不清楚。她於是請來一位和表姑父沾親帶故的人，叔叔紥西多吉。他是藏區有名的大學者，通曉佛教中的顯、密二續，擅長醫術和星象學，曾教授過許多仁波切，已圓寂多年的第十世班禪大師還專門接見過他。在當地人的心目中，他其實是一位和喇嘛上師相當的大居士。許多人還請他為去世的親人占卜，在墳塋重重的山坡上選擇地點。我的爺爺和奶奶的墳地就是他給看的。六十多歲的他至今仍清楚地記得他們埋於何處。

有幸的是，我還請到了一位當地的仁波切親赴墳山為先人修法，這對於我和我的親人是多麼大的恩德啊。

正是中午時分，烈日當頭，我們滿身是汗，走了將近四公里才來到墳前。默默跪下，默默叩頭，默默上供，默默流淚，啊，「三炷香火，幾捧墳塋，德格老家我願它毫無意義，我願它無路可尋……」

荒草、野花、亂石——簇擁著座座墳塋；陽光、微風、空氣——照顧著座座墳塋。靜啊，這裡是多麼寂靜！我突然發現這滿山坡的墳塋是那麼多，那麼大，一座墳塋就是所有的墳塋，所有的墳塋就是一座墳塋，這幾乎令我難以承受。這一定是墳塋間閃爍的斑點似的陰影，以及漫長的歲月在起著幻術一般的作用。活著的人，只能被生離死別的苦，催落

一戶人家的門。

下一串串的淚珠，如何才能看見那些飄蕩在墳塋之間的魂靈？但我不要看見魂靈，假如魂靈還在這裡飄蕩，那說明他們還未得到解脫。我寧願看見白骨，也不願看見魂靈！

仁波切開始修法了。

咒語在山谷間飄蕩，手印在魂靈中穿梭，敬愛的喇嘛上師，你讓我的親人們得到了真正的安息，讓我滿懷無言的感激！

我已經很久沒提起我的同伴們了。這幾日，我顧自沉浸在尋故、懷舊的情緒之中，他們則是一群真正的旅遊觀光者，在德格這座絳紅色的小城遊來蕩去，東張西望，每天都有新的發現和收穫。他們追隨著腰上掛刀的康巴人。據說最好的刀都出自白玉，做工精緻，外觀漂亮，刀刃鋒利，康巴人向來以佩白玉刀為傲。因此，那一把把雕花刻獸、鑲珠嵌石的長刀、短刀，在陽光下的康巴人——男人和女人——那有力或婀娜的走動中閃爍著銀光，便深深地吸引住了他們的目光。他們情不自禁地，伸手抓住康巴人的刀，近乎央求地說起價來。要知道，康巴人素來有經商的習慣，這些康巴人便帶著寬容的神情停下腳步，微笑著做起了生意。而買來的刀中，數高燕的刀最好看，那是幾把繫著銀鏈的小刀，是從幾個身材修長的康巴女人的身上取下來的，幾個康巴女人相顧笑道：這下，我們吃肉的刀沒有了。

同伴裡面，來自美國的王導夫婦最有意思。他們帶的行李最多，多是專事美容的王導夫人的化妝品之類，累得六十歲的王導直歎氣。王太太是個性格爽快的人，對什麼都很好奇，都想一試，許多人不習慣的酥

油茶和糌粑，她卻吃得津津有味。有一天，在當地的一戶人家裡，她興致勃勃地換上了藏袍，那是一件華麗而貴重的藏袍，僅在節慶之時才穿著：紅色的立領斜襟襯衣，邊鑲金底彩繪錦緞；長及腳踝、顏色深褐的呢制袍子，斜挎在左肩上，露出紅袖長長的右臂，邊上除與襯衣同樣的錦緞外，還鑲有很寬的一節水獺皮；還有，環繞腰肢的一圈長垂著的銀飾，和綴在耳上、掛在頸上的黃金、珊瑚、九眼石。任何人穿上這樣的衣服，配上這樣的飾物，都會頓時變得美麗非凡，猶如降落在人間的仙女。我也忍不住穿上它照了幾張相，洗出一看，我從來沒有如此好看過。康巴的藏袍，恐怕是藏地所有的藏袍中最漂亮的。

德格，德格……

它的三千兩百四十公尺的海拔，它的土木結構的老房子，它的嶺‧格薩爾大王的來回馳騁，它的華麗而不乏強硬的口音，它的各個教派並立而存的紅寺院，它的霸氣十足卻無比虔誠的「傑布」們，它的森林和地下的寶貝，水裡的精靈，個別深山中的伏藏（宗教大師所埋藏的寶藏，大多為各種修習之教法），偶然遇見的小活佛，空氣中神仙女子的芳香，繫著銀鏈的鑲寶石的小刀，惟有盛大的節日才與之相襯的美麗藏袍，以及，一匹遠遠馳來的白馬，猶如命中之馬向我引頸長嘶，以及，它的，僅僅一部德格版的木刻印版就能讓人陷入沉思，或幻覺……

啊德格，生生世世，在我的血管裡奔湧！

一九九九年二月於拉薩

轉林廓。

薩嘎達瓦──
西藏的「窮人節」

1.

　　藏曆四月，在西藏的天文曆算中稱之爲「薩嘎達瓦」，意思是藏曆星象二十八星宿之一氐宿出現的月份，即氐宿月。在西藏佛教的傳統上，因爲這個月與佛陀釋迦牟尼所實踐的佛教事業密切相關，「薩嘎達瓦」已轉變爲一種具有宗教意義的象徵。尤其藏曆四月十五日，被視爲化身佛釋迦牟尼誕辰、成道和圓寂的日子，可以說這一天是「薩嘎達瓦」中的「薩嘎達瓦」。

　　虔信佛教的藏人認爲，在「薩嘎達瓦」這個月「行一善事，有行萬善之功德」，故而無不履行諸多善事以促使個人之淨化：持戒、守齋、獻供、轉經、禮拜、佈施，以及放生。在拉薩，轉經主要是以環繞主供釋迦牟尼十二歲等身佛像的大昭寺而進行的。主要的轉經道有內、中、外三條：內圈「囊廓」，指的是大昭寺內環列著三百零八個嘛呢輪的轉經道；中圈「帕廓」，指的是環繞大昭寺的著名商業街──帕廓街；外圈「林廓」，指的是包括大昭寺、藥王山、布達拉宮、小昭寺等幾乎囊括大半拉薩城的道路。另外還有「孜廓」，單指環繞布達拉宮的轉經道。每逢「薩嘎達瓦」，各條轉經道上人如潮水，以順時針方向周而復始、首尾相接地環行著，信徒們一手轉動經筒，一手數著念珠，且口誦眞言，煨桑並拋灑糌粑和青稞酒，嬝繞不絕的桑煙使整個拉薩沉浸在佛教生活的氣息之中。在藏曆四月十五日這一天，各種禮佛與行善活動達到高潮。

其中，佈施在諸多善事中最為常見，集中體現於轉經時候。在各條轉經道上，信徒們要向沿途擠滿轉經道兩旁乞討的人們發放佈施。一摞摞錢幣大多是早已在銀行兌換好的嶄新角票，或積攢下來的舊角票，也有一元、兩元不等。佈施者一般都是挨個地發放佈施，轉罷一圈所施捨的錢幣少則百元多則上萬元。而那些得到佈施的人們，有來自遠地到拉薩朝聖已一貧如洗的信徒，也有專門為這個日子從鄉下趕來乞討的窮人，有雲遊四方、顧自修法的行腳僧，也有圍坐一圈、齊聲頌禱的附近小寺的阿尼，有老人和小孩子，也有病人和殘疾人。所以，在拉薩，「薩嘎達瓦」又叫做「窮人節」或者「乞丐的節日」。

值得一提的是，近年來乞討者的隊伍中有越來越多的漢人夾雜其間，這些漢人在平日裡多為幹各種雜活的民工，看上去都是精壯男子或年輕婦女，當然也有老幼病殘。據說，這些漢人們把「薩嘎達瓦」叫做「藏民發錢的日子」，因為僅此一天討要到的錢遠勝過平常一日掙的苦力錢。

從一九九九年開始，因為「薩嘎達瓦」而進行的各種佛事受到當地政府的嚴格限制，尤以二〇〇〇年最甚，有專門文件下發至拉薩各級單位，禁令幹部職工去寺院朝佛或轉經，如果發現一律革職；離、退休人員則停發養老退休金，學生予以退學處理。為此，拉薩市還要求所屬單位派遣人員，守在轉經路上的高峰處——藥王山口觀察並記錄有無本單位的人參與。不過普通百姓可以進行佛事，但強調必須注意維護城市的衛生和交通。一時間，轉經的人明顯減少，沿途乞討的人更是寥落，桑煙淡若有無。二〇〇一年的「薩嘎達瓦」則緩和許多，轉經道上還新建了

十幾座圓形尖頂香爐，以制止信徒們隨地煨桑。據當地報紙報導，這是拉薩市城建環保部門爲方便信徒煨桑，並保護城市環境衛生而專門修建的。

2.

二○○二年的「薩嘎達瓦」是由西曆的五月十二日至六月十日。從第一天起，可以明顯地感受到逐漸強烈的宗教氣氛。轉經的信徒絡繹不絕，填滿了日出與日落之間的全部時間。中年最多，其次是年輕人，鶴髮老者也不少。一個個走路飛快，精神抖擻，讓人感覺這是一項值得推廣的全民健身運動。以三步一個等身長頭不斷匍匐而行的男女苦修者也不時可見，他們渾身沾滿塵土，額頭碰破卻毫不在意。各路口上的警察依然不少，不過多爲維持秩序的交警，在他們的指揮下，川流不息的各種車輛間或被攔，爲轉經者讓出一條必經之路。小商小販則抓住這一時機，在轉經路兩旁擺攤設點，出售的多是涼粉、涼麵、炸薯片一類的速食食品。

五月二十八日是藏曆四月十五日。早上六點半，天色剛亮，我帶上相機走出家門，很快就融入轉經者的洪流之中。桑煙繚繞，祈禱之聲訇響，大步流星地穿過身邊的人們一眼就可看出來自藏地何處。我指的是衛藏、康巴和安多這三大地域。似乎很久沒有在拉薩見到過這麼多的藏人了，平日裡他們仿佛被淹沒在越來越多的異族人的海洋之中，僅僅在帕廓一帶才最爲多見。此時他們全身心地沉浸在佛事之中，見乞丐就給

買幾塊刻好的經版放到塔上。

錢，遇香爐就煨桑，這讓我的心裡湧上一股複雜的滋味，不知該如何感慨時事的多變。因為客觀因素的阻礙，我已有兩年未能這樣一步一個腳印地轉經，而是騎著自行車轉上大半圈的「林廓」而已，目的不在轉經而在統計沿途有多少監視點，所感受到的只是壓抑。不過有關限制至今並未全部取消。許多單位依然在「薩嘎達瓦」之前召開會議，強調作為共產黨員的幹部職工、退休人員不能參加轉經等佛事，否則將被嚴肅處理。但較之前兩年，這類警告顯得有點流於形式，故而在轉經的人潮中可以看見不少拿工資模樣的人，他們通常不穿藏服，與穿藏服的老百姓構成了轉經者當中鮮明的兩大類。

紛紛走過的信徒捐助刻經版的喇嘛。

另外，與往年不同的是，轉經道上除了專門修建的香爐以供信徒煨桑，乞討者均被集中於幾處，而不能像過去那樣佈滿沿途，於是，在靠近有「拉薩的魂山」之稱的藥王山一路上，挨肩接踵地擠滿了無數伸手討要施捨的人。令人驚訝的是，乞討者中間竟然夾雜著相當多的漢人，粗粗統計一下，差不多占去三分之一。而且多是年輕力壯的男男女女，有些還帶來了孩子，孩子當中有的穿著校服。這在往年的「薩嘎達瓦」從未有過。他們或者三三兩兩擠坐在藏人中間，或者一群群占滿某一處的路邊，一手捏著一把錢幣，一手伸得老長，幾乎無一例外地戴著壓得很低的各種帽子用以遮擋面目。和周圍也在討要施捨的藏人相比，他們的穿著不但不寒酸，反而稱得上不錯。仔細觀察並比較，我發現，同樣在要錢，漢人和藏人的神情竟也如此不同：漢人很著急，拿到錢趕緊又伸出手，而藏人拿到錢要說「托幾且」，意思是謝謝，有的還把錢放到額頭上以示更深一層的感激，有的則念誦祝福的禱詞。我還發現，漢人之間很少交談，而有一群看上去像是從後藏農村來的藏人，像過節似的放聲唱著家鄉的民歌，他們的歌聲讓轉經佈施的人也駐足傾聽。

　　僅僅是出於記錄此番情景的想法，我端起相機開始拍照，突然有人拍我的肩膀，回頭一看，一個幹部模樣的藏族男人沖我豎起大拇指，激動地說：拍得好，多拍一些，讓人們看看漢人現在居然連藏人討施捨的飯碗也在搶，以後怕是轉經路上要錢的漢人比藏人還要多。接著他又說：你看我們藏人多愚蠢，幹嗎要給這些漢人錢呢？對此我沒作半句回應。確實，轉經路上發放佈施的幾乎都是藏人，也有寥寥無幾的外國人或內地遊客好奇似的模仿幾下。這些實際上遠遠多過乞討者的佈施者不

少是腳步蹣跚的老人，他們把平日裡積攢下來的全部零錢毫無分別心地一張張發給每一個伸手討要的人，不管是藏人還是漢人。看上去他們的年紀比「和平解放」已過五十載的新拉薩還要大至少十來歲。其實不但他們沒有分別心，連討要施捨的藏人們也不排斥這些搶自己飯碗的漢人們，肩並肩地擠坐在一起，倒構成了一幅藏漢民族大團結的生動畫面。

3.

事實上，有著深厚的佛教內涵的「薩嘎達瓦」是西藏傳統文化的一個部分。其中的轉經與佈施是這個文化中的普遍現象。在轉經中佈施，在轉經中乞討，施予者與被施予者其實相互需要，相處融洽，各有所得，其樂融融，並無絕對的分界線。因此，「薩嘎達瓦」不但是乞丐的節日，也是施捨者的節日。然而漢人乞討者的加入則改變了這一性質，他們——或者說他們之中的相當一部分——為錢而來，為錢而去，使得佈施者所佈施的錢幣僅僅只是錢幣，而失去了有可能包含的精神意義。當然，藏人乞討者之所以坐在轉經路上伸出手來，目的也是為了要錢，但很多人表達感激的神情和行為卻是一種回報的方式，儘管簡單，卻也實現了宗教中知恩圖報的思想。

「薩嘎達瓦」還有一個別稱，叫做「放生節」。因為在藏曆四月十五日這一天，放生和佈施一樣是積德行善的行為，所以有很多藏人聚集在出售魚類的市場，幾千條、幾萬條地將其買走，小至泥鰍，大到鯉魚，只要有什麼魚賣就買什麼魚。賣魚的幾乎都是四川人，紛紛爭搶成一

夾波日的摩崖石刻絢麗多姿。

團，要把魚賣給放生的藏人。他們吃准了藏人今天非買魚不可，價格也就一致地居高不下，因此這一天討價還價很困難。不但如此，在秤魚的時候雙方都要斤斤計較，要扣除魚筐的重量，還要儘量地將水濾盡，這之間就有斤兩的出入。好不容易買夠了魚，就把裝滿各種魚的筐子用卡車或拖拉機載著拉到拉薩河邊，在把魚傾入大河之前最好要請一位喇嘛來為這些獲得生命和自由的魚們念經修法，希望這些回到水裡的魚不再被貪婪的人們抓獲，希望整個世界風調雨順，五穀豐登，眾生和睦相處。所以說「薩嘎達瓦」也是魚類的節日。

　　我已連續幾年和一群康巴人隨一位仁波切（活佛）一起在拉薩河邊

左上→在「薩嘎達瓦」這一天,討要到的
錢甚至比平常一日掙的苦力錢多得多。

右上→這位藏族老人正在向每一位伸手給
她的人發佈施。她奉行的原則是:只要伸
手,就必須佈施,不論這些要錢的人是藏
族還是漢族。

下→這些要錢的人,有相當不少一看就是
漢人,而且是年經力壯的漢人,他們與同
樣要錢的藏人,肩並肩地擠坐在一起,倒
構成了一幅民族團結的場面。

左上→每逢「薩嘎達瓦」，藏人們都要買很多的魚來放生。遺憾的是，這些來自漢地的魚販們往往趁機哄抬魚價。

左下→僧人們把放生的魚傾入河水中。

右→我的上師，堪布仁波切，在為獲得放生的魚念經。

放生，每一次所花費的錢合計有一萬五千元左右，可以買一千多斤的魚，有泥鰍、鯽魚、鱔魚和拉薩魚，今年還有人買了幾十隻青蛙和烏龜。河水清涼，緩緩向前流動，鄭重其事的仁波切往每個盛滿各種魚的筐子裡撒下法藥和法水，並長時間地為之誦經修法。待這一切活動完畢，才將魚們傾入河裡，頓時魚們在水裡飛快地游來游去，眨眼間便已消失不見。據說如今拉薩河裡的魚品種很多，許多都是以前西藏所沒有的，人們笑說它們都是從內地乘飛機來的「援藏幹部」。不過每次放生都有人擔心這些魚一到下游又會被人打撈上岸，再次送到市場出售，終究還是免不了被宰殺的命運。一個看上去很憨厚的康巴人於是說，今天做善事是十萬倍的功德，做壞事也是十萬倍的罪孽。其實這麼多的魚倒入另一種水土的河裡，即使無人抓獲，可真正能夠活下來的誰知道有多少？有環保人士認為如此放生將導致生物鏈的失衡，並不利於自然環境，但對於習慣放生的藏人來說，即使只有一條魚活著，那也是無可替代的最大的功德。

二〇〇二年六月於拉薩
二〇〇四年十二月二十五日於北京

西藏寺院修法的殿堂。

II
噶瑪巴在西藏時的故事

（噶瑪巴，也即大寶法王，是藏傳佛教噶瑪噶舉教派的最高法王，已傳承十七世。現第十七世噶瑪巴伍金・赤列多吉，一九八五年出生在西藏東部一個遊牧家庭，後依據前世噶瑪巴遺留的預言函件被尋訪到，一九九二年在拉薩楚布寺舉行了坐床儀式，並得到達賴喇嘛的認可，中國政府也予以批准。一九九九年十二月二十八日，噶瑪巴秘密出逃西藏，歷經八天八夜以及近一千英哩的漫漫旅途之後，終於安全抵達印度流亡藏人中心──達蘭薩拉，見到了達賴喇嘛。）

1.

噶瑪巴住在楚布寺措欽大殿二樓靠北的一間大屋子裡，很長的窗戶上緊緊地拉著金黃色的綢緞簾子，因為朝陽，高原終日的陽光將這間大屋照耀得金碧輝煌。窗戶對面是一排藏式長櫃，裡面安放著許多精美的小佛像。這之間最裡頭擺著一張藏式的雕花木床。這是噶瑪巴的座位，也是他夜裡休眠之處。在床的右邊，懸掛著一張很大的前世噶瑪巴的照片，神情與這一世的他驚人地相似。還有一尊約一米高的銅製鍍金的文殊菩薩塑像，藏語稱之為「絳白央」，是無上智慧的化身。噶瑪巴平時總是盤腿坐在這張床上，學習，或者接見來訪者。

他平時總是只能待在他的屋子裡，旁邊總是站著一群大他幾十歲的

喇嘛。他是不能隨便出去的，最多也只是在門外的陽臺上走一走。如果他要下樓，那是舉行法會或沿轉經路轉經，或去拉薩的時候。法會倒是挺多，但也只是從這間大屋子到另一間更大的屋子，從這個座位到另一個更高的座位，而且在那個座位上，常常一坐就是大半天，可以喝茶，但很少可以吃東西。就是吃點什麼，也只是一碗用酥油、人參果和葡萄乾拌的米飯。至於去拉薩，一年也就幾回，一般都是參加統戰部和佛協的會議或新年的茶話會。如果是他自己想去拉薩，那得專門向有關部門打報告。其實他還是進了又一間大屋子裡。那間位於雪新村深處的一個藏式大院二樓上的屋子，依然是被金黃色的窗簾緊緊遮著。他依然不能隨意出門。拉薩城裡的百姓們蜂擁而至，捧著哈達和供養，排著長隊，在一群穿公安制服的人的監督下，一個個走進樓下的廳堂裡領受他的祝福。而當他出門的時候，則是警車開道，警號嗚嗚響著，很遠就能聽見，還夾著一個響亮的男中音，用藏語一路吆喝著：「閃開，閃開。」

所以，噶瑪巴最開心的是沿著寺院的轉經路轉經。雖然還是前呼後擁的，法號聲聲，燃香嫋嫋，但藍天白雲，群山河流，還有轉經路上密佈的修行洞穴，那是他的十六個前世們閉關修行的地方，雖然小得僅容他一人，但卻是他的精神最自由的安身之處。所以他總是慢慢走著，環顧四方，臉上浮現著輕鬆的笑容。有一次，噶瑪巴走在轉經路上，突然向著天空磕頭，神情裡有一種難得見到的喜悅。當他行罷禮拜，隨行的僧人們小心翼翼地問是什麼緣故，噶瑪巴眼望空中說，剛才見到古汝仁波切了。又有一次在轉山的時候，在某一世噶瑪巴修行的洞穴旁，噶瑪巴手提絳紅色的披單，在一塊石頭上飛快地畫了幾筆，然後繼續轉經。

走在楚布寺轉經道上的法王噶瑪巴，在這張照片上才是
十四歲的少年，法相如此非凡，實乃僧伽之典範。

走在後面的僧人湊近一看，石頭上竟凸現著藏文的「噶瑪巴千諾」（其意為：遍知一切的噶瑪巴，請護念我！）的字樣，是紅色的，在陽光下十分醒目。僧人們都又驚又喜，生起無比的信心。

2.

一九九八年五月初，楚布寺的元老珠本仁波切圓寂了。早在一九五九年初，他跟隨第十六世噶瑪巴匆匆逃出西藏，為的是躲避外來的新政權。一九八〇年，為了修復噶瑪噶舉在「文革」中被夷為平地的祖寺，他受十六世噶瑪巴委派，從位於錫金的絨定寺重返西藏，率領僧侶和百姓們重建寺院。許多牧人和農民獻出了他們生活的必需品，如犛牛、馬、酥油、糌粑等，珠本仁波切和僧人們視之為珍寶，轉換為建寺之用，一磚一瓦，一草一木，楚布寺就是這樣修復起來的。然後是塑佛像、繪壁畫、請法器、縫法衣、購經典……。一九九二年，當十七世噶瑪巴在楚布寺坐床之時，寺院已頗具規模，珠本仁波切告訴人們：「以我個人來說，我認為我的工作已近尾聲。我至少已重建了楚布寺的一部份，現在可以安心地把楚布寺交還給噶瑪巴了。我不理會我的健康、視力或生命，我的任務已完成……」。

當他圓寂後，寺院全體僧人舉行了七七四十九天的特殊法會，逢「七」則由噶瑪巴親自主持。流亡國外的噶瑪噶舉及藏傳佛教的重要上師、大禪修者波卡仁波切也專程趕來。「荼毗」大典的前一天，珠本仁波切的「古棟」（法體）被恭迎至大殿，波卡仁波切和堪布、喇嘛們用藏

紅花水為法體淨身，又為法體穿上法衣、戴上五佛法冠、雙手結「曲加」
法印，安放在一特製的木龕內。而在與噶瑪巴的住所相連的大殿二樓的
平臺上，已用泥土和石頭壘起一座被稱為「古棟布康」的寶塔狀香爐，
四方各有一小門，頂上四周環以彩色圍幔，以示莊嚴的壇城。

　　六月三十日這一天，天空佈滿陰鬱的低雲。從附近鄉村甚至拉薩湧
來許多手捧哈達的信徒。上午九時半，噶瑪巴親赴大殿迎請法體。接著
由噶瑪巴和波卡仁波切領行，數十名重要喇嘛手持燃香，十名僧侶吹響
法號，十名僧侶手提香爐，十多名僧侶抬著安放法體的木龕緩緩上樓，
在低沉的誦經聲中繞壇城三圈，而後將法體恭敬地抬入「古棟布康」
內，並覆以紅色華蓋。這時候，有許多人不禁低聲哭泣。

上→一九九八，楚布寺夏季金剛法舞。

下→一九九八年，法王噶瑪巴在示演金剛法舞。

噶瑪巴神情凝重地端坐在儀軌所規定的方位上，主持「茶毗」大典。在另外四個方向也各有一位喇嘛主持進行不同的修法。法會是「希結旺擦」四種火供中的一種：「希瓦」火供。也就是說，由這一火供體現「息」、「增」、「懷」、「誅」四種成就中的「息災」之功德，從而為珠本仁波切在融入法界的過程中消除所有的障礙。火供供品有各種糧食，如青稞、大米、豌豆、黑芝麻等；各種乾果，如紅棗、桃幹、核桃、桂圓等；以及吉祥草、酸奶和大量的酥油等。約四個小時後，修法暫告一段落。噶瑪巴更換法衣和法帽，離開法座，來到「古棟布康」前，與其他四位主持喇嘛各立一方，一邊誦經一邊點燃火把，放入「古棟布康」內，繼而返回法座，用長柄銅勺將所有供品一一舀起再傾入一銅盆中，再由僧人將銅盆中的供品與酥油、柴薪一起加入「古棟布康」裡，頓時火焰沖天，所有信眾排著長隊右繞祭壇，供奉哈達，人群中又是一片低泣聲。

　　這時天降細雨，在悠長而低沉的誦經聲和法樂聲中，仿佛上天有知，也在為珠本仁波切的離去而落淚。噶瑪巴一絲不苟地在淒風苦雨中堅持修法，整整一天既不休息也不進食。坐在一旁的我們又冷又餓，中途還跑到寺院附近的茶館喝了茶，吃了麵，才又去看那漫長的法事。而噶瑪巴還是那樣精神抖擻、全神貫注，全然忘記了寒冷和饑餓，忘記了雨水的浸淫和修法的疲勞，示現了與他十三歲的身體並不相稱的菩薩道精神。

　　直至下午六時半，法會圓滿結束，「古棟布康」餘煙繚繞，那是珠本仁波切已化作輕煙，升向遙遠而無瑕的淨土……

3.

　　噶瑪巴身邊總是跟著一位秘書，隨時得記下噶瑪巴一些不尋常的言論，尤其是他在突然入定時說的話，因爲這裡面還包含著對一些已經圓寂的成就者再度轉世的預言。像十一世保沃仁波切的認定就是這樣。保沃仁波切屬噶舉派極爲重要的活佛系統之一，傳統上都由噶瑪巴親自認證。

　　這之前，對噶瑪巴有著無比信心的喇嘛財旺（又寫爲「策旺」），是保沃仁波切所屬的乃囊寺的主持，多次請求噶瑪巴預言他的仁波切何時回來，噶瑪巴總說還未到時候。有一天，噶瑪巴在上佛學課時，神情突然一怔，雙目凝視虛空，仿佛在正觀中看見了什麼，而後隨手在一張紙上寫了一首詩，交給經師喇嘛尼瑪，說：「保沃仁波切回來了，是個很漂亮的男孩。」喇嘛尼瑪一看詩很驚訝，這是因爲他還沒有教噶瑪巴學習詩學到這一步。而詩中的內容也讓他興奮，因爲裡面有著對保沃仁波切轉世的出生方位、父母姓名等的詳細預言。同時，噶瑪巴令喇嘛財旺率乃囊寺僧眾修十萬座「瑪哈嘎拉」等儀軌。

　　喇嘛尼瑪立即帶著一位在金剛神舞中扮相爲「保沃」（勇士）的僧人，化裝成商人依詩中所說去藏北一帶尋訪，但頭一回並沒有找到，他只好返回寺院向噶瑪巴彙報。噶瑪巴說再去找，走遠一點去找，並反問：「難道你們不相信我？」喇嘛尼瑪趕緊又去找，這回找到了，就在上次去過再往前走一點，在那曲鎮上一戶做生意的年輕夫婦家裡，正有一個剛生下不久的男嬰，特別漂亮，所有情況和噶瑪巴詩中所說完全相符。而這時，噶瑪巴年僅九歲。

人們歡天喜地把靈童迎回乃囊寺，這孩子一見長老珠本仁波切，就張開雙手撲向他的懷裡，一個勁地親吻他的臉，以至與靈童的前世、在尼泊爾圓寂的保沃仁波切交誼深厚的珠本仁波切老淚長流。更神奇的是，當褓褓中的靈童第一次被帶去覲見噶瑪巴，車剛到楚布寺，所有人都明白無誤地、萬分驚異地聽見尚不會言語、且一路沉睡的嬰孩開口說的第一句話是：「噶瑪巴千諾！」這是噶瑪巴心咒，和藏傳佛教中所有的心咒一樣，也為廣大信徒普遍誦持，堅信只要有強烈的虔敬心與上師相應，心咒中所表達的願望定會實現。

4.

我第一次見到保沃仁波切時，他才五歲，特別可愛。聽說噶瑪巴很喜歡他，常常叫人把小小的保沃仁波切從附近山上的乃囊寺帶下來玩。有一次，保沃仁波切來了，因為噶瑪巴有事，沒和他說幾句話，也沒像往常那樣，把信徒們獻的玩具送給他，所以小保沃仁波切回到他在楚布寺的房間裡，嘟著小嘴對喇嘛財旺說，「益西諾布」（如意之寶，對教派領袖的尊稱）是不是不喜歡我了，為何連個玩具都不給我？第二天，喇嘛財旺把這話告訴噶瑪巴，噶瑪巴就讓他把小保沃仁波切帶來。在噶瑪巴的屋子裡，穿著小袈裟的保沃仁波切十分害羞，見噶瑪巴好像不理不睬的樣子，怎麼也不好意思去拿放在桌上的一架遙控飛機玩具，可他又很想拿，就用袈裟上的披單蒙住臉，一點一點地往前挪動腳步，等他快到跟前時，噶瑪巴悄悄地把飛機藏在身後，小保沃仁波切撲了個空，差

上→這是噶瑪巴認證的第十一世保
沃仁波切。天真無邪的保沃仁波切
這時才五歲。
下→二○○四年夏天在乃囊寺見到
不開心的保沃仁波切。

點哭了。噶瑪巴趕緊把他抱起來，把飛機塞在他的手上，他這才破涕為笑。

保沃仁波切是噶瑪巴親自認證的第一位轉世活佛，據說在寺院的努力下，當局原本同意保沃仁波切坐床，但因在二〇〇〇年的前夜，噶瑪巴不打招呼就突然出走印度，使得當局惱羞成怒，將保沃仁波切趕回父母家中，不准他住在寺院，不承認他是活佛，但又惟恐這麼做會遭致僧人的反對乃至反抗，便在乃囊寺部署了重重警力。整座乃囊寺不過五十多個僧人，卻被佩有手槍、微型衝鋒槍的數十名警察嚴加看管。

聽說保沃仁波切在拉薩團結新村的小學上過兩年學，會說一些漢語。又聽說二〇〇三年十二月，當局終於發善心，批准他返回乃囊寺並同意他坐床了。於是二〇〇四年夏天，自從噶瑪巴離開楚布寺之後，我第一次去乃囊寺，見到了已經九歲的保沃仁波切。他好像不如小時候漂亮，變得胖乎乎的。看得出他一點兒也不愉快，始終噘著嘴，一聲也不吭。他的屋子還是以前那樣，只是除了被他從小叫做「阿媽」的喇嘛侍者，還多了一個藏人，一身俗裝，兩手放在褲兜裡，目光不善地緊盯著，一看就像是便衣。後來得知他果然是一個公安，對外稱是保沃仁波切的保衛人員，只要有人去他就守候在旁，使得來者個個緊張，不敢多說更不敢久留。

5.

噶瑪巴出走之前，楚布寺的香火非常旺盛，據說每個月都有來自各

方信徒的供養累積二、三十萬人民幣，有時候還要多得多。而在信徒當中，除了藏地的百姓是我們最常見的那種再平常不過的信徒，還有許多人來自內地、港臺和西方，形形色色，心事各異。

幾年前，一位臺灣朋友到拉薩朝佛，帶來臺灣的《自由時報》（一九九八年十月十八日）和泰國的《星暹日報》，均對某個所謂的「喜饒根登仁波切」赴泰弘法引起轟動一事有重點報導。不看圖片倒罷，一看加了紅框的彩色圖片上，那個走在兩頂金碧輝煌的華蓋之下，穿絳紅色袈裟、裹明黃色披單、戴「門」形的錦緞法冠、且伸出雙手為兩邊手捧哈達跪地恭迎的臺灣信徒摩頂的人，以及，圖片一側註明此人是「藏傳佛教八大活佛之一的噶瑪赤列多傑喜饒根登大仁波切」的文字，我不禁譁然。因為我在大昭寺朝佛時曾碰到過此人，正是這身通常惟有在法會上才能如此穿戴的裝束，並領著一撥身穿藏地袈裟卻腿露西褲或牛仔褲的臺灣人大聲喧嘩，我打聽過，此人雖有藏名卻非藏人。

《自由時報》上說這位「喜饒根登」「為中國西密噶舉西饒派的祖師，曾獲藏密仰諤益西諾布大法王頒授聖譽封旨，認定其為『藏密再來人』，為藏密八大活佛之一。」另一篇報導上說這位「喜饒根登」曾在大陸成都習法，於一九九五年受「大日如來白障仁波切」密頂，「仰諤益西諾布大法王」的認定……云云，一看就是漏洞百出的謊言。

因為在藏傳佛教四大主要教派中，儘管噶舉教派支系最多，有「四大八小」之說，但無論「四大」也罷，「八小」也罷，從未有過什麼「西饒」噶舉。再則，藏傳佛教諸教派向來重視各自教義之傳承，其脈絡之清楚，系統之完整，保存之精細，可謂藏傳佛教一直發展至今的重要

因素，包括活佛轉世系統亦如此。儘管藏地有多達上千的大小活佛，但若要由上至下、各個教派地排列，也從未有「八大活佛」的說法。另外，所有的西藏人都知道，藏傳佛教的所有活佛中，被尊稱為「益西諾布」即「如意之寶」的寥寥無幾，只有達賴喇嘛、噶瑪巴和晉美彭措仁波切等幾位法王受之尊奉，乃眾望所歸。那麼，所謂的「藏密仰諤益西諾布大法王」是誰？所謂的「大日如來白障仁波切」又是誰呢？後據網路上的消息，前者竟是原本在四川成都寶光寺當畫工的漢人義雲高，而後者是義雲高家中的一個農民傭人偽裝的，他們自稱活佛轉世，到處招搖撞騙直至今天。

報導上還說這位「喜饒根登」「在去年返回西藏祖普寺（即楚布寺）祖廟時，備受藏民尊崇的十七世大寶法王噶瑪巴，親率全寺活佛、喇嘛，以藏密大禮相迎，並致贈唐卡，與其平等相待合影留念」，更是彌天大謊。我曾為此專門向楚布寺的僧人們瞭解過，經僧人們回憶，是有這麼一撥人來過，卻與一般從內地或海外來的信徒受到的待遇無二，並無任何特殊對待。誰都知道，噶瑪巴出於慈悲心，往往會同意信徒們的懇請，為他們摩頂，與他們合影，這實在是太常見了，除信徒本人感到無上榮幸，別的似乎說明不了什麼，可是，如果非要將此視為「藏密大禮」來抬高自己，顯然是別有用心。

6.

那年，共產黨認定的十一世班禪在日喀則紮什倫布寺坐床，噶瑪巴

也被叫去捧場。當然還有藏地的許多大活佛在場。當然也有許多政府官員。噶瑪巴旁邊坐著生欽·洛桑堅贊，原本是棼寺下屬寺院的一個地位不高的活佛，但因早在一九六四年批鬥十世班禪喇嘛的大會上，痛哭流涕地控訴班禪喇嘛打擊寺院裡的積極分子，與另外幾個貴族和活佛做出了不少誣衊班禪喇嘛的指控，甚至吐口水、甩耳光，為此深得新主人的歡心，很快獲得了提拔重用和豐厚俸祿，這無疑是對他們批判班禪喇嘛的獎賞，為此拉薩人在暗地裡送給他們一個特別的稱呼——「班巴爾」，意思是靠鬥班禪喇嘛發財的人。生欽從此升任區政協副主席、全國政協常委、西藏自治區人大副主任等職。可能是出於這個原因，也可能還有別的原因，比如他的年紀比較大了，總之他並沒有把當時才十歲的噶瑪巴放在眼裡。據說他和噶瑪巴說了幾句話，突然把他的手放在噶瑪巴的頭上搓了一下，像是在逗一個小孩子。而噶瑪巴猛地把頭偏開，站起來就給了生欽一個響亮的耳光，周圍的人都驚呆了，生欽更是又窘又氣，臉漲得通紅。幾年後，宅院前不知被誰炸出一個坑的生欽突然暴病身亡，許多藏人都悄悄說，這是因為他身為一個小活佛，卻隨便摸噶瑪巴的頭招來的報應。

7.

噶瑪巴的力氣很大，休息時候他喜歡和身邊的喇嘛們比試手勁。每當這時，他的老侍者珠那喇嘛就會趕緊拿來一張金黃色的綢巾，放在噶瑪巴的手上，然後再請他跟人扳手，以示尊敬。但噶瑪巴往往在老侍者

楚布寺佛學院成立伊始。

還沒取來黃綢巾，就已經開始比賽了。被他叫來扳手的喇嘛，並不敢真
的用勁，一個個誠惶又誠恐，這樣雖然總是噶瑪巴大獲全勝，他卻很不
過癮，而珠那喇嘛更是又不高興又不好言語。不過，喇嘛們說，真用勁
扳手，他們也很難能贏得了噶瑪巴的。

　　有一次，從臺灣來朝聖的信徒送給會說漢語的僧人格列一支很漂亮
的筆，格列不想自己留下，他想把筆獻給噶瑪巴。寺院裡的僧人都這

樣，有了好東西都想獻給噶瑪巴。格列就去見噶瑪巴，直接把這支好看的筆雙手奉上。噶瑪巴正要接過，老侍者珠那喇嘛埋怨道，怎能這樣？並取來一張紙巾仔細地把筆擦了又擦，再雙手奉上。這下噶瑪巴不高興了，他不接，只是用他的大眼睛瞪著珠那喇嘛。

　　年邁的珠那喇嘛十分瘦小，充滿愛意的目光時刻追隨著噶瑪巴，很像是尚未成人的少年活佛慈祥而一絲不苟的母親。噶瑪巴與他的感情很深，一次法會上，我親眼看見在法號聲中邁入大殿的噶瑪巴，突然一把抱起腿腳不便的老侍者，大步穿過盤坐於長墊上的眾僧，徑直走向高高的法座，所有的喇嘛都笑得前仰後合。噶瑪巴是這樣地依戀他的老侍者，當他決定逃出西藏時，也決定無論如何要帶走珠那喇嘛。珠那喇嘛覺得自己老了，一路上肯定會拖累大家。但噶瑪巴堅定地說：「會很順利的，走！走！走！」

8.

　　噶瑪巴有時候會因為一些事情生氣。他生氣的時候就是不說話，一直沈默著，很長時間一言不發，周圍的空氣都像凝結了。這樣好久以後，他才會慢慢地平息下來，開始同身邊的人說上幾句。有人說，他這樣子不是在生氣，而是心口痛的緣故。據說噶瑪巴常常心絞痛，可是去過醫院，也看過有名的藏醫，卻都檢查不出來，也就沒法對症下藥。於是噶瑪巴小小的年紀，就已經有了心痛難癒的經歷。

守護楚布寺的護法神「袞布」。　　　　　　　　　　　　　　　　　　楚布寺的山門。

9.

　　翁則（領誦師）珠曲的外號叫「老狗」，雖然他才二十多歲。幾年前，他和幾個喇嘛想去印度朝拜達賴喇嘛。在走之前，他去見噶瑪巴，實際上是向他的根本上師告別。噶瑪巴看著他，對旁邊的人說，這只「老狗」，你們一定要拴住他，看好他，不然他會跑的。周圍的人都大笑，有人還學狗「汪汪」叫了幾聲。珠曲的心裡直敲鼓，他揣測是不是噶瑪巴已經察覺出什麼了。但幾天後，他還是悄悄地跑了，不料在樟木

口岸被邊防軍抓獲丟進了大牢，關了一年多才放出來。可他再也不能回寺院了，因為他和一起出逃的喇嘛都被開除了。珠曲是楚布寺修學很好的喇嘛，尤其他的嗓音很出色，每次在大法會上領誦經文時，都有非常感人的效果。聽到他被抓的消息，噶瑪巴很難過，責備身邊的喇嘛說，看看，你們不聽我的話，不看好這隻「老狗」。

10.

跟隨噶瑪巴一起出走的喇嘛財旺是那種讓人出乎意料的人物。從外表上看，他穿俗裝，滿頭黑髮，邋裡邋遢，還常常說粗話，除了不來真格的惡習，他幾乎沒什麼喇嘛的樣子。但我不會忘記有一回與他長談，他說他其實只想在寺院裡好好地修佛，可怎麼辦呢？作為乃囊寺的主持，有五十多個僧人和幼小的保沃仁波切需要扶持，還有為鄉里百姓辦的小學校需要支援，他只好在社會上東奔西跑，到處找錢，做生意，可是他一點兒都不會做這些世俗的事情，太難了。說到這，喇嘛財旺流下了眼淚。

從一九九八年起，喇嘛財旺決定不能僅僅依靠供養——尤其是海外的供養——來維持寺院和學校，他開始自己辦旅行社，聘用有長期旅遊工作經驗的央拉等導遊，並安排珠曲等人在旅行社工作，第二年年底創收近二十萬，同時另做一些小本生意，並辦了一所教授西藏傳統繪畫藝術的手工學校，學生當中有小僧人和孤兒，由央拉會畫唐卡的丈夫擔任老師。

後來，央拉告訴我，她最後一次見到喇嘛財旺，是在噶瑪巴出走前幾天，當時，喇嘛財旺突然對央拉說，噶瑪巴讓我幹什麼我就會幹什麼。停了一會兒，他有點激動地說，噶瑪巴讓我吃屎我也會去吃的。這種話在藏人看來算是一種很重的誓言了，儘管表達粗俗。央拉於是在心底說，喇嘛財旺對噶瑪巴實在是太虔誠了，卻不知這是他欲言又止的臨別贈言。央拉還說，別看喇嘛財旺大大咧咧的，可每次私下裡只要一說起達賴喇嘛，他就會忍不住哭的。央拉夫婦認為噶瑪巴是從阿裡走的，因為十一月期間，喇嘛財旺以給寺院準備過多的牛肉為由，開車去了十多天的阿裡，結果只帶回一腿牛肉和幾個有名的普蘭木碗。他們相信喇嘛財旺一定是查路線去了。

　　但遺憾的是，喇嘛尼瑪未能走成。他是噶瑪巴的經師，有名的「色拉尼瑪」，這是因為一九八九年前，他在色拉寺為僧，由於修學顯著、辯才無礙而獲此稱號。一九八九年三月，他因參加藏人的抗議遊行被逐出寺院，後改入楚布寺，閉關三年三月又三日。一九九八年初，噶瑪巴的老經師圓寂，而楚布寺中難以挑選出可以教授噶瑪巴佛學的僧人，惟有喇嘛尼瑪尚可勝任，故在寺院和當局一致同意下擔任噶瑪巴的佛學老師。一臉大鬍子的喇嘛尼瑪素來寡言少語，在僧眾中很有威信，在噶瑪巴出走一事中起了很重要的作用，不知會不會讓有關部門悔不當初。

<h2 style="text-align:center">11.</h2>

　　當噶瑪巴抵達達蘭薩拉之後，臺灣著名記者林照真多次深入採訪並

楚布寺遠景。

著述《清靜流亡——少年噶瑪巴的故事》一書，其中披露：

　　……年輕噶瑪巴心裡有了一個重要的決定，只有他的經師尼瑪喇嘛知道，尼瑪喇嘛瞭解噶瑪巴是不走不行的了，只是，這個出走計畫只准成功，不准失敗。

　　……噶瑪巴每年都會有短時間的閉關，那一年決定照常舉行，然後利用閉關的時候逃走。噶瑪巴對外宣佈，從廿七日開始閉關兩周。

　　……從一開始尼瑪喇嘛就決定留下來，尼瑪、慈澄和財旺三個喇嘛平時就是好朋友，尼瑪說：「你們兩個一定要注意，因為你們和噶瑪巴在一起，至於我，你們根本不要管，沒問題的。」

......廿八日晚間十點半，尼瑪喇嘛要把楚布寺所有喇嘛都集中到房間看電視，外面門一鎖就通通出不來，這五分鐘的時間噶瑪巴就可以上車離開。

......噶瑪巴逃走後，外界都認為噶瑪巴在閉關中，廚師圖登天天往裡面送飯，尼瑪也天天把飯送進去，因為閉關者不能說話，如果要吃飯或洗臉，都要搖鈴或搖晃類似波浪鼓的小鼓，這些聲音外面都聽得到，所以只要時間一到，尼瑪喇嘛就像唱雙簧似的，自己走出來，把飯送進去。有時會有人請噶瑪巴算卦或開示，尼瑪也會拿進去，然後自己在裡面算卦、求神，出來後就對大家說「噶瑪巴這麼交代」等。這樣堅持了約三天三夜，因為財旺喇嘛事前曾經告訴尼瑪喇嘛：「只要你能堅持三天三夜不被發現，我們就已經出國

界線、離開西藏了。」

　　……（到了尼泊爾，）財旺喇嘛曾經打國際電話到西藏楚布寺，主要是想知道尼瑪喇嘛是不是已經離開了？電話是直接打到噶瑪巴的寢室的，但接電話的卻是一個陌生的聲音，「這說明中國人已經進入楚布寺了。」財旺趕緊把電話掛斷。

　　書中還寫到：「在噶瑪巴逃亡後，尼瑪喇嘛和廚師圖登仍在西藏，所有逃亡者對尼瑪與圖登兩人的安危擔心不已，目前兩人下落不明，生死未卜。在信徒眼中，噶瑪巴能夠順利逃亡成功，全因噶瑪巴神蹟所致，噶瑪巴的加持法力彷彿又一次得到驗證，但追溯真相原委，又何嘗不是一樁忠僕護主、有情有義的人間故事？」

　　二○○二年六月，四處躲藏的喇嘛尼瑪在西藏林芝一帶遭到逮捕，被關押在當地監獄，因遭受酷刑而絕食抗議，後在噶瑪巴的強烈呼籲下獲釋，但同珠曲一樣，還是被不得不聽命於當局的寺院開除了。從此，他成了一個俗人。

12.

　　有一回，我的一個朋友跟著很多人去見噶瑪巴。她是噶瑪巴的皈依弟子，經常去楚布寺朝拜。她常常用書和照片做供養，那次她的供養是臺灣印製的幾本藏、漢文對照的噶舉法本。輪到她上前獻哈達和供養時，有一個長得很胖的臺灣人被地毯絆了一下，差點兒摔到，惹得人們

都在笑。不想趁這亂糟糟的片刻，噶瑪巴突然俯身低聲對她說，有沒有「嘉瓦仁波切」（法王，藏人對達賴喇嘛的尊稱）的書？她瞪大了眼睛，心裡一陣狂喜，因為她正好有一本達賴喇嘛在一九六○年代寫的書——《我的土地，我的人民》，是藏文的，她已故的父親留下的。她趕緊點頭，連聲說有，也低聲地說，下次帶來。滿臉喜悅的噶瑪巴看也不看她又說，交給喇嘛尼瑪就可以了。幾天後，她又去了楚布寺。她找到喇嘛尼瑪，給了他一個大信封，裡面除了那本書，還有一盤影碟《西藏七年》，是好萊塢根據奧地利登山探險家海因利希‧哈勒於一九四四年到一九五一年在拉薩的故事拍攝的。哈勒當過達賴喇嘛的英文老師，而當時的達賴喇嘛正值少年，與今天的噶瑪巴幾乎一般年紀。

　　她最後一次見到噶瑪巴，是在雪新村的那個楚布寺的「辦事處」裡。這名字是喇嘛們叫出來的。人很多，大都是康巴模樣的朝聖百姓。她特意排在最後，沒有像平時那樣走「後門」。走進專門接見信徒的屋子，見噶瑪巴端坐在高高的座位上，手裡是一根長長的包裹著紅布的木杖，頂端垂著一個用無數細穗編織的小幡幢。朝拜的人來了，俯下頭，噶瑪巴的手輕輕地動一下，讓金黃色的細穗在朝拜者的頭上掠過，就表示摩頂了。她也是這樣被摩頂的。她有些心不甘。她退到院子裡，讓一位喇嘛把她給噶瑪巴拍的照片遞進去，請噶瑪巴在上面簽名，這時候，她討厭的那個人過來了，沖著她說，見了就可以走了。

　　她知道他也討厭她。有一次還是在這裡，她單獨求見噶瑪巴，因為噶瑪巴平時在寺院裡很少看得到電視，他上拉薩來了，可以破例看一看，所以她給他帶去了幾盤影碟，都是功夫片，成龍的，還有卡通片，

之前她檢查過，擔心裡面有活佛不宜的鏡頭。當時這人就攔住問她都是什麼片子，還說，會不會有黃色鏡頭？真是把她氣壞了。她說我怎麼可能送這種片子！要知道，我是一個佛教徒，我怎麼可能給我的上師這種片子？你太下流了！結果也把他氣壞了，卻又沒有道理發作。這次他可終於找到報復她的機會了。他連說幾遍妳可以走了，沒事別老待在這兒。她斜了他一眼說，你以為你是警察就了不起嗎？他一下衝過來了，嘴裡直嚷著，你說什麼？看他那架勢，似乎想要採取什麼行動。就在這時，她聽見有人叫她，抬頭一看，竟然是噶瑪巴，站在樓上朝她大聲說，剛才的照片，明天多洗一些帶來。她高興極了，連聲答應，然後，帶著噶瑪巴已經簽了名字的照片很得意地走了。

第二天，在那個人的眼皮下，她把加洗了五十張七吋的照片直接送給了噶瑪巴。照片上，噶瑪巴走在楚布寺的轉經路上，西藏的陽光照亮他俊美的面龐，煥發出非凡的氣度。噶瑪巴很高興，當時就給周圍的人發了一些。統戰部來援藏的陳部長也在場，對她的攝影讚不絕口。她在心裡想，只要噶瑪巴高興，就比什麼都好，但她不知道，一個多月後，一個寒冷的深夜，噶瑪巴突然悄悄地離開了拉薩，離開了西藏，奔向了「翁則」珠曲嚮往的地方。是不是，噶瑪巴在向人們贈送他的照片時，就已經有了告別的意思？

13.

二〇〇〇年一月二日中午，某活佛突然從雲南打來電話，讓我的這

位朋友火速趕去楚布寺，一定要想法見到噶瑪巴，代他向噶瑪巴請示，因為教派內部的事情，他有無必要到楚布寺親見噶瑪巴？他說事情很緊急，要她無論如何得去一趟。

她很不容易從一位朋友那裡借到車，次日一早冒著寒風趕到楚布寺，幾位認識的喇嘛告訴她的情況卻都各不一樣。一個說噶瑪巴正在閉關，七天以後才出關，一個則說可能得一個月，另一個乾脆埋頭不語。大殿前面的院子裡有許多車輛，還有許多神情緊張的幹部和公安。其中有一人是她認識的，是統戰部派給噶瑪巴的漢文老師，他老遠就跟她打招呼，問她來幹嘛，她說朝佛。她也問他在幹嘛，他說在開會。

當晚某活佛給她打來電話，反復追問，感覺電話那頭的他好像在做記錄。他還問她感覺出了什麼事，她脫口而出，難道噶瑪巴走了嗎？他急忙問她如何得知，她說猜的。她又問他如何得知，他說夢見的。但她不相信。電話裡，他還心情沉重地說了兩句話，叫她覺得古怪。他說，他（指的是噶瑪巴）為什麼就不能忍一忍呢？他應該多想一想噶瑪噶舉的事業嘛。還說，噶瑪噶舉的太陽剛剛升起來，天上就出現了烏雲。還說，政府本來一向不看重噶舉，眼裡只有格魯，現在因為噶瑪巴，態度才有所變化，這下恐怕會急轉直下的。不知為何，她突然覺得在這件事上，某活佛考慮更多的好像是他自己，他本應該為噶瑪巴的出走感到高興啊。

14.

　　記得那天，我小時候的保姆、住在帕廓街的嬤益西啦到家裡說，噶瑪巴的父母家已被嚴密監視，十幾個警察日夜看守，連一個做保姆的阿尼出門轉經、買菜都有人跟著。說現在帕廓街上，人們根本不敢講噶瑪巴出逃的事兒，因為到處都是公安、便衣和「昂覺」（耳朵，代指告密者），但店鋪裡出售的噶瑪巴的照片已被爭搶一空。還說噶瑪巴的阿尼姐姐不是跟噶瑪巴一起走的，她是提前走的，當時她正在達蘭薩拉朝聖，意外地得知了噶瑪巴抵達的消息，她給父母打了電話，告訴他們「阿布嘎嘎」（噶瑪巴在家時的小名）平安地到了。看到我從網上下載的照片中，年老的達賴喇嘛慈祥地、緊緊地攥著少年噶瑪巴的手，七十多歲的嬤益西啦一下子就哭了。

二○○○年－二○○四年於拉薩

尼瑪次仁的淚

一九九九年盛夏的一天，大昭寺仍如往常一樣擠滿了朝聖者和遊客。尼瑪次仁也如往常一樣，在門口售票，或者隨時準備用英語和漢語為遠地來的遊客講解，這是他的工作，和別的喇嘛不一樣，就像報紙或電視裡對他的稱呼：喇嘛導遊。實際上他不光是導遊，他的頭銜很多，最特別的一個是拉薩市人大常委，所以在西藏或拉薩的電視新聞裡，我們常常可以看到一堆俗裝裹身、不苟言笑的官員中，夾著一個穿絳紅色袈裟的年輕僧人，神情總是那樣：平靜，明白，自重。

突然有人通知他交兩張照片給有關部門，用來辦護照的。尼瑪次仁被告知幾天後他將先飛往北京，在那裡和政府某些部門的官員會合，然後一起去挪威參加一個關於人權問題的世界性會議。挪威？達賴喇嘛不正是在那個國家被授予一九八九年諾貝爾和平獎的嗎？尼瑪次仁隱隱地激動，又不安。在交照片的時候，有人對他再三叮囑，諄諄教導，但看到他有些異樣的神情，就說，放心吧，和你一起去的人都是有層次的，不會像我們拉薩的官員，什麼也不懂。

很快地，尼瑪次仁獨自坐上了去首都北京的飛機。當然兩邊都是有人接送的。他已不太記得跟哪些人見過面，說過什麼話了。兩天後，他和十幾個人一道飛往挪威，途中的記憶仍然模糊。這是尼瑪次仁第一次出國，所見所聞本應該歷歷在目，可比較起「人權」這個字眼，很多記憶並不重要。還有什麼比那樣一個會議更讓他心事重重？要知道，他是

139

上→喇嘛尼瑪次仁。

下→我和喇嘛尼瑪次仁（左）、喇嘛普布（右）在我生日這天合影。

這十幾個人的代表團中，唯一一個來自西藏的藏人，唯一一個穿著袈裟的喇嘛。

不過那十幾個人確實不一樣。那些都比他年長的官員們，果然和拉薩的官員不一樣，個個都顯得有知識、有修養，既不多嘴多舌，也不指手劃腳。尼瑪次仁至今還記得，那個在民族宗教管理局擔任要職的官員，在他最為難堪差些抑制不住落淚的時候，只是輕聲地問道「是不是不舒服」，便再也不多說一句。而當他終於淚流不止，沒有一個人要求他做解釋。無論如何，這算得上是一種善解人意，尼瑪次仁為此充滿感激。

如今提起那次會議，尼瑪次仁總是省略許多不說。比如會議的進程、人員、內容，比如會議的背景、環境、氛圍，以及會議之外的聚會、討論、遊覽……等等。實際上，尼瑪次仁是突然說起那兩次遭遇的。很突然。就像是在心底憋了很久，終究壓抑不住，他一下子中斷了正在東拉西扯的話頭，讓已經事隔很久的遭遇脫口而出。

是頭天上午會議結束去使館赴午宴的時候。當然是中國大使館。尼瑪次仁一直存有的擔憂，因為並未遇到有人為難他，提些讓他不好回答的問題而舒緩下來。一路上，典雅的北歐街景賞心悅目，緩緩從窗外掠過，尼瑪次仁開始和身邊的幾個老外閒聊，多少有些恢復他在拉薩時帶著老外在大昭寺裡轉遊的自在神態。所以當車戛然停住，車門譁然敞開，那人聲，哦，那樣的人聲，那樣多的人聲，以迅雷不及掩耳之勢，猛地撲面而來，尼瑪次仁就像被重重一擊，腦袋裡「轟」地一響，整個人幾乎如失去知覺一般動彈不得。

「加米（漢人）……」

「加米喇嘛……」

「共產黨喇嘛……」

　　使館門口，幾十張憤怒的面孔有著尼瑪次仁再熟悉不過的輪廓，幾十張翕動的嘴巴喊著尼瑪次仁再熟悉不過的語言。那是幾十個和尼瑪次仁年齡相仿的男女，更是幾十個與尼瑪次仁血脈相同的族人。唯一不同的是，他們是境外的流亡藏人，而他，就他一個，是境內的「被解放」的藏人。此時此刻，在達賴喇嘛獲得諾貝爾和平獎的這個城市，在中國大使館的門口，他們和他，猶如代表著兩個截然不同的陣營。

　　他們的手中還高舉著幾幅標語，用藏文、英文和漢文寫著：「中國人，把我們的家鄉還給我們」……

　　車裡的人魚貫而下。不理不睬。逕自而去。但他不行。尼瑪次仁他怎麼可以做得到？後來，他無論如何也回憶不起來他是怎樣走過那一段路的，但那顯然是他三十二年人生中最長的路，最艱難的路。他的西藏僧侶的袈裟如烈火燃燒，火焰燒灼著他藏人的身體，藏人的心。更何況火上澆油火更猛。那每一個鄙夷的眼神啊就是一滴飛濺的油，是飛濺的熔化的滾燙的酥油。尼瑪次仁他低垂的頭顱，彎曲的脊背，蹣跚的雙腿，被一滴滴飛濺而來的酥油深深地燙傷了。

　　說到這裡，尼瑪次仁的聲音有些尖利。「我怎麼辦嘛，我怎麼辦嘛，我穿著這樣的一身……」他扯了扯陽光下顯得醒目的紅袈裟，連連重複著，近乎自語。

　　從那以後，尼瑪次仁回憶道：「我再也沒有開心過。整整四天，我

終於知道了什麼叫做熱鍋上的螞蟻。」

　　如果真的是螞蟻就好了。對於小小的螞蟻，再熱的鍋又算得了什麼，只要心一橫，從熱鍋上勇敢地縱身一跳，就可以逃得遠遠的。但怕的就是到處都是熱鍋，找不到一塊清涼的藏身之地。

　　尼瑪次仁終於走過了那一小段備受煎熬的路，可他已經被燙得渾身是傷。渾身都是深深的烙印啊。這烙印使他疼得直想哭泣，卻又欲哭無淚。使館裡的人都裝作若無其事，或者說早已熟視無睹，誰也不提剛才的一幕。人們都在談別的，一邊有禮有節地聊一邊有禮有節地吃，只有一個人什麼都嚥不下去，如鯁在喉。尼瑪次仁，他可是第一次在異國他鄉見到那麼多的骨肉同胞，或者說那麼多的「流亡藏人」，雖然近在咫尺，卻分明隔若關山。

　　肯定有不少人和尼瑪次仁說過什麼。那也肯定是些無關緊要的話，不關痛癢的話，所以他似聽非聽，聽過就忘了，因為他正是心如刀絞，魂不守舍。但他記得，除了車上的那幾個老外不時滿懷同情地看看他，只有那個一起來的北京官員輕輕地問了一句：「是不是不舒服？」尼瑪次仁差一點點頭承認。那人看上去溫和而禮貌，因為他是整個國家的民族與宗教的官方代言人，在以「人權」為名的會議上總是眾矢之的。

　　多日來的擔憂才下眉頭，又再次浮上心頭。那是尼瑪次仁在離開拉薩前就不斷滋生的，難以排遣。此時更添了一份揪心，如果出門，會不會還碰見他們，被他們鄙視、譏諷或痛惜？在他們的心目中，完了，我肯定是一個「加米喇嘛」，「共產黨喇嘛」，尼瑪次仁苦笑道。

　　因此，當他忐忑不安、小心翼翼、硬著頭皮走出大使館時，他一下

子長長地舒了口氣，但旋即又有點悵然若失。那邊，先前圍聚著幾十個群情激奮的同胞，這會兒已是空空蕩蕩。他們去哪兒了？

第二天平安無事。

第三天，尼瑪次仁在會議上發言。這正是派他來參加這個會議的目的，以他的現身說法來證明西藏是有人權的，西藏人的人權是有保障的。而不是像前幾次會議上，一說到人權在西藏的狀況，中方的理由總是虛弱不堪，因為沒有來自西藏的聲音。可有誰知道，這正是尼瑪次仁的心結啊。如何說，說什麼，該說什麼，又不該說什麼？真是讓他苦惱透了。雖然他向來清楚，穿一身絳紅色袈裟的他不過是個擺設而已，但他也不可能說得太離譜，或者出了格。他悄悄地向其中一個已有信任感的老外詢問，老外也悄悄回答，別說具體的，籠統地說說就行了。

所以尼瑪次仁完全是照本宣科。準確地說，是照報紙、照電臺、照電視宣科。是國內那些媒體上常有的如出一轍的言論，像藏民族的文化得到了最大的保護和發展，宗教信仰自由，廣大僧侶愛國愛教，等等，等等。所有的與會人員都在默默地聽著。只有一人提問。那是一個美國人。他用英語問尼瑪次仁，既然如此，那麼你們有沒有見達賴喇嘛的自由？尼瑪次仁愣了一下。雖然他早有準備應付這類問題，但聽到達賴喇嘛的名字，就像第一天有人指給他看達賴喇嘛接受和平獎的地方，他還是愣了一下。不過他馬上就穩住自己，頗為聰明地答道：「這是一個政治問題，我不回答。」什麼政治問題？一個西藏人，一個喇嘛，要見他們自己的達賴喇嘛是政治問題嗎？但這以後，再也沒有人提問，感覺像是所有的人都理解他的處境、他的心情，尼瑪次仁這樣認為。

但是第四天降臨了。尼瑪次仁原以爲這難熬的日子快結束了，沒想到最大的打擊在第四天降臨了。

因爲是最後一天，會議的安排是去挪威一個著名的國家公園遊覽。挪威的公園確實很美，充滿與自然並諧共存的魅力，讓這個從小在世界屋脊長大的年輕喇嘛心生歡喜，左顧右盼。但突然間一個青年女子迎面走來，儘管是T恤和牛仔褲的裝束，與周圍的外國人打扮無二，尼瑪次仁還是一眼就看出，這是一個藏人，有著典型的藏人的臉，藏人的味道，藏人的氣質。

典型的西藏女子逕自向尼瑪次仁走來，伸著雙手，帶著久別重逢的神情。

一時間，尼瑪次仁有些恍惚，感覺像是在哪見過，似曾相識，不禁也伸手握住那女子的手。但沒想到啊，那女子不但一把握住不放，而且放聲大哭起來。她一邊哭一邊用藏語說，「古修」（拉薩話，對僧侶的尊稱），你在這裡幹什麼，你跟著這些中國人幹什麼，你是西藏人啊，你要記住你是西藏人，你不要跟他們在一起……

尼瑪次仁又窘又急，又萬分地難過，可又一點也沒辦法抽出手來，更不知道該說什麼。人們都圍上來了，都是外國人，看著一個穿紅袈裟的僧侶被一個女子拉著哭訴，好奇極了。而一起開會的人，誰也沒有圍觀，反而匆匆地走開了，一副像是與己無關的樣子，其實倒像是一份難得的體貼。除了那個大使館派來的人，這四天，他天天跟著尼瑪次仁，只跟尼瑪次仁一個人。這時，他開腔勸道，走吧，尼瑪次仁，別理她。

西藏女子肯定聽不懂漢語，但她一定猜得出來是什麼意思，她氣憤

得要用英文罵那漢人，尼瑪次仁趕緊阻止了她。尼瑪次仁翻來覆去地對那哭著的女子說，我知道，我知道，我知道。西藏女子哽咽道，你真的知道，就不要回去。這時候，尼瑪次仁艱難地掏出了心裡的話，怎麼能不回去呢？那是我們的家鄉啊，都走了，把它留給誰呢？說著說著，他再也忍不住，眼淚奪眶而出。

最後來解圍的是這樣幾個人——幾個從西藏來挪威學習的藏人。在拉薩，有幾個單位，如社會科學院、西藏大學、圖書館等，都要定期派人到挪威學習或訪問。尼瑪次仁不認識他們，但他看得出來這是些和他一樣來自西藏的藏人。可他到現在也不明白，這一天，為什麼會有這麼多身份不同的藏人聚集在這裡。不過當時他顧不得考慮那麼多了。他急急地從還在哭泣的西藏女子的手中掙脫而出，一邊飛快地用袈裟抹去淚水，一邊趕緊歸隊。

「古修」，那解圍的人中有人叫住他，好心地出主意說，如果他們問你是怎麼回事，你就說她家裡有人去世，希望你回到拉薩以後在大昭寺為她的親人點燈念經。尼瑪次仁匆匆點頭，再一次有了心如刀絞的感覺。可就像是早有商量，當他走近他們，那十幾個人誰也沒看他一眼，誰也沒問他一句話，就像是什麼也沒發生，或者說不值一提。

終於到了離開挪威的時刻。不過不是馬上就走，代表團一行在機場等了很久，有兩個小時之多。大使館的領導和同志們把他們送到機場就回去了，包括那個四天來寸步不離尼瑪次仁的人。在長長的時間裡，在明亮、舒適、寬敞的機場大廳裡，人們或坐或站或走，都顯得十分地自由自在，不論你是哪一個國家的公民。尼瑪次仁也自由自在地走來走

去，似乎沒有人管他，任隨他想往哪去都可以。有那麼一瞬間，他的腦子裡突然冒出一個想法：我如果不跟他們走呢？反正護照在身上，錢也足夠，我或者另買一張機票去別處呢？

當然，這僅僅是一個閃念罷了。前面說過，尼瑪次仁他總的來說都是平靜的，明白的，自重的。所以最後，他這個熱鍋上的螞蟻還是跟他們一起回去了。從哪裡來回哪裡去，對他來說，這顯然是最好的安排。但當飛機從奧斯陸的機場慢慢升起，漸漸地離開這個象徵自由的國家，兩行熱淚悄悄地滑下了尼瑪次仁瘦削的臉頰。

二○○○年八月於拉薩

贊丹寺，你絳紅色的背影飽經滄桑。

一個本教活佛的故事

藏北索縣有一人，據說是以巫術見長的本教一活佛，但早以前，他還是人人皆知的強盜。索縣最大的寺院是贊丹寺，屬於格魯派，矗立在一渾圓而光禿的山上，遠看很像布達拉宮。不知出於教派宿怨還是什麼原因，那人發誓要搶贊丹寺，居然還真的去搶過幾次但都沒有得手，那已是很早以前的事情，那時他還很年輕。一九五九年，贊丹寺因為參加「叛亂」（指一九五九年在拉薩等地發生的藏人反抗中共政權的運動，被稱為「反革命叛亂」，簡稱「叛亂」）被解放軍鎮壓，那人就是為解放軍帶路攻打寺院的嚮導。戰鬥打得很艱難，儘管武器裝備大大不如解放軍，可寺院裡的喇嘛絲毫沒有投降的意思，邊打邊退，一直退到了寺院的最頂層還不服輸。於是解放軍的飛機飛過來了，扔下了一堆炸彈，把寺院幾乎炸成了廢墟。據說因為飛得太低，那些被炸得亂飛的房樑、石頭還差點打著飛機。這下再也沒有還擊的槍聲了，解放軍吶喊著衝進寺院，看見遍地殘破的佛像中埋著一個人的屍體，後被認出是贊丹寺的堪布。原來在這個堪布的掩護下，其他喇嘛早沿著袈裟挽成的繩索從寺院頂層溜下來逃跑了，只留下堪布一人負隅抵抗。

那人自然也跟著解放軍衝進了寺院，但不知道搶到什麼東西沒有，不過搶東西對他來說遠不如終於實現了誓言更為重要，畢竟發下這樣一個誓言除了這樣一個機會絕無實現的可能，但既然發了誓不去做那可是要在草原上遭人恥笑的，說不定這笑話還會子子孫孫地流傳下去，當然

啦，這是從此以後那人心安理得的解釋。「平叛」（「平息反革命叛亂」，簡稱「平叛」）結束後，他以我黨的統戰人士的身份成了新生的紅色政權裡的一名縣政協委員。

但在文化大革命期間，他這個本教的活佛也不可倖免地遭到了批鬥。廣大「翻身農奴」把從他家裡抄來的那些象徵「四舊」（指的是舊思想、舊文化、舊風俗、舊習慣，毛澤東號召要「破四舊」）的東西，像法會上穿的法衣、戴的法帽、用的法器等等，一股腦兒全堆在了他的身上，然後押著他去遊街。跟他一塊兒遊街的「牛鬼蛇神」（「文革」流行語，指代「階級敵人」）都是當年的「三大領主」，是萬惡的封建農奴制社會裡壓在勞動人民頭上的三座大山，個個垂頭喪氣，膽顫心驚，可惟獨他不是這樣，還興高采烈地大聲嚷道：「從來沒有像今天這麼開心過，我已經很久沒有打扮成這個樣子了，這不就跟在法會上一樣嗎？好啊，好啊，太好啦。」然後他一邊嘴裡念念有詞一邊比劃著各種手印，還一邊蹦跳著幅度很大的宗教舞蹈，像神鬼附上了身似的，那滑稽的場面使遊街成了鬧劇，圍觀的群眾個個笑得前仰後合，結果誰也鬥不下去他了。

開批鬥會時也是這樣。那些掛牌戴帽被圍攻的「牛鬼蛇神」裡面偏偏他不老實低頭認罪，反而怒目圓睜地大聲吼道：「憑什麼要鬥我這個共產黨的老朋友？我可是有功勞的人啊。」接著便滔滔不絕地回憶起幾年前的那段豐功偉績，大家一想也是，當初連苦大仇深的貧下中牧都不理睬解放軍，若不是他帶路，要打下贊丹寺且得費一番功夫。更何況他的回憶十分生動，模仿起激烈的槍戰聲和飛機的轟鳴聲來惟妙惟肖，人

們都聽得津津有味，一場批鬥會就這麼被他變成了一場講述索縣革命歷史的報告會。

後來他被趕到了草原上，交給廣大的貧下中牧監督改造，可他還是花招迭出，讓人哭笑不得。比如說，他把毛主席的像章今天戴在頭上，明天戴在胸口上，後天戴在臂膀上，有一天竟然戴在了腳上，當然是髒兮兮的鞋子上，他還得意洋洋地四處招搖。這還了得，革命群眾立即給他召開了批鬥會，勒令他交代如此玷污偉大領袖毛主席的罪行，可是誰也想不到他會這麼誠心誠意地交代：「真是冤枉我啊。我是把毛主席當做神一樣看的。毛主席就是我的菩薩。我祈禱他多多地保佑我。所以我身上哪裡痛了，我就把毛主席的像章戴在哪裡。頭痛了我把他戴在頭上，心痛了我把他戴在胸口上，今天我的腳痛得很，我希望毛主席保佑我的腳不要痛，這樣做有什麼不對嗎？」是啊，這樣做又有哪點不對呢？這一下又讓積極分子們不知所措了，說不出一句反駁他的話來，只好作罷。

時過境遷，一晃到了改革開放的今天，據說現在他又是縣政協委員了，方圓百里的老百姓對他還是頂禮膜拜，常常帶著大坨酥油和大塊犛牛肉求他占卦、念經什麼的。他已經很老很老了，可還娶了一個比他小幾十歲的牧女做老婆，在重新修復起來的贊丹寺下面開了一個賣煙賣酒的小商店，日子過得不錯。他的這些故事就是一個市民宗局的幹部在路過他的小店買酒喝時聽他講的。幾年後，這個幹部又把這些故事講給在大昭寺裡偶然認識的我聽了，當時我們一起哈哈大笑。但此刻我在記錄這些故事的時候，才想起自己既不知道那位本教活佛的名字，也不知

現在的牧區。

西藏牧人的生活。

道他如今是否還活著。不過這並不重要，是不是？

　　最後要補充的是，我曾經在作家馬麗華寫的《藏北遊歷》一書中讀到這樣一段關於贊丹寺的文字：

　　　　直到西元一九五九年，贊丹寺遭到一次毀壞，成為戰鬥據點，兩枚炮彈在寺廟裡爆炸——但這並非致命傷。毀滅性的一擊在一九六七年，它與藏北百餘座寺廟一起慘遭覆亡命運。既可載舟亦可覆舟的為數眾多的信徒們參與了這場不可思議的非常行動……贊丹寺就這樣神話般地消失了，雅拉山似乎什麼事情都沒有發生過。佛像和

1950年，解放軍進拉薩。

法器部分送往地區，部分留在縣上，部分流失於民間。那些綢緞製作的經幡掛幡縫縫連連做成厚厚的大蓬布，覆蓋在縣府溫室的玻璃上。……檀香木送進醫院入了藥，那些木、石料都蓋了民房。

「檀香木」在藏語裡的發音就是「贊丹」，有數百年歷史的贊丹寺正是得名於大經堂裡面的那兩根檀香木大柱子，在傳說中被認為是天然形成的，具有十分神奇的功效，直到那場史無前例的文化大革命降臨之前還支撐著早已所剩無幾的寺院，但幾乎是一夜之間就在震天響的口號聲中被砍斷扛走了。是不是那個人在批鬥會上對英雄事蹟的回憶，啟發和教育了廣大的貧下中牧——尤其是層出不窮的積極分子呢？天曉得。

二〇〇一年十月於拉薩

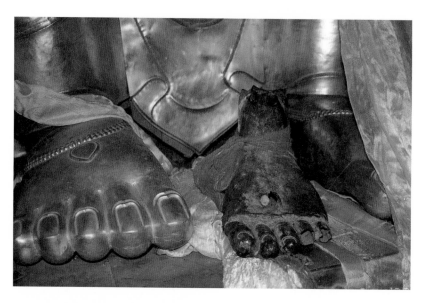

這正是在贊丹寺拍到的照片，絳巴佛的兩只金色赤足中間的
斷足，恰是一九五九年所謂「叛亂」那場劇變的見證。

丹增和他的兒子

　　丹增今年五十五歲，現住在拉薩市北郊嘎瑪袞桑新村內，一九九四年退休之前是青海省玉樹州紮多縣政協主席，一九八三年以前有二十二年的光陰是在拉薩度過的，先後在農牧處、區農科所和區水利局工作，當過通訊員、駕駛員和技術員。如果可以看到他的檔案，在「籍貫」一欄內一定是「阿裡地區革吉縣」，因為丹增從來都是這麼填寫的。還有在「社會關係」一欄內一定是「孤兒」，在「個人成份」一欄內一定是「牧工」。實際上，丹增的家鄉是青海省玉樹州紮多縣；雖說父母早亡，的確是孤兒，但他還有三個兄弟和一大家族的親戚，而且他絕不是「牧工」，而是紮多縣一所噶舉寺院的主持活佛，他家在當地曾經雄踞一方，其父為千戶長（有千戶屬民並有官職的部落頭人〔相當於酋長〕），其母來自玉樹州囊謙縣過去的「囊謙傑布」（即康巴一帶與德格王並列的「囊謙王」）家族。

　　丹增於一九七〇年與農科所的同事、一個沒有複雜背景的拉薩平民女子成家。有子女二人。大女兒現在拉薩飯店工作，和一「團結族」（俗指藏漢混血兒）的康巴男子結婚。次子江央班登出生於一九七四年，在拉薩和紮多縣受小學和初中教育，漢語流利，漢文通曉。一九九〇年自願出家為僧。丹增認為兒子應該加入離拉薩稍遠的楚布寺，因為楚布寺是噶瑪噶舉的祖寺，與他的法脈相承，所以江央班登成為該寺三百多名僧侶中的一員，並接受嚴格的宗教教育和所屬傳承的訓練，如三年三月

又三日的閉關靜修，出關後曾在法王噶瑪巴身邊任近侍一年，因性格倔強，愛惡分明，被寺內的權勢喇嘛排擠，不允許再待在噶瑪巴身邊。一九九八年秋天，江央班登以回青海老家探親的名義，隨父親丹增赴尼泊爾和印度，這是他頭一回出國，但一去就不歸，因為他被止貢噶舉的幾大活佛認證為一位比較重要的活佛的轉世，法名為「敬安」，同時獲得達賴喇嘛的進一步認證。目前，江央班登在臺灣的一所藏傳佛教中心──岡波巴金剛乘佛學會──繼續學習佛法並承擔弘法利生的責任。

雖然長達整整二十多年，丹增完全隱瞞和圓滿編造了個人的身世；雖然在他二十五歲時候，放棄了他對佛教所立下的獨身誓願，還俗為在家之人，但他仍然是那所具有悠久歷史的寺院的活佛，而且，當年與他一起出逃、如今遠在美國的長兄是止貢噶舉中一位具有廣泛影響的大活佛，而且，他的寶貝兒子現在也是一位很有希望的年輕活佛。可無論怎樣，如果從外表上看，丹增和拉薩城裡的許多退休幹部無異，他甚至更像一個普普通通的拉薩居民，因為他經常夾雜在各寺院或朝見噶瑪巴的信徒人流之中，沒有多少國家幹部的特色。他個子中等，表情和藹，總是穿一身漢裝。他的漢語說得還算不錯，有些四川口音，但這倒不會是因為在歷史上他的老家當屬與四川鄰近的康巴境內，而多半是因為在他學說漢語時，周圍多的是四川籍貫的漢人。總之，如果初見丹增，誰會相信六歲就高坐法座的他曾是一位受萬民崇拜的仁波切呢？不過他家很少讓人進去的經堂確實比一般尋常藏人人家的經堂更精緻、更正規、更循從佛事儀軌。

能夠和丹增長談是我沒有想到的。我只見過他三次。第一次是在一

九九八年楚布寺的夏季金剛神舞「雅羌」上。當時初識江央班登，認爲他是楚布寺中出類拔萃的喇嘛，無論談吐舉止，還是內涵修養。我甚至玩笑似地說他說不定是位轉世的活佛。一天傍晚，隨江央班登和另一位僧人轉山，轉經的山路極其陡峭難行，可江央班登行走如飛，還滔滔不絕地講述著沿途的聖蹟和典故。從山上連滾帶爬地下來就見到了丹增，他是來領受噶瑪巴賜予信眾的長壽灌頂的。有喇嘛說他也是一位活佛，好生打量，他的光頭、眼鏡和大耳朵確實有幾分活佛的樣子，但沒有他的兒子更像。

第二次是幾個月以後，他突然打來電話，說江央班登已經去了那邊，已經被認證爲一位活佛了。說他剛從那邊回來，給我帶來了一尊江央班登送的小佛像，讓我去取。在嘎瑪袞桑的一個藏式小院裡，這個聲音細細的活佛他爸先是講了他在機場的遭遇，有意思的是，他的語氣還興沖沖的，像是在講一件開心的事情。他說前天他剛下飛機就被人攔住看證件，確定他叫丹增後要帶他走，他見情形不對就問緣由，那人倒還客氣，把他帶到一電腦跟前說，你看，這上面說了，如果有叫丹增的到了，就把他帶到安全局去。丹增就分辯，藏族叫丹增的多多了，憑什麼說我就是這個丹增？如果所有的丹增都要被抓起來，那自治區的丹增書記是不是也得抓？正僵持著，他的女兒和女婿接他來了，女婿認識海關上的人，道理加人情，他們終於放他走了。丹增對我說，我以爲這兩天他們還會找我，結果沒有，看來他們找到眞正的丹增了。

接著丹增讓我看照片。是他和江央班登在尼泊爾和印度的朝聖照片。千層佛塔。萬尊佛像。菩提樹。金燦燦的嘛呢輪。最後，丹增又讓

上→法會上，頭戴各種面具的僧侶正在出場。

下→在夏季舉行的金剛法舞的法會上，

頭戴金色面具的喇嘛猶如歐洲中世紀的傳奇人物。

我看了兩張照片。很鄭重。也很小心翼翼。一間不算寬敞、也不華麗但灑滿金色光線的屋子裡，他和江央班登神態謙恭地候於兩側，而被簇擁在中間的，正是所有虔誠的藏人最熟悉、最親切、最渴望的人——達賴喇嘛。這照片是一九九九年三月拍的。是我見到的達賴喇嘛最近的照片。他真的老了。他已經老了。老得太快了。當我聲音哽咽地說出這句話時，我看見丹增的眼裡也含著淚水。他歎了口氣說，江央班登哭得可厲害了，我從來沒見過我的兒子這麼哭過。然後丹增又笑著說，「袞頓」（藏人對達賴喇嘛的尊稱）很喜歡江央班登，你看，他還捏他的耳朵呢。可不，照片上，衰老的笑呵呵的達賴喇嘛一隻手挽著丹增，一隻手正捏著江央班登的大耳朵，在他的身後，是一個金光閃閃的、形狀優美的獎盃——諾貝爾和平獎獎盃。

又是大半年過去。今中午意外地接到丹增的電話，說要送我一本江央班登寄來的掛曆，我去雪新村路口把他迎到家裡，原以為隨意說說家常就可以了，可沒想到一說話就長了，足足說了三個小時。當然，當他的面我是不可能直呼丹增的，出於尊敬，我稱他為「仁波切」。這位過去的仁波切還是一身漢裝，戴了一頂毛茸茸的皮帽；聲音還是細細的，像個老太太；還是一副笑眯眯的樣子。我們的話題是怎樣從江央班登——敬安仁波切講到丹增——崩仲仁波切的？此刻回想，應該是我問他已在拉薩生活了多少個年頭開始的。他的回憶是不那麼連貫的，他個人的歷史年代忽兒停留在一九五九年，忽兒飛越到一九八二年，忽兒又回到「文革」，甚至返回得更遠，那已經是帶有傳奇色彩的草原部落時代，他膽量過人、刀槍不入的千戶長父親……

先放下遙遠的模糊的過去不說，我還是按照丹增的個人歷史的順序，將他的身世作一簡單的介紹。

　　一九四五年，丹增出生在行政上屬於青海省（當時的省長是回族軍閥馬步芳）、民間意義上屬於康巴並受「囊謙傑布」管制的玉樹草原上。他是一個顯赫的部落頭人家中的第二個兒子。其實早在他被認為是當地一所大寺的主持活佛之前，他的哥哥已被認為是另一所止貢噶舉寺院的活佛。但他的千戶長父親不肯把長子交給寺院，他定要讓長子繼承家業。但不論去不去那所寺院裡待著，長子的活佛身份是既定的，兩全其美的辦法是讓他就待在自己的家廟自己的眼皮底下。可第二個活佛兒子就沒有理由不放手了。所以，丹增六歲時候就進了這座據說有八百多年歷史的噶舉寺院。這座名為格那寺的噶舉寺院，最早是支派繁多的噶舉「四大八小」教派中的拔絨噶舉，在五世達賴喇嘛時期，由於蒙古固始汗的壓力改為噶瑪噶舉（事實上，當時不少的噶舉等教派改宗為格魯），反正都是噶舉，基本上都在同一個傳承系統上。作為第十三世崩仲仁波切的丹增至今還清楚地記得他的寺院裡曾經擁有的無數的古老佛像、法器和藝術品。當然今天已經喪失殆盡，所剩下的，扳著指頭都可以數得過來。

　　一九五六年，他年邁的父親抱病上拉薩朝佛，在心願已償離開人世之前，他唯一的憂慮是針對兒子們的。他留下的遺言是，不久以後就會大變的，你們再也不可能當官、當活佛了。一九五九年，遍及整個藏區的所謂「叛亂」開始了。還是少年的崩仲仁波切正在寺院裡一心只讀佛陀書。按說再過幾年，他的完整的寺院教育就結束了，他就該在金剛法

座上履行他的弘法利生的責任了，這樣再過幾十年，在生老病死的自然規律的支配下，他會本著乘願再來的菩薩精神再一次行走在輪迴的長途上。應該是這樣的。整個雪域大地上星羅棋佈的寺院中，已經有數不清的被藏人視爲「人中之寶」的仁波切們千萬次地生動地示現著這一人生之旅。但輪到他這個十三世的時候，他的絳紅色的人生之旅被來自外界的一股強大的可怕的力量給斬斷了。

實際上，丹增對他十四歲以前的寺院生活並沒有留下多麼深刻的記憶。可能是那樣的一日和八年來的每一日都是一樣的，重複的。丹增的人生記憶是從一九五九年開始的。那年春天，他的有活佛之名的大哥突然把他從寺院裡帶出來，告訴他不逃不行了，再不逃就會沒命了，然後塞給他一支長槍和一匹馬，帶著上千名男男女女匆匆地踏上了逃亡之路，也可以說是不歸的「叛亂」之路，因爲這個隊伍是邊打邊逃的，執行「平叛」任務的解放軍一路圍追堵截，緊緊跟著，一直跟到了今天的阿里地區革吉縣境內。這時候，上千人只剩下了幾十人，死的死，傷的傷，逃的逃，散的散。丹增記得他的身邊常常是一個活人突然就變成了一個死人。起先他害怕得很，慢慢地也就習慣了。其實談不上習慣不習慣的，因爲時刻都在逃命。丹增是後來才知道他和三個兄弟最終失散的地方叫做革吉縣的。這片寒冷、荒蕪而且沒邊沒際的大草原，是在一個槍聲大作的黑夜讓他們餘剩不多的人像鳥獸一樣散落開來，並吞沒或者掩護他們消失於其中的。當狂奔的丹增再也走不動的時候，他發現他的身邊沒有兄弟，也沒有經師，誰都沒有，只剩下他一個人了。他狠狠地大哭了一場。這是他一生中第一次也是最厲害的一次大哭。然後，他擦

上→放牧。

下→高原上的河水。

去淚水，朝著有帳篷的地方走去，在一個比較富裕的牧人家裡當了傭人。

從此，十四歲的丹增開始了他漫長的隱姓埋名的生涯。漸漸地，人們知道的是這個男孩在隨家人朝聖神山崗仁布欽的路上，失去父母又與兄弟走散，變成了一個孤兒。這樣的不幸的故事並不少見，所以人們都信以為真。從前高高在上的活佛丹增在人家裡幹著傭人低下的活，他需要多大的忍耐和毅力？日子久了，附近寺院的一個喇嘛發現他識字，就勸他別當傭人，不然太可惜了，讓他到寺院裡當「紥巴」（普通僧人）最好不過。就在丹增打算再次出家時，工作組來到了這片草原上，讓廣大的農奴得到了「翻身」和「解放」。孤兒丹增成了革命隊伍中的一員，是一名小小通訊員。

一九六○年，有文化的丹增被選送中央民族學院學習，這本來是一條培養藏族幹部的仕途之路，可是因為革吉縣離北京委實太遙遠了，等丹增和另外兩個培養對象整整用去一個月才抵達拉薩時，大隊人馬早已經在毛主席的身邊接受革命教育了。怎麼辦呢？是重返革吉繼續革命還是在拉薩學習鍛煉？當有關領導如此徵求他們的意見，丹增選擇了留在永遠不會有人知道他的底細的拉薩。他最早當過一段「藏胞接待辦」（「接待辦」是「接待辦公室」的意思）的通訊員，不久調到農牧處（後來改名為「自治區農科所」），從通訊員到駕駛員到技術員，都是普通一員。丹增從來都是謹小慎微的，不露鋒芒的。孤兒。傭人。牧工。「翻身農奴」得解放。就這樣，「文革」降臨了。

一九六六年，丹增在日喀則的鄉下農間幹著一個農業技術員的工

作。他一頭紮入農田的狀態有些像他早年在寺院裡學習一樣，兩耳不聞窗外事。所以當他回到拉薩時候簡直驚呆了。武鬥已經開始了；寺院早就砸沒了；「牛鬼蛇神」的身上穿著他再熟悉不過的法衣或官服或綾羅綢緞，但「走資派」的下場是他難以理解的。世道又變了。世道又變得對他很不利了。丹增再一次見風駛舵。這只是出於自我保護從不危及他人的伎倆或小聰明，實在是被丹增用得爐火純青，至今說起他還不禁哈哈大笑，頗有幾分得意。他說，當時兩派（「大聯指」和「造總」）鬥得很厲害，儘管我什麼派都不是，儘管在單位裡可以用下鄉的名義蒙混過去，可一出門，總是會碰到兩派的，會不由分說抓住你就問是哪個派的，不是要求你當場加入他們這個派，就是懷疑你打你一頓，所以我做了兩個袖章，一個上面寫著「大聯指」，一個上面寫著「造總」。我在兩個衣兜裡各裝一個袖章，遇到這派時看清楚他們手臂上的袖章之後，就悄悄地取出同樣的袖章套上。這辦法很有用呢。有一次，兩派在大昭寺內開戰，先是「造總」佔領了裡面，後來有很多軍人的「大聯指」來了，一個勁地往裡衝。當時大昭寺門口聚集了很多人，都像水一樣往裡面湧，我本來是看熱鬧的，但也被人流裹著快沖進去了。我不想參與進去。一急之下，趕緊掏出我的「大聯指」袖章套上，假裝維持秩序溜走了。

「文革」期間，丹增記得與他同一個單位的一位同事，因為喜歡給人看病，經常說些「封建迷信」的話，被人看作是個活佛，而他自己也從不否認，結果差一點被鬥死。所以後來，當人們都知道丹增才是個活佛的時候，紛紛說，真正的活佛沒有鬥著，卻鬥了一個假活佛，丹增，你

很狡猾啊。

　　後來丹增結婚了，有孩子了。他已經真正地像一個拉薩人了。像一個安心過小日子的拉薩人了。可是隨著歲月的推移，他開始難以遏制地思念起當初一起出逃的兄弟們。他們是死了，還是活著？如果活著，又會流落在哪裡？他悄悄地打聽著，查尋著，每一次單位組織下鄉總是最積極的一個。尤其是去阿裡、那曲一帶。那一帶果然有些同鄉人。他清楚他們一定是當年失散的同伴們，但他從不去找他們。他的尋找依然是暗地裡進行著的，一切都是悄悄的，不動聲色的，他早已經習慣了這樣。就這樣到了一九八〇年，又有了一次去阿裡的機會，而且距離神山崗仁波欽很近，有同事的一個親戚也要搭車去朝聖，可一直走到了神山腳下，那人才告訴他，他是打算翻過神山逃往印度的。丹增這次不害怕了。他直覺地認為這是他尋找兄弟們的一個機會。或許，他的兄弟們就在那邊呢。於是他委託這人幫他打聽他失散二十多年的兄弟們。這人也答應了。然後他們一起轉山。計畫是轉著轉著就各走各的。可誰也不曾料想，一個極其戲劇性的場面出現了。

　　丹增生怕我不信，一個勁地說這是真的，真正的。我們真的就在轉山的時候，碰到了這個我寺院裡的喇嘛。雖然我們二十多年沒見面了，而且當年我還是個孩子，可是我們互相都認出來了。我像被電打了一樣。這是我二十多年來第一次面對面地看見我的家鄉人，而且還是我的寺院的喇嘛。我愣愣地站著，他也愣愣地站著，誰也不敢相信啊。最後他撲通一下跪倒在地放聲哭了起來。他邊哭邊說，「朱古（轉世活佛），你只是胖了一點，還是和以前一樣啊。」唉，那情景。

藏曆新年，拉薩郊外，康巴藏人掛經幡。

　　確實是巧合。這個在轉山路上遇到的喇嘛正是從那邊翻山過來朝聖的。丹增說，那時候對邊境的管制不像現在這麼嚴，只要有過往尼泊爾的通行證，是允許那邊的人來這邊朝聖神山的。丹增說，這個喇嘛也是當年一起出逃的人，而且還一直跟隨著他的兄弟們。他的兄弟們果然是逃到了印度。而他的因為父親的阻攔只是在其家廟裡為僧的大哥，曾經和他的二弟共娶一女為妻，一起生活了多年。幾年前，大哥對二弟說你來管這個家吧，我要侍奉諸佛菩薩了。於是再也不做俗人的大哥重新做了加布仁波切。

就這樣，丹增終於找到他的兄弟們了。就這樣，真相終於大白了。就這樣，包括他的妻子在內，人們都知道丹增原來是一個活佛了。我佛慈悲。我佛終究會在適當的時候，因緣具足的時候，讓善報或惡報示現給芸芸眾生看的。

一九八二年，丹增帶著一家人回到了他的絮多老家。他不再當農業技術員了。他在縣政協工作，先是副主席，後來是主席，儘管他是因為活佛才當的主席，但他已不再是傳統意義上的活佛了。他有家，有老婆，有一兒一女，雖然藏人百姓能夠從宗教角度理解並圓通活佛的世俗生活，然而，實際上，丹增更像一位國家機關幹部。六年後，丹增的拉薩妻子無法習慣絮多牧民化的生活，帶著兩個孩子重返拉薩，並索性提前退休一勞永逸。丹增繼續在老家堅持了幾年，夏天在絮多，冬天回拉薩，像一隻候鳥飛往於兩邊，終於也不想這麼飛了，一九九四年，尚不足五十歲的他也退休了，在拉薩過上了知足的、閒適的且有很多宗教色彩的退休生活。這期間，他去過印度，與兄弟們重逢，抱頭痛哭，又喜笑顏開。這期間，他的佛緣比他更深的兒子江央班登，自願放棄世俗生活，甘心成為佛前的一盞明燈。

應該說，以上所述，就是丹增——這個從本不普通的藏人變成普通不過的藏人的大概一生。兩者比較，我們不知道前者是不是他願意選擇的道路，但我們知道，後者是他最不願意選擇的道路。因為他走上這條道路的時候，他不再是他，而是另一個改頭換面的人了。一個沒有老家、沒有親人、沒有名字、沒有過去的人其實什麼也沒有，一無所有。當他從原來那條道路被迫逃往如今這條道路的時候，許許多多像那個和兄弟

康巴老人。

們最終失散的漆黑的深夜裡，他的耳邊總是槍聲不斷，他的眼前總是血流成河，而那時候，他僅僅是一個十四歲的弱冠少年。

　　此刻，這個坐在我對面總是笑眯了眼睛的丹增，看上去不似五十五歲，更像是可以憑添上十年還要多的老人。回憶往事，他說他有三大慶幸，一是慶幸當年他順從大哥一起出逃，不然的話，他一定會像他寺院中的另一個活佛，不到「文革」就被鬥死了；二是慶幸他編造了一段滴水不露的個人歷史，而且隱瞞得相當成功，不然的話，他一定會像他那位愛出風頭的同事，在「文革」期間被鬥得半死不活；三是慶幸他及時

地把兒子江央班登送出西藏，不然的話，因為噶瑪巴在二十一世紀的前夜出走，他的兒子一定會吃不了兜著走的⋯⋯

最後，丹增道出了他的願望，那就是，要為他的如今實則已經破落的寺院的歷史寫一本書。他要求我做這本書的漢文翻譯。我連忙說我做不了這事，因為我一個藏文不識，在自己的母語方面是個文盲。丹增說不要緊，我口頭翻譯，你來記錄就可以了。

還要補充的是丹增的千戶長父親的英雄傳奇故事。據說他性格暴烈，愛恨分明，完全是個典型的康巴人。更神奇的是，他是個多少子彈也不傷一根毫髮的人。丹增繪聲繪色地講到，有一年打冤家，仇人把他家團團圍住放槍，整個家族中無人敢應戰，被奶奶鎖在屋裡的父親越窗而下，衝向仇人，抬槍就放，當場就打死了三人。仇人那邊慌忙還擊，可是眼前看不到人，不是一團黑乎乎的影子就是一匹若隱若現的馬，亂放一通槍後趕緊騎馬，落荒而逃。而得勝回朝的千戶長父親站在歡呼不已的家族人群中，得意洋洋地解開袍子時，只聽得「嘩嘩」響聲，滿腰的子彈殼紛紛滾落而下⋯⋯

另外，再補充兩句丹增──還俗的崩仲仁波切──敬安仁波切他爸教給我的「文革」流行語言，是用藏語說的，通常在人們相遇時候用的招呼語。是這樣的，一人先問：「切杜噶婁（最高指示）」？另一人回答：「米瑪相地（為人民服務）」！

二〇〇〇年二月於拉薩

康地的經幡。

記一次殺生之行

在單位旁邊的一個酒吧碰到表弟加措，沒說兩句話就邀我第二天去德仲溫泉。他正好說的是我非常喜愛的一個地方，我腦海裡馬上浮現出月光照耀下那熱氣嬝嬝的山中泉水，當即表示願意。

德仲溫泉在拉薩東邊的墨竹工卡縣境內，確切地說是在一個彎來拐去的山溝溝裡面，由拉薩東去大概一百五六十公里。但因為出縣城不遠往左轉，不是土路就是石頭路，有幾段路還是水路，夏天像河溝冬天則結冰，所以走個五六個小時甚至更長時間是常有的事。

雖說路難行，年年月月走這條路的車和人可不少，原因在於那群山深處有幾個很著名的勝蹟，比如噶舉教派中很重要的一支止貢噶舉的祖寺止貢提寺，和西藏第一大天葬台止貢提天葬台。西藏人特別看重這個天葬台，認為死後送到這裡來天葬，魂靈進入「辛康」（極樂世界）會快得多。換句話說，止貢提天葬台就像搭在兩個世界之間的方便之梯。

德仲溫泉也在這附近。它除了和一般溫泉一樣具有醫療效果，可以治這個病那個病的，尤其在春秋兩季據說藥效更加顯著，更重要的是它還有宗教意義。據說在一千兩百多年前，藏密密宗祖師蓮花生大士、西藏人尊奉的古汝仁波切曾在這裡閉關修行多年，並將手中的「多吉」（金剛杵）擲向山崖，劈成兩半，不但將高山上融化的雪水一路引往老百姓的農田，同時因地下受之震動，冒出氣泡翻滾的泉眼無數，用那溫熱的

泉水洗浴身體別提有多麼舒服，何況還能獲得奇特的療效。

不過在從前可不是人人都能洗得上的。四周用石塊堆砌並被分爲上下兩處卻一水相連的溫泉，習俗上，上溫泉只能是活佛而且是止貢提寺最尊貴的活佛洗浴，下溫泉才是俗人中的貴族洗浴，至於等級低微的底層百姓斷然是不能享受這個福的。以後到底從何時起變成了人人都可以在溫泉裡洗浴，誰也說不清楚，是從「百萬翻身農奴得解放」之後嗎？這倒是一大好事。可畢竟人的成分已經大不純了，什麼樣的人都有，那水的質量或者說那水的藥效會不會下降許多？另外，爲什麼規定男的在上溫泉洗浴，女的在下溫泉洗浴？明明那上溫泉的水會經下溫泉流到河裡去，難道男人就比女人乾淨嗎？有人說，藏人有個說法，水只要流出一步之遠又會變得乾淨。但這可能嗎？無論如何，這種洗浴總是讓人的心裡有點彆扭，除非你是在沒人的時候獨自去洗。

我到過德仲溫泉兩次。第一次是一九九五年的初夏，所搭的那輛中巴速度之慢，甚至可以讓我在行駛中的車上奮筆疾書。那時候，男女溫泉完全是露天的，用句老話來說，完全暴露在光天化日之下，如果誰想要偷看別人的裸體那簡直太容易了。而且還有蛇，是那種又細又長的小蛇緩緩地爬行在周遭的石塊上，相信誰第一眼看見都會嚇得半死，但幸好早就有人提醒過了，說這裡的蛇從不傷人。

第二次是兩年前的春天，還在下雪，記得剛走到溫泉邊上，突然從霧氣彌漫的水裡冒出兩個赤裸裸的外國女子，很快身上落滿了雪花，很快又化了，她倆咯咯笑著，那情景真的十分難忘。

兩次我都住在阿尼的屋子裡。忘記說了，這裡有一個屬於止貢噶舉

也修寧瑪教法的「阿尼貢巴」(尼姑寺),實際上緊挨著溫泉的一面山坡上全是高低錯落的白房子,裡面的阿尼們幾乎都比別處的阿尼好看,顯然是被這神醫般的泉水滋養的結果。我住的當然是那種藏式的房子,離溫泉不過幾步,洗澡倒是很方便,可就是別想睡個安穩覺。德仲這裡的狗很多,雖不咬人但老尾隨你也夠煩的。白天它們還算乖覺,不怎麼吭聲,一到半夜竟四下裡狗聲一片,沒完沒了。加上那些晚上也要泡澡的人那劈劈啪啪的腳步聲、嘰裡咕嚕的說話聲,得,晚上還比白天熱鬧。

不過我也屬於晚上去洗溫泉的人。怎麼說我也在意那從男溫泉裡流下來的水。其實晚上,不,夜很深很深時去洗的人很少,有時候只有你一個人久久地沉浸在溫暖的水裡。月光下,泉水清澈見底,大小不一的石頭歷歷可數,穿過輕煙般彌散的霧氣望夜空,那黃色的月亮和銀色的星星暈染成一片朦朧,無比美麗,傳入耳中的則是已經低落的狗吠聲和咫尺間流向遠方的水拍聲,這一切叫人幸福得惟有歎息而已。

說起來,德仲溫泉真的是我去過的那麼多的山水裡很喜歡的一處啊。

2.

第二天是星期六。說好十點出發,可我一等就等到了快十二點。我只好自嘲道,難怪嘛,藏族人民天生就沒有時間觀念。我想起W經常說的一句話,藏人是一個缺乏數位化管理的民族。最初聽他這麼說,我還要為本民族爭辯幾句,可大量的事實證明的確如此。

一輛桑塔納裡面除了表弟加措，是四個和他年紀相仿的藏族青年，其中三個穿著漂亮的「巴紮」，是西藏人的傳統服飾之一，小羊羔皮襖，毛料罩衣，鑲錦緞的立領和斜襟，過去多為老年人的禦寒冬衣，這兩年風靡拉薩，成為年輕的藏族男女的時裝，當然顏色和質地都有很大不同，價格也貴，一件好的「巴紮」要上千元。

　　他們不但穿著相似，經歷也都驚人地相似，都出生於一九七〇年代，在內地的西藏中學上學，大學或專科學校畢業後回拉薩工作，如今不是退職經商就是一邊幹著公職一邊做生意，一個個都是在商海中起勁奮鬥的模樣。都來自家境很好的幹部家庭，父母以前多為「翻身農奴」出身，熱愛黨，黨也厚待他們，所以在這些後代的身上都有一種溢於言表的優越感，並因之在社會上織就了一張非常有效的關係網，與拉薩一般的藏族年輕人不同。

　　像曾經做過銀行出納的次旺，親戚中這個是哪個局的局長，那個是什麼官員，又跟西藏最有權勢的熱地書記的兒子是同學。再加上戴著一副小眼鏡的達傑，某高官的兒子，他們一塊兒開賓館，開酒吧，當然還倒騰別的生意，如今成立了一家旅遊公司，就是以德仲命名，也不知他們是怎麼把德仲給瞄上的。

　　德仲雖說以溫泉著名，目前為止既沒有公路，也沒有電和電話。墨竹工卡縣儘管知道那是一塊金字招牌，風水寶地，但還建設不到那裡去。西藏的許多基礎建設都是這樣，往往到縣就為止，除非如次旺他們自有小算盤可打。他們迄今投了八九十萬將圍繞溫泉的大片土地給租了下來，還蓋了旅館，拉了電話線，並打算修公路和建小型電站。從他們

德仲溫泉全景。

的租用面積和長達四十年的租用期限來看，所花費的費用可謂相當低廉，而且所有的這些都是在一路綠燈下進行的，肯定是方便之門大開。對於西藏各級官員來說，熱地書記這個名號顯然如雷貫耳，那麼熱地書記的兒子在西藏想幹什麼幹不成呢？

　　所以這趟去德仲，作為二老闆的次旺是想讓加措實地考察一番，以後好兼他們的管理顧問。表弟加措在拉薩某飯店工作多年，曾經是總經理助理，某個娛樂部的經理，現在是什麼我也不清楚。他漢文和英文都比藏文好。

　　另外兩人，在自治區某局工作的巴桑也屬那個特殊的圈子，但西繞看上去不像，穿著不講究，身上有一種平民的味道，言談間多的是一般

藏族人的口頭禪，「貢覺」（向三寶發誓）或「益西」（向釋迦佛或向達賴喇嘛發誓），說起寺院和喇嘛也比他們幾個知道的多，我還以爲他信佛，但加措告訴我，他是安全廳的人，派駐邊境口岸某站的站長。

我原以爲加措叫我去純粹是爲了洗溫泉，在拉薩的表哥表弟裡面，我和他還算談得來，而且總覺得他雖然個子很高，可還是孩子氣十足。後來我才明白他是想叫我給這個發展中的德仲溫泉，不，德仲旅遊公司寫點兒什麼。只是他不會想到我寫的竟是這樣一篇文章。想加措曾經對我說：「阿佳（姐姐），你寫西藏，應該寫一寫我們這批年輕的藏人，我們才是西藏未來的主人。」當初聽這話並不在意，但經歷了這一次短短的旅行之後我深有感觸，並且非常難過。

3.

好笑的是我們還得在拉薩城裡盤桓一會兒。按照拉薩人每天必喝甜茶的習慣，他們也要喝上幾杯才走，於是把車駛向帕廓老街一帶一個叫「革命」的甜茶館。

後座坐了四個人顯然很擠，好在我和加措都瘦，占的不過是一個胖子的座位。可警察就不這麼看了，見一輛小車裡接踵鑽出來那麼多人，立即很威嚴地招手示意。傻逼。達傑嘟噥一句，甩手過去。其他人也滿不在乎的樣子。被大衣裹得像個鐵塔似的警察一臉黑紅，看不出來是藏族還是漢族，沖達傑敬了一個禮，接著說了一堆什麼話。話說完了，達傑原本挺直的腰彎下去了。次旺他們趕緊過去，一下子圍住了警察。我

有點緊張。加措說沒事兒，他們會處理好的。果然他們個個都陪著笑臉，還爲警察閃道，任警察昂然將車開走了。

沒事沒事，我們先進去喝茶，達傑會擺平的。次旺一邊走向「革命」一邊大聲地說。

「革命」是拉薩甜茶館裡的老字號。不過也老不到哪兒去，一聽這名就知道產生於什麼年代，不像「魯倉」（羊圈）、「杠穹」（小箱子）的歷史悠久，可也是拉薩人趨之若鶩的甜茶館。老甜茶館都一樣，黑壓壓的，髒兮兮的，搖搖晃晃的長桌和條凳，夏天蒼蠅亂飛，冬天乞丐不斷，但卻是拉薩各種小道消息的彙聚與傳播中心。在眞假混雜甚至十分離奇的傳言中，那兩三毛錢一杯的甜茶似乎也格外地好喝，而且帶著濃濃的藏式口音的「革命」一詞更有一種怪怪的吸引力，所以這「革命」已經有第二家了。

拉薩的男女老少都有癮似地愛喝這種紅茶和牛奶（如今多爲奶粉）、糖熬製的英國風味的茶，但傳統上女人是不能進甜茶館的，不然會被視作不正經。不過在早已移風易俗的今天，藏族男同志能做到的事，藏族女同志也能做到，何況要去的是「革命」。甜茶館一向開門都很早，接待的幾乎都是轉經的老年人，其餘時間則是各行各業各年齡層的人。不少單位裡的藏人都這樣，上班的時間和在甜茶館裡喝茶的時間差不多。

離我不遠的幾個年輕的男女正高談闊論，仔細一聽說的都是漢語，努力地字正腔圓著，間或夾雜幾個藏語的詞兒，巴桑還是西繞說他們是附近西藏大學的學生，對他們很不屑的樣子。要了一瓶三磅甜茶，又一人要了一碗麵。這添了牛骨湯的麵條一根根像筷子般粗細，統稱「藏

拉薩的「革命」甜茶館。

麵」，可能因為它是用藏人而不是漢人或回人的手扯出來的才得此名吧。
不一會兒達傑來了，把車鑰匙往桌上一扔說，他還說我違反了交通法規
第幾章第幾條呢，我一找到他們的隊長他就沒話了。

中午一點半，陽光普照，終於可以出發了。

4.

車剛開到拉薩大橋，前座的巴桑就俯身摸出一個做成手榴彈形狀的
鞭炮來，說，炸了它吧，聲音裡透著興奮。次旺立即制止，沒看見有當

兵的在守橋嗎？炸了不把咱們抓了才怪，過了橋再說。

一過橋，那手榴彈就頻頻炸了一路。那一路上有堆滿塑膠袋的垃圾場、油庫，路邊的村莊、小商店，隱蔽的軍營、農場，山頂上的廢墟，粉刷一新的寺院，瓷磚樓房林立的縣城。當然這些才不是要炸的目標。只有那一路上的人，趕馬車或駕駛拖拉機的農民，停在路邊的客車裡的乘客，三三兩兩的包工隊（一看見包工隊，那些四川人模樣的漢人，西繞就大喊，炸他們），穿紅衣的雲遊僧，流鼻涕的小孩子，等等等等，才會被落在身邊的爆炸聲嚇一跳甚至嚇得哇哇大叫或者撒腿跑開。還有豬啊、狗啊、牛啊、羊啊、馬啊也都不放過。

比爆炸聲更響亮的歡笑聲灑了一路。只要巴桑把引線一扯，動作越來越像那麼回事地將手榴彈拋出窗外，幾個人就連忙回首張望，高興得不得了。我雖知道這手榴彈是假的，是種鞭炮，又想男孩子（其實他們也不小了）都貪玩，喜歡惡作劇，可心裡還是有點不舒服，但更多的是擔心如果不慎沒扔出去，在車裡炸的話怎麼辦？

前面說過，從縣城到德仲溫泉的路很難走。桑塔納自然是開不過去的。他們早已聯繫好了，到了墨竹工卡縣城就換一輛豐田越野車。是當地縣稅務局的車。我鬆了口氣，因為手榴彈終於炸光了。沒想到換車的時候，達傑很得意地從車後取出一把小口徑步槍。帶槍幹什麼？我問道。打獵唄。達傑乾脆地答道，可能覺得我的問題很多餘。誰又補充了一句，打它幾隻呱呱雞。我只覺心一沉。

充滿火藥味，不，殺戮味的旅行開始了。這是我始料不及的。就像我沒有想到會跟這樣幾個同族人一塊兒去德仲。最初看見他們，一個個

彬彬有禮，乾乾淨淨，精精神神，藏話和漢話都說得十分好聽，不像許多藏人一說漢話就句句帶個「我操」，當然他們也偶爾帶把子，不過是「我靠」。加上是表弟加措的朋友，說真的，我還一點兒也不反感他們。

但很快我就開始反感了。不但反感，而且煩惱。那是經過一大片長滿灌木叢的山坡時，要殺戮的目標終於出現了。是一隻兔子。一隻傻乎乎的兔子，把自己暴露在一塊開闊地帶，像是在召喚他們來殺自己。達傑將車剎住，提著槍就迎上前去，他甚至沒有躡手躡腳、小心翼翼，而是抬手一槍就打中了那兔子的後腿。而我喊出的「別打」喊得太晚了，太微弱了，立即淹沒在車裡四起的歡呼聲中。

我很難容忍這個現實。更難以容忍的是，達傑提著槍追擊逃跑的兔子。牠哪裡逃得了啊。拖著受傷的腿還沒逃幾步，就被達傑連補幾槍給打死了。倒在草叢中的兔子我看不見牠掙扎的慘狀，但我可以清楚地看見追殺者一點兒也不手軟、一點兒也不心悸的冷酷和殘忍，反映在他被眼鏡遮住的眼睛裡，反映在他步步進逼的腳步裡，也反映在另外幾個人興高采烈地下車去撿兔子的奔跑裡。那可是一個生命啊，一個原本在自己的家園裡自由自在地生存的生命，就這麼突然地被打死了。

眼睜睜地看著一個生命被槍殺，我不但煩惱，而且痛苦。作為以佛教為信仰的我，長久以來接受的是關愛眾生、視眾生為親人的教育，這個眾生不僅指的是人這種生命，也包括天上飛的、地上跑的、水裡游的所有的生命。像這隻兔子，牠無數的前生中很難說與我無關，說不定曾經就是我的父母或者姐妹，總之肯定有緣相連，不然我為什麼會和牠相遇？可我卻任憑牠慘死在我的跟前而不去救牠！我無法相信我僅僅喊了

一聲「別打」，我哪裡是一個佛教徒，分明是一個幫兇！

接下來的行程中我一言不發，滿心的氣憤。直到碰見兩個背著糧食和牛肉的阿尼攔車，見達傑——還是這個達傑，笑眯眯地下車，把她們的東西放在車上，這樣她們就可以輕鬆地走到德仲溫泉，想他對阿尼還是挺好的嘛，這一點倒像個真正的藏人，就原諒了他，還有他們。就又恢復和他們說話，只是忍住不去想那隻被扔在車座後面的血乎乎的兔子。可後來我才發現事實上並非如此。

5.

德仲溫泉到了。但再也沒有前兩次看見時的喜悅了。已經是傍晚快七點了，太陽還未完全落山，站在道路消失的山坡往下望，一片如刀光般閃閃發亮的鐵皮屋頂格外刺目。次旺指著鐵皮屋頂介紹說，那就是我們蓋的旅館。言語間似乎很自豪。我惋惜道，幹嘛要蓋這種屋頂，多不協調。次旺說，它實用啊，不然夏天有那麼多的雨水，藏式的那種房子是要漏的。也許吧，我說，不過這顏色實在難看。

阿尼們的白房子依然像紅寶石一般撒落在半山上，算是撫慰著被這鐵皮屋頂這本不屬於這一塊世界的金屬反射的強光刺疼的眼睛。

沿山坡而下，嫋繞著熱氣的溫泉被掛滿經幡的山崖和幾排當做旅舍的房屋圍在中間。溫泉已不全是露天的了，有大半圈搭上高高的本色的木架子，可以擋住無聊者的窺視，也顯得別緻，更要緊的是，人在水裡仍然可以望見白天或黑夜的天空。這倒算得上是值得稱道的改建之處。

西藏阿尼的住房。

旅舍分為兩種。那鐵皮屋頂籠罩下的兩排水泥樓房顯然是次旺他們新蓋的，緊挨溫泉的一排藏式土房則屬於寺院。有意思的是，看上去又嶄新又乾淨的樓房間間緊閉，無人住宿，而出土文物似的歪歪斜斜的藏房門前倒還坐著幾個穿「巴黎」的老外。我就想，兩處價格不一肯定是如此選擇的原因，不過有沒有那樣一種味道、那樣一種感覺恐怕更是吸引人的因素。

　　所以次旺無奈又含有妒意地說，這些阿尼都是死腦筋，給她們談過多少次了，把價格往上提一點，不然我們一間房子六十元她們才十元，人家肯定要住在她們那裡。可她們也笨，就不想一想，她們全部房間的房價加起來也不及我們的兩間多，何況只要到了旅遊旺季，我們所有的房間都會爆滿，還不如索性把這排房子賣給我們算了，也省得她們瞎操心了。

　　那為什麼不呢？我問道。

　　怕我們占她們的便宜唄。次旺答道。過去這塊地方都是寺院的，後來溫泉開放了，縣裡最先在這裡蓋了一個招待所，說好要給寺院錢的，結果一分也沒給，寺院從此就再也不好說話了，寧肯要那麼一點點錢也不相信有可能會得到更多。

　　其實我們就是想占她們的便宜。達傑笑嘻嘻地接過話說。就這麼一點兒地方還想發大財？哼，現在不給我們算了，慢慢地，我們就會城市包圍農村，來它個一網打盡。

　　說這些話的時候，我們正坐在阿尼的屋子裡喝茶。次旺他們的新房子因為沒人去住，那管鑰匙的就給自己放假回家了，我們今晚也就只好

德仲阿尼。

住在寺院的旅舍裡。看他們幾個跟阿尼們又說又笑的樣子，我還以為他們真的對阿尼們好。三個阿尼都很年輕，羞答答的樣子，手掩著嘴笑，不停地為我們添上滾燙的酥油茶，還給我們一人泡了一碗速食麵，但她們怎會知道他們打的是什麼主意？他們只要一說漢話，她們就傻眼了，就什麼也不知道了。

在縣裡買的牛肉燉好了，就著辣醬和餅子吃很香。這時，月亮早已經升起來，該是去洗溫泉的時候了。

泉水邊，兩支蠟燭的光在氤氳的水氣裡柔和地亮著，久違的暖意立

即驅散了緊裹在身上的寒冷。更暖人心脾的是那月光下冒著咕嚕嚕的氣泡的水。不會游水的我踩著有點硌腳又有點滑溜的石頭慢慢地移動著。那泉水很乾淨，很熱，洋溢著包容一切的親和之力。那水似乎可以包容三生。

水裡還有幾個阿尼，正低低回回地、婉婉轉轉地唱著歌兒。細細一聽，原來是讚頌古汝仁波切的道歌，倒很像是山歌或者情歌。

一會兒又來了一個老婦人，像是從牧區來的。和許多牧區的女人一樣，平日裡裹在厚重、肥大的羊皮襖裡面，可一解開袍子，那身材別提有多好看。就連這個老婦人也是，身影搖晃間幻現著青春時節的美麗。

後來她們都走了，紛紛對我說，別在水裡太久了，會心慌的。

又是我一個人沉浸在溫暖的水裡。又是穿過輕煙般彌散的霧氣望夜空，那黃色的月亮和銀色的星星又暈染成一片朦朧，無比美麗，傳入耳中的則又是已經低落的狗吠聲和咫尺間流向遠方的水拍聲，這一切又一次叫人幸福得惟有歎息而已。我不禁想念著他。遠方的異族的他如果也身臨其境，該是多麼圓滿。

6.

我獨自住了一間有六張床卻沒有門閂的屋子。沒有一張床上不是落滿了土，全是屋頂上、牆上剝落下來的泥土。但我帶著睡袋。常年遠行的經驗使我向來把自己安頓得很好。

天一亮就醒了。又去無人的溫泉裡泡了一會兒，然後帶著相機去爬

給魚餵糌粑的喇嘛。

寺院背後的山。突然瞥見達傑挎著槍從佛塔前一閃而過。他竟然要在這樣的地方殺生嗎？我一下子非常不快。在藏地，但凡是寺院所在之處都是動物們的天堂。我去過一個邊遠的寺院，那河裡的魚會跳到喇嘛的手心裡吃糌粑。可德仲倒像是獵手們的樂園了。

　　寺院背後是阿尼們的紅房子，往上是隱修者的山洞。據說這裡住著古汝仁波切的空行母耶協措傑的化身，一位已經七十多歲的康珠瑪。但我每次來她都在閉關，看來無緣拜見。記得五年前，我也這樣獨自躺在山坡上，看山腰間用白石頭堆積的六字真言，看紅衣阿尼背水歸來。此

刻風景依舊，使得時間的意義模糊不清。西藏的時間似與別處的時間不同。它可以彎曲，如一段鐵絲被擰成首尾相接的一圈；也可以像傾瀉在地上的酸奶一樣緩慢地流淌。我甚至覺得心態也幾乎依舊。似乎依舊。

然後去寺院。遇上次旺和表弟加措。對於我來說，寺院就像是我的家，所以我一進寺院就可以說出那些讓我倍覺親切的事物。像古汝仁波切的壇城，他的二十五個各具神通的弟子，他的八種不同變相的化身。松瑪。夷當。康珠瑪。我忍不住對次旺說，既然你們在古汝仁波切修行之處做生意，就要對這個聖潔的地方有恭敬心，這樣才會得到他的護佑。我的用意只是希望他們手下留情。

次旺睜大了眼睛說，那我一定要多拜拜他。又說，以前我從來不去寺院的，現在倒好，因為這個德仲，老得去寺院。我心想，我知道你是為了什麼才進寺院的，如此功利的信仰，無非渴求的是當即得報。

寺院很小，很簡陋。藏地有許多這樣的寺院，純粹是當地一方百姓的精神寄託，也都由老百姓和出家人的家庭供養，當然寺院本身也有以寺養寺的傳統，但也只是僅夠溫飽而已。尼姑寺院更是十分艱苦。所以可想而知這溫泉對於她們的重要性。實際上她們若是以售票的方式靠溫泉來改善一下生活也未嘗不可，可如今她們極有可能連那一排旅舍也保不住了。

7.

我們是中午時分離開德仲溫泉的。小口徑步槍被巴桑大大咧咧地握

在手中。他們的目光全朝車兩邊逡巡著，生怕漏掉了一個獵物。

我有意講起了佛教中那些因果報應的故事。我說我有一個姑父，年輕時候因挨餓打死過不少獐子、野鹿和狐狸。後來得了癌症，一位原本並不認識的活佛打卦說這是因為他殺生導致的果報，只有多放生才能多活點兒時間。家裡人於是天天買魚來放在河裡，兩年後他病故了。

對於西藏人來說，一般都會將這類故事引以為戒。是的，戒訓，戒條，戒律。它意味著必須遵守的禁忌。正如達賴喇嘛所說：「一旦在一個人的心靈中確立了這種戒律，甚至在邪念剛剛出現時，他就能加以自製。」在藏人，不，在真正的藏人的生活中，因為宗教的緣故存在著很多戒律。而所有戒律中最首要的一條就是不殺生。從感化人心的角度來講，殺生的結果與可怕的報應息息相關。種瓜得瓜，種豆得豆，這裡面貫穿著一條環環相扣的因果之鏈。而佛教的根本在於對所有生命的尊重和憐憫，包括對自我生命的尊重和憐憫，惟其才是每一個個體生命的完善之道。

不殺生的戒律讓人感悟到不單單只有人的生命才珍貴，換言之，當人如果不是將所有弱勢的生命都視為同自己一般珍貴，若不以其他生命也為貴重，那麼他或她必定也是個輕賤自我生命的人。這樣的戒律其實十分美好，它使你對生命乃至包容生命的天地都有了敬畏、謙卑和感激。而無視這樣的戒律，也就沒有了對自我的約束，也就沒有了任何的敬畏、謙卑和感激，有的只是傲慢與攻擊、蔑視與破壞、仇恨與毀滅。一位作家說過這麼一句話：「消滅生命是一種法西斯的遊戲。」

我無意以一種道德家或宗教者的面目美化自我。我講因果報應的故

事其實也是警戒自己。我深知自己的弱點。昨天在殺那隻兔子的時候就幾乎形同一個袖手旁觀的人。我說過我已經當過一次幫兇。但我絕不願意繼續當下去了，這已經給我帶來了沉重的心理負擔。

但是沒有用。一點兒用處也沒有。顯然在他們的心中只有個人的欲望導致的個人的快樂至上。如果殺戮能夠滿足欲望能夠帶來快樂，那麼就格殺勿論。因此他們全身心地充滿了殺機。一隻兔子還不夠。又一隻蟄伏在草叢中的兔子和一隻小小的野雞遭到了同樣的下場。甚至一隻停在村莊裡農民的青稞打場上的鴿子也引發了殺機，在輕微的槍聲中一頭栽倒。我的故事還沒有說完就說不下去了。我的故事看來只適宜於那些心底裡生長著宗教種子的藏人。對他們這種不知是被漢化還是被西化總之是被現代化了的藏人則毫無用處。

不遠處，有幾隻黑色的、亭亭的鳥兒在水草間優雅地徜徉著。黑頸鶴！達傑大喊一聲，又有了那種想要捕殺的激動。我也立即大喊了一聲：不能打，這個不能打！連我都聽出了自己變調的聲音。達傑愣了一下，停止了刹車的動作說，那當然，打它們是要坐牢的。車繼續向前開。我很想問他，僅僅是因為怕坐牢才放它們一條生路嗎？我還想問自己，為什麼會說出這個不能打？難道那個被打就是可以的嗎？我似乎聽見了那幾隻鶴的叫聲，那樣的叫聲用一個詞來形容，是鶴唳。

車子突然爆胎了。這時候，風沙驟起，席捲而來，頃刻間籠罩了整條道路、整個天空。我看著他們在風沙中亂成一團，頗有點幸災樂禍，忍不住說出了口：看，這就是你們打獵的報應。表弟加措趕緊扯了我一下，以示制止。其實他已經用槍聲表明了一種歸屬於他們的姿態，儘管

一槍也沒有打中。

折騰了半天才又繼續上路。不久到達墨竹工卡縣城。換車的時候，那幾隻被擊斃的動物又被拋扔到地上。兩隻兔子，一隻鴿子，一隻呱呱雞。每一隻身上都帶著槍眼和血跡斑斑。每一隻都那麼地漂亮，幾個小時前，還在草叢間、半空中充滿活力地跳躍著，飛翔著，可此刻都僵硬地、一動不動地伏在冰冷的地上。也許有人會說，打幾隻兔子啊鴿子啊呱呱雞啊算得了什麼，何必如此大驚小怪，小題大做？可是，怎麼算不了什麼呢？牠們難道不是生命嗎？被槍擊中的是牠們，而被牠們擊中的是不是我們的憐憫心呢？

我不忍再看。突然間非常生氣。本來我一身輕鬆、滿心歡喜地踏上這次德仲之行，可這幾個人未免太不人道了，硬是以殺生這種方式施與我不堪承負的壓力。若不制止，于我為人為佛教信徒的原則顯然背離，若要制止，又肯定會招致他們的反感。可我為什麼不去制止他們如此肆無忌憚的殺生呢？是不能，還是不敢，還是不知如何制止？這麼一想我既氣自己更氣他們。他們憑什麼如此霸道？憑什麼不由分說地讓我目睹甚至可以說是參與他們的殺戮遊戲？

也罷，如果到此為止的話。可他們卻越發地收斂不住，眉目間全是盎然的殺機。像火焰一樣燃燒的殺機。從縣城到拉薩的路上，一邊是冬日裡積著水窪的一片片草灘，更遠處是流量較小的幾曲河水。一群一群的黃鴨就在那些水窪裡緩緩地漂游著。昨天在路上，他們還在說黃鴨這種動物很重感情，都是一對一對的，一隻要是被打死了，另一隻也決不要活，會繞著死了的伴侶一個勁地飛旋，直至氣絕而亡。可這時候他們

幾乎是嚎叫著跳下車去，把槍對準一隻黃鴨扣動了扳機。

夠了。我再也無法忍受了。我憤然地推開車門，從車後廂取出背包獨自向前走去。風沙又起。風沙漫天啊。風沙突然間彌漫了整個黃昏的西藏的天空，如同硝煙四起，包含無可測知的深意。淚水終於流了一臉。我怎麼會與這樣的人為伍？我怎麼能與這樣的人為伍？這些把自己視作西藏未來的主人們，這塊土地是他們自己的家園啊，他們連自己的家園都不熱愛，非得把它踐踏成生命的屠宰場生命的塗炭之地才肯心滿意足嗎？

西藏人，你怎麼可以這樣？你沒有權力在你自己的土地上大開殺戒啊！你知不知道你其實捕殺的正是你自己的靈魂？

他們終於住手了，不再開槍射殺無辜了。一聲不吭，一個個很不高興地回到了車裡。表弟加措快步走到我跟前勸道：好了，不打了，上車吧，我們回拉薩。看他滿臉的尷尬，我不禁心軟。好吧，回拉薩吧，帶著四隻被打死的兔子、鴿子和呱呱雞，讓我們回到那個可以烹食牠們的拉薩吧，在被燈紅酒綠沖淡的酥油味中，在被輕歌曼舞遮沒的祈禱聲中，那個已經不再是樂土和淨土、福地和聖地的拉薩啊，有誰知道它未來的指望是誰？它未來的指望究竟在哪裡？

好吧，讓我們回到拉薩。「……哭泣但是不懇求任何，不叫喊，不氣憤，也許並不太清楚在哭泣，也許是在夢中，就像呼吸一樣。」……就像月光下的德仲泉水。「……泉水，動物們說。每天晚上太陽落下時泉水都要哭泣。」

二○○一年一月十三日於拉薩

珠穆朗瑪山峰下的村莊。

在哲蚌寺

1.

又到哲蚌寺了。寺院的每一處都讓我歡喜。那種氣味。那種折射的光線。那種紅顏色。讓我隨時都生起與前世相關的感情。

格列的小屋是在一個院子裡。很乾淨。很安靜。有一點點綠的草坪上長著兩棵大樹。兩棵小樹。大樹上有鳥巢。麻雀在唧唧喳喳地飛來飛去。小樹是桃樹。開著八九朵桃花。格列說到時候就會結桃的。我不敢相信。那麼細、那麼矮的樹枝上竟會結桃？真是奇蹟。

暖暖的陽光灑在這個院子裡。不高的土牆外就是夏天展佛的山。那時候會是怎樣的激動人心啊。無比美麗的唐卡。在清晨的陽光中緩緩打開。綻放淡淡的、靜靜的微笑。拈花一笑。有一次，就在喇嘛們的齊聲禱告間歇，響起了另一個宗教的頌歌。另一種悠揚。另一種清涼。那是另一種天籟。尋聲走去，看見幾個金髮碧眼的異國人，低頭接受喇嘛獻上的哈達。

此時坐在有鳥巢的樹下喝茶。不想離開。但寺院不會留下女人。想起記憶中的那些寺院。喃喃地說起。八邦寺。白玉寺。噶陀寺。還有不知名的小寺院。唉，天宇噶陀。它在高山上，雲霧裡，往昔成就者披著紅袈裟飛翔的傳說中。蓮花生的金剛座。修行地。被說成是空行母的康珠瑪。我是世間的，還是出世間的？

「啪」一下。什麼東西落在頭上？伸手一摸。鳥的稀屎。綠的。但不

臭。問格列有什麼寓意。孩子似的格列很調皮，說這就是加持。誰加持我？是不是在提醒我，從前也像鳥一樣，終日在寺院的上空盤桓？

2.

朱瑞突然生起一念。她要從昌都搭車去德格。然後是甘孜。爐霍。道孚。康定。二郎山。那是我走過的路線。一路的無法形容的美啊。這個擔心再不走一回就老了的漢族女人。她很想趕在從此一別之前這麼走一回。哈爾濱，她的家。往後就是加拿大了。她難過地說，可我很想住在這裡啊。為何天文曆算所的卦，說我不適宜留下呢？她幾乎要哭了。

3.

去一個刻經版的小紮倉。長長的、高低不平的石板路。兩邊聳立著石頭壘成的僧房。頂上夾雜著和袈裟一樣紅的貝瑪草。每走一步時間減緩一分。更像是後退著。退到很早以前。朱瑞說，有本書上講，我每次去哲蚌寺，都覺得回到了一千年以前。格列不解。一千年？我們寺院明明只有五百年嘛。

小紮倉也是一派寂靜。塗滿了酥油的門緊閉。小心翼翼地上樓。那似乎通天的梯子讓我歎息。我走過多少這樣的梯子？這樣高，這樣結實，這樣沒有止境。為什麼永遠走不完？

繪滿天女和吉祥八寶的長廊。壁畫之間塗著黑邊的窗戶和飄著「鑲

布」（一種裝飾布簾）的門扇。狹窄的天井。明與暗。有一瞬間，我的心一陣緊縮。因為我好像看見了一個人的身影。幾個月前，那身影與我相伴，走過衛藏和東藏的多少這樣的長廊。我們如影隨形。我們如膠似膝。可我現在已經不想再看見。不想再見卻還要看見，這該有多麼無奈啊。

於是離開紮倉。隨意走。不是曲徑通幽，就是豁然開朗。甚至是柳暗花明。真的是這樣。那辯經院裡開滿了一樹樹的桃花。桃花盛開的辯經院。粉白的花朵。絳紅的喇嘛。青石板。當微風拂來，花瓣飛揚，不在世俗中的人兒舞動念珠，雙手擊節，口若懸河。顯然我們需要眼前幻現如此美景。

4.

洛桑雲丹，這個清清秀秀的喇嘛竟然令我有點心慌。不。不是這樣。怎麼可以說心慌？最多有一點點異樣而已。

清秀尚在其次。那種眉宇之間的沉靜。那種舉止之間的優雅。沉靜和優雅。為此可以讓我在一百個人裡面一下子就被吸引住。也僅僅是吸引。然後加以稍微多一點的關注。因為他是一個受了比丘戒律的喇嘛。所以那次在辯經法會上給他拍的照片最多。

格列說，後來喇嘛們都要問，為什麼把你拍的那麼好？他們指的是有一張照片，藍天白雲下，一條蒼黃的轉經路上，沉靜而優雅的洛桑雲丹如玉樹臨風。

上→哲蚌寺的喇嘛。

下→拉薩冬季辯經法會上，激昂飛揚地辯經的僧人們
來自哲蚌、色拉、甘丹等大寺。

我知道洛桑雲丹喜歡我。但這種喜歡絕對不是那種喜歡。一絲一毫也不是。換句話說，是一種由衷的歡喜。他看見我就歡喜。但神情沒有一點異樣。我深信他的心裡也沒有。所以應聲開門的他一臉靜靜的喜悅，一手展開絳紅的僧衣靜靜地說，請到屋裡坐。

喇嘛的家都很簡單。只有經書。唐卡。上師的相片。酥油燈。淨水碗。藏式的小床和方桌很適宜靜思冥想。不過洛桑雲丹還多一樣。在他的袈裟裡還裹著一隻沉睡的小貓。當他說起小貓，我看見了我見過的喜歡和歡喜。在特意添上的新鮮的牛奶茶裡，我也看見了。

朱瑞問他現在學什麼。學完了這個學哪個。學哪個又要學多久。等等。他一一回答。最後笑道，一直學到死，一直學到覺悟，一直學到解脫。在他的笑容裡，我明白了沉靜和優雅從何而來。

洛桑雲丹的屋外是片平緩的山坡。山坡上一棵桃樹此時桃花絢爛之極。鳥的叫聲依稀可聞。在與他告別時，他指著山坡說，夏天來吧，我們去那裡過林卡。當然。當然要來的。我對這個沉靜的優雅的喇嘛說。

二○○一年三月於拉薩

在輪迴中永懷摯愛

　　一九九八年的元旦，是以零星地炸響在拉薩廣寒而清涼的夜空中的爆竹，和迴蕩在蘇州寒山寺的一百零八下鐘聲——這業已商業化的電視節目，貿然地闖入了圍爐夜話或意欲入眠的人們的耳鼓之中。我仍在回想先前通過傳呼台給一位舊友送去的祝辭。我原本要說的是：一九九八，吉祥如意；可我卻連續重複了兩遍一九八八。對於新年的降臨幾近於拒絕的心理，竟能讓人寧肯回到那遙遠、蒼白的十年前嗎？那時候，我還是一個民族學院的學生，在成都陰冷、潮濕的多夜裡，深爲自己平淡無奇的人生經歷而苦惱，特意在一本像紅旗一樣熱烈的筆記本的扉頁上，頗爲激昂地寫下：「啊！讓暴風雨來得更猛烈些吧，我多麼想變成一隻勇敢的海燕，像黑色的閃電一般，在天空中高傲地飛翔。」

　　不知道現今的孩子們是否聽說過這段充滿英雄主義色彩的豪言壯語。也許，在他們的課本裡連高爾基這個革命文豪的名字亦遁而不見了。那可是我和同輩人甚至上溯到一、兩代人許多年來最主要的精神偶像，其他的如雷鋒、保爾‧柯察金、張海迪等等；在讀大學的初期，還曾給參加「中越自衛反擊戰」的軍人們寫信、寄慰問品。但一九八六年以後，新的、浪漫的、叛逆的偶像在趨於個人化、藝術化的詩歌擂擊出的無序的激烈鼓點中匆匆上場了。

　　時代不同了；每一個時代都各有各的理想、熱情、口號和創傷，像一個個火燙的烙印紛亂地刻在人們的心上，甚至形狀不一的額頭上，今

生抹不掉，來世還可能若隱若現。對於像我這樣一個生命裡流淌著古老圖伯特之血的藏人來說，故鄉的風景早在我出生的時候就已經改變。故鄉的；譬如說故鄉的語言，我依稀耳聞卻從未放在心上。是否，另有一種錯誤或誤差致使我的存在猶如一個意外？

　　一九九八年的元旦，全世界都在以各種超乎尋常的方式迎接著它，除了某個地方靜若止水，如同一位飽經滄桑的老人沈默無言。悉尼在放最昂貴的焰火，倫敦在大開香檳酒，澳門在金屬般閃爍的燈光中使勁地扭動著即將統一的胯部，東京的年輕人個個高舉著銀色的、烙餅似的氣球尖聲喊叫。在大洋彼岸的紐約，濃妝豔抹的白人和黑人熱淚盈眶地緊緊擁抱；而我們偉大的首都北京，五十六個民族的代表缺一不可地一齊閃亮登場──雖然是色彩繽紛、大相迥異的服裝，卻是如出一轍的笑顏和舞姿……我甚至覺得主持人的聲音十分耳熟，像是從來就伴隨著我和太多的人一起經過了那些充斥著各種極端、瘋狂而荒誕的戲劇事件的年代：高亢，激越，充滿鬥志，令人血熱賁張；至多有一些嬌媚，嗲氣，這倒是如今這個商品社會所賦予的。

　　然而真的是「火樹銀花不夜天，兄弟姊妹舞翩躚」嗎？在人們彎月一般揚起的眉梢之間，那隱隱掠過的、不易察覺的陰影是什麼？毛澤東在他瀕死之前最後一次觀看電影，當看到多年浴血奮戰的解放大軍在人民群眾的熱烈歡迎下勝利進城的鏡頭時，這位素來堅定不移的唯物主義者突然老淚縱橫，不能自己……我還是欣賞俄羅斯一個偏遠的小漁村裡，像北極熊一樣笨拙、像海豹一樣良善的勞動者在篝火旁烤著魚、喝著燒酒、跳著傳統舞蹈的形式，據說他們是這個地球上最早進入新年的。膚色黝黑、相貌英俊的印度青年則疾步走在無垠的大漠上，他在歌唱祖國，深情地歌唱屬於他的世界上所有地方都無法與之相比的美麗的

祖國，於是，天眞的孩子歡笑了，漂亮的、頭頂水罐的少女歡笑了，滿臉皺紋的老人歡笑了……啊，祖國，親愛的祖國，在哪裡？

　　……在氤氳的梵香中，我洗淨雙手，步入佛堂。我把自己視爲一盞靜靜燃著的酥油供燈，向著金色的佛龕裡莊嚴如儀的佛像和滿牆的唐卡禮拜並祈禱：一爲眾生，二爲導師，三爲親人，最後是自己。——無論如何，新年伊始，萬象更新，但願這不是空想吧。恍惚中，觀世音遙遙地伸出一千隻柔曼如柳的手，輕輕地撫慰著因耽於塵世而不安的我的心。哦，他也老了，他讓衰老如此明顯地示現，甚至交織著黃色與絳紅色的僧袍上也佈滿皺褶，卻更有一種慈悲的力量動人心魄，而他的目光，那難以形容的充滿智慧的目光喲，我不禁幸福而又傷感地泫然淚下了。

　　半夜三點多時，一陣急促的電話鈴聲將我驚醒。刹那間，我竟以爲天光大亮。誰在這麼晚還要傾訴衷腸？電話的那一端源自繁華的南國明珠——廣州，可以清晰地聽見穿梭不息的車輛疾馳並鳴響喇叭的強音，混雜著賓館裡的電視中如電光火石般劈啪作響的粵語，眞的是大都市喧嘩與騷動的不眠之夜啊。而這邊，我指的是拉薩，早已一片沉寂，偶爾有狗吠幾聲，以及從高高的窗戶裡瀉下的冰雪一般潔白的月光，以及，對面的那一座從前的宮殿，在夜幕下神秘並且淒涼的巨大而模糊的輪廓仿佛被我穿透牆壁的視力所目睹！此時，如果有讚歌，那也是從古老的、繁多的寺院中，無數純潔的喉管裡飄出的獻給佛陀的讚歌——誰說這不是一個神話一般的、但已沒落的世外莊園呢？

　　只聽得紅塵中那個被失眠折磨的人語調低沉地說：花錢買歡，有何不可？可一念及我素來心高氣傲，本該是奇女子鍾情的人卻要行這等下

經幡宛如紗帳。

作的事，就覺著是自取其辱，再深不過地落入了俗套……原來，佛教中講的六道輪迴就在人間，而人間中最常見的就是地獄。什麼是地獄？「俗」，就是地獄。以前總以為自己與眾不同，每一次的反叛，每一次的熱血澎湃，都是為了和一個「俗」抗爭，可萬萬沒想到如今還是落入了俗套，變成了一個俗人，就像地獄中的一個鬼。究竟什麼是將人從地獄中拯救出來的藥方呢？是「愛」嗎？可「愛」在哪兒呢？

電話裡，這「愛」的要求多麼空虛，卻又強烈。

一九九八年的元旦，太陽照常升起，還將照常落下，西藏人亦照常起居，向三寶磕頭，去寺院點燈，沿帕廓轉經；我奉為上師的仁波切應一位新近喪母的施主的恭請，一早就帶著十餘名僧人在大昭寺的庭院內虔心地做法事；往北去，那裡的百姓和牲畜還在和百年不遇的大雪釀成的災難苦苦地抗爭著……我照常在書桌前坐下——

這幾乎是我每日的功課：讀書，寫作，以及誦經。

然而這一天，我忍不住要回顧，是的，回顧過去的一年，一九九七，固然有許多歷史事件迭出不窮，留下劃時代的重大意義，比如鄧小平的去世，香港回歸，等等；但我最清晰不過地記得的是兩個女人的死。一位算是壽終正寢，是我偏愛的作家瑪格麗特‧杜拉斯，她罕見的智慧和才情遠比她傳奇、浪漫的經歷更令人神往，以至她亡故的刺痛從一九九六年蔓延至今。一位是昔日的王妃、英格蘭的玫瑰、全球輿論的熱點戴安娜，在詩情畫意一般的巴黎夏夜與最後的戀人慘遇車禍，香消玉殞，令人不禁扼腕痛惜，喟歎生命短促，世事無常——而當時，我正在康巴老家的方圓之內，經驗著精神上的一次特別重要的洗禮。

確切地說，那些龐大或微小的寺院猶如鑲嵌在廣袤、高拔的大地上的紅寶石，即使在歷史的風雨中或略有破敗，或已為廢墟，仍然閃爍著熠熠奪目的光芒。還有那些裹著絳紅大氅的喇嘛，蒼老的，盛年的，幼稚的，無一不親人似的微笑著，迎候著，其中竟有三人與我同名，最小的不過五六歲，在鏡頭裡他睜大著亮晶晶的眼睛，歪著頭，輕輕地咬著拇指，一副令人愛憐的模樣兒，誰會想到他也是次日盛大的法會上端坐著千吟百誦的一個小僧人？

　　一九九八年的元旦，我重新打開幾本關於西藏的書籍。我再度百感交集地聞到了西藏的氣息。那是芬芳中的芬芳，夢幻中的夢幻，啜泣中的啜泣。……我的意思是，我人在西藏，卻往往只能在書中看見真正的西藏。

　　是的，就是這樣的三本書：一本黃色，一本絳紅色，另一本的封面是鈷藍色的天穹下，兩位頭戴雞冠法帽的僧侶吹奏法號的側影。顯而易見，它們是那遍佈雪域的壯美或樸素的建築中（不少已淪為廢墟）難以計數的、又長又窄的、被一根結實而汙黑的牛皮繩緊緊捆紮的紙張堅韌、筆跡清晰卻似亙古流傳下來的所有典籍的精粹、扼要和濃縮；另外，它們尤其是一段重要的過去的記憶。這記憶太多了，太重了，這記憶的比重、體積和價值，隨著時間的流逝非但不曾減弱半分，反而像發了酵似的，漸漸地充滿了整個有形和無形的空間，當我們——尤其是像我們這些在生命的最初，並未得到過故鄉那醇厚而甘甜的乳汁哺育的人呱呱墜地，就不偏不倚地「啪」地打在了身體裡最柔軟的那個地方，隨著成長，日漸深刻，一如難以癒合的傷痕。

藏曆新年前夕的覺康。

　　但它們讀起來是那麼地優美，流暢，深情，並不因為……而哽塞難言、閃爍其辭，有一些如同幻想或詩歌，自然是令人傷懷的幻想或詩歌，比如：

　　……天黑以後，我最後一次來到專門供奉大黑天的佛壇前，他是我的護法。我推開沉重而吱吱作響的門，走進室內，頓了一下，把一切情景印入腦海。許多喇嘛在護法的巨大雕像的基部誦經禱告。室內沒有電燈，數十盞許願油燈排列在金銀盤中，放出光明。壁上繪滿壁畫，一小份糌粑祭品放在祭壇上的盤子裡。一名半張面

在去阿裡轉神山的路上，偶遇的姊弟倆。

轉經老婦人的笑容。

孔藏在陰影裡的侍者，正從大甕裡舀出酥油，添加到許願燈上。雖然他們知道我進來，卻沒有人抬頭。我右邊有位僧人拿起銅鈸，另一名則以號角就唇，吹出一個悠長哀傷的音符。鈸響，兩鈸合攏震動不已，它的聲音令人心靜。

　　我走上前，獻一條白絲的哈達。這是西藏傳統告別儀式的一部分，代表懺悔以及回來的意願。我默禱了一會兒，喇嘛們一定猜到我要走了，但他們必然會替我保密的。離開佛壇前，我坐下讀了幾分鐘佛經，對一個談到「建立信心與勇氣」之必要性的章節沉吟良

久。（達賴喇嘛，《流亡中的自在》）

又比如：

　　……阿裡仁波齊（達賴喇嘛的弟弟）說：「我們剛到，我就被叫去見達賴喇嘛。我走進了寺院二樓的一間小房。正對著門有一扇窗戶，可以看見透進來的一點點光線，神聖的達賴喇嘛腳穿長筒皮靴，身著俗人服裝，站在窗前。以前我從未看到他像這樣穿戴過。但實際上看去，他卻顯得相當自然。他只是問了問：『你今天感覺怎樣？』我回答說：『沒什麼。一切都好，只是沙暴有點猛，媽媽因爲騎在馬上，大腿有點問題。』接著，他默默無言地看了我一會兒，最後說：『恰傑』——這是我的小名——『現在我們是難民了。』」（約翰·F·艾夫唐，《雪域境外流亡記》）

又比如：

　　……西藏不是聖賢或奇蹟的國土。西藏是皈依宗教道路的人民的國土，他們不是痛苦地履行義務，而是充滿熱情和極大的歡樂遵循這條道路。在這片國土上只要我們希望，我們就能得到觀世音的保佑。如果這就是奇蹟，那麼西藏就是一個充滿奇蹟的地方，因爲觀世音總是不斷地顯聖，引導和幫助我們。或許鄉村本身就給了我們幫助。我知道，對於我們這些不得不離開西藏的人來說，不能看

囊廓路上的轉經筒。　　　　　　喜悅祈禱的老婦。

到西藏的崇山峻嶺，感覺不到家鄉的微風，呼吸不到清新的空氣是
真正的損失。是鄉村把我們的思想變得內向。在西藏，我們不僅生
活在世界之中，而且和周圍的世界融為一體，西藏本身看來就是我
們祝福的一部分。

　　……在西藏，我們相信，我們每個人都應當努力去消滅我們自
己內部的無知。就是這種對無知的自我感知、對解脫的渴望，才使
西藏人成為西藏人，才使西藏的生活具有價值。佛經教導我們，我
們的無知就是痛苦，我們知道這一點。但是，就是那點滴的知識也
給我們的生活帶來了美，使我們在各處都看到了美，使我們聰明起
來。我認為西藏是一個美麗的國家，事實也的確如此。但對我來

康地寺院牆上繪著達賴喇嘛的畫像。

　　說，最大的美則是人民過著一種虔誠的宗教生活。（土登晉美洛布，《西藏——歷史・宗教・人民》）

　　因為這樣的書，我驀然驚覺某種使命從未像此刻這般明晰過，迫近過。甚至一位來自秀麗江南、與我不同族籍的詩人，在短短數日的西藏之行結束之後，都能夠含蓄而又形象地寫下：它（即西藏）有著最為公開的秘密的密室、最大顆粒的淚滴、最為強烈的紫外線或最最低迷渾厚的男性（喇嘛）誦經的聲音……

　　是否，我終於明確了今後寫作的方向，那就是做一個見證人，看見，發現，揭示，並且傳播那秘密——那驚人的、感人的卻非個人的秘

朝佛之後。

密？正如一生致力於用「記憶」對抗「遺忘」的猶太作家埃利‧威塞爾
所說：

> 讓我們來講故事。那是我們的首要責任。評注將不得不遲到，
> 否則它們就會取代或遮蔽它們意在揭示的事物。

那麼讓我也學著來講故事吧。讓我用最多見的一種語言，卻是一種
重新定義、淨化甚至重新發明的語言來講故事，而「別的一切都可以
等，必須等。別的一切都不存在。」（埃利‧威塞爾語）──這應該是我

的責任、理想和努力，不可推卸，也無權推卸。

然而我卻是如此地……尷尬。或者說，我註定將如此尷尬地活著！

啊，一九九八年的元旦！我從未像這一天這般明白無誤地洞察到此生此世，即這一次輪回中我甚爲微妙的處境：一個其實並不純粹的混血兒，一個在異鄉飄蕩多年的遊魂，一個至今與母語隔若關山的殘疾人，一個被淺陋的藝術化的生活重創的傷員，一個在宗教殿堂的角落中姿勢生硬的儀軌見習生，一個，一個永遠徘徊於塵世的邊緣、空懷教徒式的獻身精神的獨身者……

不過，我仍然要懇求，是的，在二十世紀末，在這個醞釀著各種變革的前夜，我以我的良知和我的宿命懇求：請允許吧，即使這些不完整的故事，在怎樣矛盾和猶豫的心情中，被喃喃低語地，慢慢道出……

一九九八年元旦於拉薩

月亮下的大昭寺頂。

在二〇〇〇年的前夜

還有三天就是兩千年了。

她的心裡似乎沒有多少異樣的感覺。

但她想有。人們都有，為什麼她沒有呢？──她是想有人們有的那種感覺嗎？人們都在問，千禧年怎麼過？在報紙上，在電視上，在電話裡，在相互見面的時候。很少去單位，一去就遇上那個有著一雙漂亮眼睛的女孩，往她手裡塞了一把糖，羞澀地說，我要結婚了。旁邊有人說，又一個千禧新娘啊。她還是第一次聽到這種說法。她很少看報紙，很少看電視，她可真是孤陋寡聞。

好吉祥的稱呼啊。一陣感動，她剝了一顆糖含在嘴裡說，我要送給你千倍的祝福，當然嗜，我還要分一點新娘的喜氣。

很早的時候，誰說過，兩千年到了，四個現代化就會實現的？

她有多大，那時候？

小小的她掐指一算，有些心酸，等宏偉藍圖變成現實，我都老了。

在大昭寺，笑起來像個女孩子似的喇嘛丹增說，你很久沒來了。

庭院裡，從遙遠的牧場來的幾個女孩子，無數的小辮子上綴滿了細碎的松石，像密密的草地上開著鮮花。她們的笑容裡，雖然有生活的艱辛，此刻也很燦爛。

她想問他們怎麼過，可怎麼說，幾個裹著絳紅僧衣的男孩也不明白。漢人的節日？搖頭。外國人的節日？也不全是。那麼，幾天後，夜裡寺院開門嗎？為什麼要開門？兩千年嘛。兩千年就得開門嗎？

算了，不說了。

我知道了，丹增恍然的樣子。你是不是又想跑到寺院裡來睡覺？

他說的是去年藏曆十二月三十日那晚，原來是想在寺院整整祈禱一夜的，可沒念上幾圈就在佛的腳下睡著了。

幾天沒出門了？

兩天？三天？還是四天？

媽媽無可奈何地搖頭，你出門讓人擔心，不出門也讓人擔心。

有什麼好擔心的呢？無非是一出門就走得很遠，那些偏遠的鄉村又沒有電話可打，但每次還不是安然無恙地回來了。

你現在和「桔子」一樣，是我們家的第二個「桔子」。說完，媽媽笑了。才從轉經路上回家的她穿一身深藍色的運動衣，精神很好，也顯得年輕多了。

「桔子」是個狗，看家的狗，不過它可沒它的名字那麼可愛，老是長不大，性格反復無常，有時候一聲不吭，有時候會猛地撲上去，把別人的腿給含住，所以常常被拴起來。

她突然發現她是這樣地依賴眼前的這個吃過很多苦的女人，這樣地怕失去她，不禁把頭靠在了她的肩上。

剛下班的弟弟看見，譏諷道，老姑娘了，還撒嬌？

弟弟已經不讓媽媽擔心了，他剛剛結婚。婚禮上，來得最多的是媽媽的親朋好友，這樣人們都知道她的孩子中還是有正常的，和別人的孩子一樣，在按部就班地生活。

　　只要出門，她總是要化妝的，對著小鏡子細細地描啊畫啊。她喜歡畫眼睛和嘴唇。說來也怪，以前她的眼睛是和父親一樣的眼睛，細長的，一單一雙，但不知從何時起，變成了和母親一樣的眼睛，大大的，雙眼皮，有一陣兒還是好幾層眼皮，像是皺紋都跑到眼瞼上去了，讓她很是憂心。妹妹的眼睛倒是天生的大眼睛，對她的突變嗤之以鼻，哼哼，還不是給畫出來的。她就說，現在不畫了也這樣呀。妹妹說，已經畫變形了嘛，再說，還是近視眼。

　　出門是要戴上耳環的。戒指和項鍊也從不離身。都是銀的。銀的光澤和質地永遠是她的最愛。像夜空中閃爍的星星。像生活中那些好女子的淚珠。像畢生中難遇的、美好的卻又是瞬息即逝的緣分。她不會忘記那年馬容回去的時候，她倆在給過她們許多快樂的帕廓街上慢慢地走著，最後在骷髏狀的銀戒跟前站住了。那時候，她們對美的欣賞還是偏重於古怪和誇張。她倆一人戴了一枚一樣的。她倆手拉著手時，因為內心的相契而淡漠了離別的苦。後來她倆的首飾越來越簡單，有一次，馬容寄來的生日禮物只是一圈刻著隱隱的花紋的銀指環。

　　昨晚，馬容在電話中說，她現在妝也不化了，什麼都不戴了。

　　但她還是不能放棄這些的。她想她無論如何，也不會放棄這些美麗的，哪怕被人認為沾有世俗之氣。

左上→新年之夜朝佛。

左下→大昭寺僧侶在新年前夕辯經。

右上→在覺康祈禱的康巴人嘎瑪。

前不久，她和另一個女子在轉帕廓，在一家小店裡看見一對星星形狀的鏤空的銀耳環，有些大，戴在耳朵兩邊晃動時有一種遠古的意味。她正試著，朋友問，你現在這耳環戴了多久？——那不過是一個圓圓的小環而已。她遲疑了一下說，可能有一年多吧。朋友很驚訝，你過去可是幾天就換一副的呀，你看你對生活的態度變成什麼樣子了。這話令她也很驚訝。是啊，我怎麼會變成這樣？她暗暗自責著，當即要了三對耳環。

　　後來，她轉念一想，這樣生活其實沒什麼不好，最多是有一點點消極罷了。

　　但這種消極是她願意的消極。

　　她有心承受這種消極。這種退回小屋、與內心相伴、自成一統的消極，遠比看上去只爲了名和利，在世上忙忙碌碌走一遭的積極或上進有意義得多。

　　甚至她的過去，僅僅是貪玩，也浪費了多少好時光啊。

　　如今，她也許不明白自己想要的究竟是什麼，但她清楚地知道，她不想要的是什麼。

　　這樣的消極，其實挺好。

　　何況現在是冬天。冬天是萬物休眠的季節嘛。她覺得自己越來越像自然界中那些與節氣相應的動物了。

　　但願是溫良的、安靜的、與世無爭的動物。

　　並且不時地沉醉在「暈眩」之中。——暈眩，僅僅是這個詞本身已經

讓她不能自已。

在米蘭・昆德拉的書中，這樣解釋：「暈眩」，即「一種強烈的、不可克制的要倒下去的渴望」，是「某種虛弱的陶醉。一個人意識到他的虛弱，他決定屈服而不是挺住，他沉醉於虛弱，甚至希望變得更弱，希望在主廣場的中央倒在眾人面前，並希望繼續下落，比倒下更向下」。

她深信，並需要補充的是，那「倒下」的是肉體，當肉體在塵世之中深深地下陷直至沒頂，另外一種東西，姑且說它是靈魂吧，便會掙脫肉體的羈絆而輕盈地飛翔，那一定是朝著某個超現實的無比美好的所在飛翔。

惟有在「暈眩」的時候，惟有在僅僅為了這樣的事物「暈眩」的時候，比如詩歌、念珠、地圖、書籍和音樂；比如正午、深夜、過往和夢境；比如辣椒、青稞酒或梵香；比如「印度」與「江南」，以及除此兩地之外那絳紅色的「西藏」——啊，親愛的、獨一無二的西藏！

電視裡正在播放西藏的紀錄片。這是她最喜歡看的。剛才弟弟在客廳裡扯著嗓子叫她，正好耳機裡的一段音樂結束，她才聽見。

西藏的天。西藏的雲。西藏的山。西藏的水。還有西藏舊日的宮殿，西藏飽經滄桑的喇嘛廟。還有那一束束西藏的光芒，那一張張西藏的容顏，那一片片西藏的絳紅色……

每一次她都看不夠。每一次她都很激動。家裡人紛紛笑她，你那麼熱愛西藏，你一出門就可以看見這些，比電視裡還要多，還要真實。可她偏偏只為這些在螢幕上，在圖片上，在音樂裡，在書本裡出現的西藏

深深地、難以自抑地激動，甚至熱淚盈眶。

　　有一次，一位喇嘛送給她一卷錄影帶，是英國一個著名的紀錄片公司拍的，很美的畫面，很婉轉的音樂，很生動的細節，卻沒有說教，沒有深刻的思想，沒有激烈的言行，在很紀實的平白直敘的拍攝中，彌漫著淡淡的傷悲。

　　他還是爽朗地笑著。在爽朗的笑聲中，他委託那個和他一樣年老的活佛去一個被掩蔽在尼泊爾的小王國，曾被圍剿並被封鎖近三十年的木斯塘。其實那個小王國和西藏的所有地方一樣，說的是藏語，穿的是藏服，信的是藏傳佛教。但已經衰微了。不過和西藏的衰微不一樣。它是在外界的極端封閉中衰微的。所以當它終於有了開放的一天，他便讓那個老活佛代替他去那裡，他希望讓佛光再次照耀那裡，他要求帶回幾個孩子，在他的努力保持西藏傳統文化的學校裡得到教育，後繼有人，讓人類珍貴的精神遺產代代相傳。

　　先是飛機、汽車，接著現代文明的象徵消失了。老活佛騎上了馬。老活佛的臉在熾烈的陽光下一點點地變紅，變黑……在酷似阿裡土林的地形中，差不多騎了一個月的馬。木斯塘到了。小小的堡壘似的王宮。寒酸的國王和王后。破敗的寺院。貧窮的卻不乏快樂的百姓。深夜篝火邊神秘「雪人」的故事。枯瘦的老喇嘛繪聲繪色的野獸吃人的故事。牽馬的紮西的醉態。兩個被選中的孩子興高采烈，他們的母親卻在為長久的分別流淚。而他的聲音開始在木斯塘的上空迴蕩。

　　又看見他了。他還是爽朗地笑著。慈悲和智慧的化身；無數藏人的

精神支柱——「嘉瓦仁波切」。他撫摸著兩個孩子的頭，詢問他們的名字和年齡，然後象徵性地為他們剪去一縷頭髮。然後，兩個孩子在各自父親惜別的目光中，走進明亮的、奔跑著許多藏人孩子的學校……

這就是那部片子。一如日常生活的毫無藝術痕跡的紀錄片。

但更打動人心的是其中的某一處。

是那個老活佛，騎馬至山頂，眺望遠方——那邊，正是西藏，是他還在青年的時候就從此離別的故鄉。幾個在異鄉長大的年輕僧人在懸掛五色經幡，風輕微地吹拂著，天高雲淡，萬籟俱寂。老活佛久久地佇立山頂，遙望家鄉。久久地，他才歎道：我們的家鄉是這樣地美啊！說完，他的淚水奪眶而出。淚水從他已經去日無多的眼裡奔湧而出，他竭力地壓抑著，壓抑著，終究失聲痛哭。

長達一分多鐘的鏡頭裡，只有老活佛忍不住抽搐的雙肩，忍不住放聲的哭泣。經幡在他的身後輕輕地飛舞，年輕僧人的臉上只有堅毅。遠方，那西藏的山川河流啊，沈默無言……

所以，她一直想走。

她一直想走到那裡，想走到他的身邊，想走到和她的血脈相關的人群之中。

可是她啊……至今尚未走成！

「在路上，一個供奉的手印並不複雜，如何結在蒙塵的額上？一串特別的真言並不生澀，如何悄悄地湧出早已玷污的嘴唇？我懷抱人世間從

這是桑耶寺，人們正在圍觀喇嘛辯經。

不生長的花朵，趕在凋零之前，熱淚盈眶，四處尋覓，只爲獻給一個絳紅色的老人，一顆如意寶珠，一縷微笑，將生生世世繫得很緊……」

今年的一天，一個特殊的日子，她早早地趕到大昭寺廣場，廣場似乎如常，轉經的轉經，煨桑的煨桑，只有高高掛在某一處的喇叭異常響亮，旋律激越，猶如「文革」時期。

大昭寺門前依然是磕長頭的老百姓，此起彼伏；但大門緊閉著。

後門也緊閉著。

她想進去，使勁拍門，喊著認識的喇嘛的名字，卻叫不開。旁邊的人斜眼看著，此時說漢話似乎更容易遭人反感。不是反感她，是反感她身邊的那個打扮得像男孩的漢族女子。

只好轉帕廓。轉了三圈。第二圈時才感覺氣氛的隱隱異樣。似乎有一半的便衣。一半的信徒。但什麼都沒有發生。什麼不尋常的事件都沒有看見。

晚上收聽廣播，聽到了他的聲音，說英語，語調如常，卻讓人悲傷。他說，只要眾生幸福，我可以不必回來。我可以像一個受傷的動物那樣走到遠處，打坐，禪修，思考來世……

他已經老了。四十年的風霜，四十年的滄桑啊。一個二十四歲的年輕人在流亡的歲月中很快地變成了六十四歲的老人。她一念及，就忍不住祈禱，爲他的長壽，爲她能夠有見到他的一天。

一身酒氣的弟弟說，他周圍的許多藏人早已忘記了這一天，他們在酒吧裡喝酒，在歌廳裡唱歌，今天是什麼日子，不關他們的事。

上→藏曆新年前夕的拉薩之夜。

下→藏式牆。

昨晚，在夢中，她又見到了他——蓮花生大士，西藏人的精神之王，古汝仁波切。他將一本經書放在她的頭頂上，但念的是什麼，她卻忘了。

　　他是她在成佛之道上的本尊、護法、依怙主。

　　一位已經圓寂的甯瑪上師這樣說：「在聖地印度和雪鄉西藏，出現過許多不可思議和無以倫比的大師。在他們當中，對現在這個艱苦時代的眾生，最有慈悲心和最多加持的是蓮花生大士，他擁有一切諸佛的慈悲和智慧。他有一項德性就是任何人祈求他，他就能夠立刻給予加持。」

　　還說：「在當前的困難時代裡，我們所能祈請與皈依的，以蓮花生大士最殊勝，所以，金剛上師咒最適合這個時代。」

　　她從不懷疑這一點。她第一次聽到這個十二字心咒時，就牢牢地記住了。

　　以後，她每一次遇到危險的時候，都會反覆地、全身心地持誦這句真言，並在腦海中觀想古汝仁波切的形象。每一次她都得到了回應和護佑。

　　夏天在康巴，她獨自搭車去甯瑪的一個大寺。噶陀寺，正是古汝仁波切曾經長期修行的道場，第二金剛座。當時是雨季，雨一直在下，從小雨連綿到大雨滂沱。她坐在寺院拉木材的卡車上，坐在高高的木頭上。旁邊擠滿了說康巴話的男人，其中有一個老喇嘛的背影。她緊緊地裹著防雨的外衣，帽子也壓得低低的，還是一臉的雨水，連骨頭裡也浸透了雨水。雨大路滑，而且山路越走越陡，越走越窄，越走彎越多。她

開始害怕，開始默默地持咒，當然是古汝仁波切的心咒。在轉一個急彎時，車居然上不去了，一直往下滑，車上的男人全都跳下了車，除了那個老喇嘛。她可不敢跳，看著都頭暈。可沒想到更讓人頭暈的是，車剛停住，突然又往下滑，她回頭一看，竟是萬丈深淵。幾乎是本能，她一直默默持著的咒一下子從喉嚨裡噴湧而出，聲音之大，幾乎蓋過了雨聲。在念誦中，她發現車頂上只剩下她一個人，連老喇嘛都跳車了。這時，車下的男人們紛紛向她張開了手臂，但她的眼前卻像是出現了古汝仁波切的身形，於是她不顧一切地往下跳，正好被人們接住。再看那突然又停住的車，離深淵竟只有手臂那麼長。而她的眼前，古汝仁波切的身形久久不散。

「我不會遠離那些信仰我的人，或甚至不信仰我的人，雖然他們沒有看到我，我的孩子們將永遠、永遠受到我慈悲心的保護。」

——這正是古汝仁波切的許諾。

是不是該說到他了？

那天，第一次聽到他的電話號碼，多奇怪啊，她的心裡突然閃了一下，就像是某種預感如電光火閃一般，一下子把內心深處的某個角落照耀得一片明亮，接著她看見一個像銀子一般幽美、像絲線一般纖細、像淚珠一般晶瑩的……它是不是那個字的化現呢？

那個字——「緣」，它就在心底裡藏著，此刻無比明亮，此刻熠熠生輝。在藏語裡，它的發音是「le」，一個輕輕的、從心裡發出的、舌尖從上顎滑過的音節。

上→信眾點千盞酥油燈。

中→點酥油燈的孩子。

第一次聽到他的聲音時，她的心裡又這麼閃了一下。

更奇怪的是，剛放下電話，眼光重新落在書上時，撲入眼簾的是怎樣的一行字啊，竟讓她嚇了一跳！

為什麼是這樣的一行字，出現在這本像夢一般神秘並有著預言氣息的書上呢？這通篇都是在宗教的迷宮中穿行的文字，其中一行，竟像是在此刻註定了她的命運。它是這樣說的——「當你忘卻了時間朝什麼方向流逝時，愛情會幫助你確定這個方向。愛情始終是時間的源流。」

於是她帶著酥油去了寺院。

在她的請求下，寄託著願望的酥油，一點點被傾入燃著火苗的金燈裡。火苗照亮喇嘛的臉，也照亮一顆渴望的心。於是她雙手合掌，久久地祈禱，最後在猶豫中，在惴惴中，忍不住用早已加持過的紅珊瑚念珠占了一卦。

——啊，她看見了什麼？

一粒珊瑚念珠就像一個最美麗、最圓滿的結果出現了！那分明是佛以一粒紅色的珊瑚念珠，兆示了命中最深切的因緣。她仿佛聽見佛在低語：我的孩子，你祈求的，我給你！

這真的是一份珍貴的禮物，從天而降！

兩千年就要來了。

明天，後天，大後天。就是兩千年，就是二十一世紀，就是一個新的紀元了。

她想她哪裡都不會去，就坐在電腦跟前，和她熱愛的文字在一起。

　　她當然是要祈禱的，長時間地祈禱，為她所有愛著的人祈禱，也為她所有不認識的人祈禱，還有她的故鄉，她的同胞，還有她的「桔子」，籠中的小鳥，荒野上被追殺的野羚羊，海洋中被污染所傷害的鯨魚、鯊魚和所有的小蟲小蝦……

　　當那個神聖的、嶄新的時刻來臨的瞬間，她會舉起酒杯，在想像中和心中牽掛的那個人一起仰望星空，雙手迎接！

　　那時刻啊，在共同的星空下，一種超越地理乃至超越所有物質的感應，是否將無形地、神秘地穿梭于彼此的心靈之間？

一九九九年十二月二十八日淩晨三點於拉薩

二十一個片斷

1. 表達

迄今為止，面對西藏我無法表達。不是我不擅長表達，而是我根本不知道如何表達。所有的語法已不存在。所有的句子不能連貫。所有的辭彙在今天這樣的現實面前化為烏有，悄然遠遁。而所有的，所有的標點符號只剩下三個：那就是問號、感嘆號和省略號。

我們的內心被這三個標點符號充滿，再無其他。甚至我們的身體上也被這三個標點符號烙印似地佈滿。看見了嗎？在這只目睹太多的眼睛裡是問號，在那只目睹太多的眼睛裡是感嘆號，但落到嘴邊的時候，欲言又止，或者說，因為有太多、太多想要說的卻無從說起，或難以細說，而變成了一串串連續不斷的省略號！

西藏啊，你讓我從何說起？你又讓我如何不說？可在我的眼中，在我的嘴邊，為什麼你永遠是巨大而驚心的問號、感嘆號和省略號？

2. 看見

今天，西藏以一種複雜的面目出現在世人的眼前。今天，似乎人人都可以看見西藏，只要他想看的話。只要他遠遠地看一眼，朝那個地球上最高的高處看一眼，他就能夠看見他以為的西藏。

在世人的眼中，西藏究竟像什麼？像一個飄浮在空中的絢麗汽球被

上→西藏，山與水。
下→高天厚土。

日益神話？還是像一個被注入毒素的惡性腫瘤已難以治癒？

連綿的群山，不化的積雪，洶湧的江河，原始的草原，以及附著其上的奇風異俗，無數喇嘛和阿尼口中的天書般的念誦，使一道道視線不得不彎曲、轉折——而這不過是帶著旅遊心態的外人的視線。

實際上原初的視線並不存在，如同視線下的廣大或細微的真相，在外人無法察覺的封鎖下，在惟有這視線之內的人們的切身體驗下，早已扭曲、痙攣、顛倒。這一道道發生折射之變的視線啊，已經徹底地模糊了西藏！

啊，西藏，你的看見是看不見，是從來、從來的看不見！西藏啊，其實連你自己又何曾看見過自己！

當你自己都看不見自己的時候，又有誰能夠看得見你呢？

3. 節日

在這個恐怕是世界上節日最多的地方，藏人固有的節日以本族特殊的曆書進行著，因為不可或缺的宗教儀式在專制的政權下不再轟轟烈烈，卻像在地下奔湧的無數激流，它通過所有從各處湧來的鄉下藏人那些風霜的面孔、骯髒的衣袍、沖鼻的氣味，在每一個寺院的門口彙聚成洪流。每一個人都是宗教的人。每一張臉上都寫著虔誠，虔誠，還是虔誠。除此之外，對於他們，世俗的節日還有什麼意義？

另外的節日在另外的人那裡十分重要，也可以說是外來的漢人帶來的外來的節日，但對於時代潮流之中的城市藏人一樣重要。中秋節，農

曆的八月十五日，滿街的月餅喜氣洋洋地象徵團圓。清明節，農曆的四月五日，孩子們和軍人們一起湧入革命公墓或烈士陵園，在「唯（應該是「爲」，但那上面卻寫錯了）有犧牲多壯志，敢叫日月換新天」的哨兵似的標語下，舉手宣誓，低頭默哀，列隊再教育。

更另外的節日也來了。那是耶誕節，聖誕老人陌生的微笑在商店的櫥窗上猶如包裝絢爛的禮物一般顯得親切無比，遙遠無比。

4. 末日

對於西藏人而言，世界末日並不是所有可怖的大預言變成現實的那一天，而是，恰恰是，如今的這種表面慷慨、公平、而且多少有點仁慈的專制統治之時。這已經持續半個世紀的「解放」，在百萬「翻身農奴」做主人的旗號下，其實像一劑致人於慢性死亡的毒藥，正逐漸地，滲入並深入無數西藏人的毛孔直至肺腑，使其在類似於酒精導致的虛幻而快樂的幻覺中日益沉醉，日益迷失，日益忘乎所以，而那個遠在他鄉的應該說是他們精神上最親的親人，爲了他們今生和來世的福祉，多少年來是如何在奔波，在衰老，在心力交瘁，差不多已被他們忘卻，甚至變得與他們不相干了。實際上，事實上，對於今天的無數西藏人來說，末日就是即日，就是每一日！他們生活在末日之中卻不自知，相反從不把末日當作末日，這是因爲他們本身已經成爲末日的一部分了！

5. 聲音

是的，在我們發出自己聲音的時候，常常會被指責。這些指責中，聽上去似乎最理直氣壯的是，你們吃我們的用我們的卻攻擊我們，你們的心理很陰暗。甚而至於，還被如此咄咄逼人地威脅：要是非常時期最好跑快點，免得沒跑掉就被人收拾了。這顯然是一種殖民者的腔調，典型的話語暴力。

我們生活在自己的土地上，卻被人如此斥責，這說明了什麼呢？作為一個有著悠久歷史的古老民族，是不是從始以來皆仰仗他人的恩賜才得以苟活呢？如果事實並非如此，那麼又是從何時起，毗鄰而居的他人變成了登堂入室的主人，以至有了可以如此訓斥的權力？

所謂「吃我們的用我們的」，其實是模糊的謊言。但這樣的論調既能蠱惑殖民者一方的民眾，又使得被殖民者多少有點兒理虧詞窮——可不是嗎？對於納入利益集團之中的每一個人來說，其生存的情形不但是依賴，而且是依附，甚至是寄生。因此，當主人厲聲喝斥只是輕微地發出了一些聲音的我們時，除了滿面羞慚地趕緊噤聲之外，又能做什麼呢？

看來若想要發出自己的聲音，是大大犯禁的事。這，就是某種霸權在這一範圍內的體現，猶如暗中行使的戒律，我們只能心照不宣地接受、遵守，若越雷池一步，對不起，這權力的大棒就會落到那個冒犯者的頭上，而這也是一種警示，提醒其他人，只能在這權力允准的範圍內出聲。

這當然是殖民者的權力，它要求甚至強求被殖民者最好啞口無言。如果想要說話，那也只能是隨聲附和，變成如奈保爾所說的，帝國主義

主人的應聲蟲。倘若更進一步，成爲這權力的搖旗吶喊者，那當然是會令殖民者聖心大悅的，並且賞賜多多的，那麼，這「吃我們的用我們的」也是可以允准的，就像是主人家扔給看家狗的骨頭，還殘留著一點兒肉末。

6. 容顏

……然而在西藏，大概是由於這些因素：地理的；歷史的；人文的；使得這裡的一切無不呈現出一種感人的單純性或驚人的豐富性。

於是，有時候，在一個偏遠牧場的幼童的臉上，你會看見滄桑；在一個高高的、五彩斑斕的法座上面的老僧臉上，你會看見純眞和寬容。而當人群出現的時候，你會忘記他們所置身的環境具有怎樣的景物或氣氛，你甚至忘記了別處所少有的溫度和高度，你只記得他們的臉，那是一張張泛著陽光的臉！

無論如何，這些臉上的光芒已經足夠。雖然有的強烈些，有的淡些，但都被一種光芒照耀著，使這些臉張張極美。這難以用筆墨形容的美，你只能通過瞬間的攝影隱約地、偶爾地捕捉到。因爲這種美是千百年來，像遺傳基因似的，融入他們的血肉之中，再由內心向外煥發，卻又一閃即逝。因此這張張面孔啊，傳達的是整個西藏的資訊。

對於一個渴望用文字和圖片作爲某種記錄，或者探尋某種秘密的人來說，每一次看見這些臉時，都會被深深地震住。尤其是這三種人的臉：僧侶的，老人的，還有孩子的。

西藏的陽光，映在這個在嘉措拉山頂上遇到的
西藏少女的臉上。

而這些特別的臉，光彩熠熠的臉，只能是、永遠是西藏大地上的臉。

7. 拉薩

一個日新月異的內地縣城。一個過去的聖地。一個消失的神話。如今，它快樂，淺薄，肉欲，空中漂浮著酒精的泡沫，地上堆砌著金錢的腳印。它幾乎是寸草不生的。即使有綠色，那也是在各自家園中精心侍弄出來的一小塊草坪。還有周遭「圈地運動」一般規劃出來的「林卡」。夏天，遊興甚濃的人們在「林卡」裡支起帳篷，撐起陽傘，擺上一張張桌子，上面是麻將、撲克和克郎棋，以及一箱箱滿的或空的酒瓶。而「林卡」的外面，一間間籠罩著粉紅色燈光的色情小屋裡，濃妝豔抹的內地小姐正媚態十足地誘惑著本地和外地的各族男人。整個夏天就這麼縱情地在「林卡」裡外度過了，消磨了，虛擲了。惟有冬天，啊，拉薩，它在清冽的寒氣中如風聲一般的嚶嚶哭泣被我聽見！

8. 囊瑪

這遍佈全城的小小娛樂場所，紛紛以舊時西藏的傳統樂舞為名，雖然特別，卻濃縮為一個意味深長的角落。曾經僅限於「三大領主」享受的藝術似乎回到了「翻身農奴」的懷抱，過去腐朽的記憶隨著聲聲斷斷的弦樂化為齏粉。然而……神聖的真言從未如此真誠地氾濫四溢，在酒

精滋潤的嘴唇中輕佻地飄向欲望的夜空；令人心碎的思鄉之曲從未如此響亮地頻繁迴蕩，在五顏六色旋轉的燈光中，那歌手痛苦的表情不堪一擊。真言空洞，懷念無力，在真言和懷念之中，年輕的藏人們打情罵俏，不耐煩地要求激烈的現代舞曲。年齡稍長的藏人們一邊憤世嫉俗，牢騷滿腹，一邊忘不了擠眉弄眼，動手動腳。泡沫翻飛的酒瓶越堆越多，很快空空蕩蕩，火焰似的液體滋生某種不安的情緒。煙霧彌漫，卻在吐納之間化作毒氣進入所有人的體內。越來越大的肚皮，越來越猩紅的嘴唇……啊，即使是她的哭泣也不過是被一種臨時的、短暫的、空虛的激情催發而出。因為此時的哭泣再多，在這個被懷舊偽飾的夜晚之後，在走出這個具有民族特色的「囊瑪」之後就將不再！

9. 意外

如同在拉薩，這麼些年了，這麼多數不清的日日夜夜了，似乎生活就這麼波瀾不驚地進行著，這裡的藏人、漢人和其他民族的人就這麼意外不多地生活著。藏人更多地在帕廓一帶集中著，轉經的轉經，做買賣的做買賣，或者分散在新村或安居園裡天天打麻將。源源不斷的漢人們也像在他們的家鄉一般算計著日子，建房子的建房子，開餐館的開餐館，辦妓院的辦妓院。小姐拉客，包工隊殺狗，一個計程車司機用四川話說，媽的，本來以為到拉薩可以掙到很多錢，掙個鬼哦，從早跑到晚，荷包裡頭才幾個錢。問他為什麼不回去，他卻堅決地說，不，我就不信我掙不到，我一定要掙到錢了才回去。老外們以及越來越多的內地

帕廓街頭的尋常一景。

遊客們也在好奇地遊逛著，有的表情不可一世，也有的扮成藏人的模樣，在寺院傍晚的禱告聲中雙手合十；有些老外還帶來了他們的孩子，令人驚歡的金髮碧眼的小天使。還有戴著小白帽的回回們，或者推著堆滿廉價貨物的木板車走街串巷，或者在沖賽康一帶批發各種偽劣百貨，或者不動聲色地蠶食著帕廓街上的小店鋪，每逢星期五正午，緊傍著「祖拉康」的清真寺門前遍地黑皮鞋。至於……至於那些有公職的，被稱為國家幹部和職工的各色人等就不必說了。

　　所有的日子，似乎所有人的日子都這麼靜靜地像水一樣流逝著，靜

上→煨桑。

下→大昭寺的窗下。

靜地流到了一個新世紀的堤壩前。當所有的水流彙聚在一個高高的堤壩前的時候，有一股激越的水流突然越過了堤壩，不，是將這堤壩沖出了一個駭人的缺口。

意外發生了。意外使所有的水流裹脅而去。而這股激越的水流就是這二十一世紀前夜的一個出走。是噶瑪巴！這不足十五歲的少年活佛以他的突然出走，讓這之前的所有日子黯然失色，失去意義。

10. 消息

一天天，一個重大而特別的消息以無數個矛盾的、混亂的小道消息紛至沓來。一天天，我焦急地搜集著、打聽著各種消息，渴望知道這所有消息的真相──渴望它的來龍去脈，渴望它的走向趨勢，渴望它的最終結果。然而那麼多的小道消息只能是掩蓋真相，歪曲真相，抹煞真相。那麼多的小道消息啊，它唯一的功用就是把真相交給沈默，長久的沈默。

沈默啊，就像那個不足十五歲的少年活佛的心，永遠無人可知！而且，在更多的消息中，他走得越來越遠，人們只能看見他沈默的背影漸漸地化入絳紅色的世界之中！

11. 占卜

一位年老的天文曆算大師拒絕用傳統的方法預測命運。在竭力的懇

求下，他只好拿起了念珠。他把念珠藏在寬大的袖袍裡開始占卜，誰也不知道他在怎樣撥動褐色的珠子，誰也不知道他究竟卜算了沒有。很快，他抬眼說，很好。就這麼兩個字，你不知道他指的是這一生的命運，還是就事論事——可指的是哪一件事兒呢？總之，很好，這就是全部深藏在他滄桑面容下的答案嗎？

12. 羞恥

「人人生而自由……」，「人人有思想、良心和宗教自由的權利……」——這是半個世紀前向全世界宣佈的人權宣言中，最震撼人心和慰藉人心的兩句。但也是最如同夢囈的兩句。尤其在今天的西藏，我們從不知道我們還有可能聽聞這與人生在世息息相關的話語的權利。我們沒有這樣的權利。我們被迫聽聞最多的，如雷貫耳的，響徹晝夜的，都是不准，不准，不准！

這天下午，在我深掩於兵營似的單位宿舍裡，我打量著每一面牆壁，書櫃裡的每一格。那些曾經伴隨我生命中多少時光的物品：色彩沈鬱的唐卡，不算精緻的供燈，別人送的或我自己拍攝的西藏僧侶的照片，還有，那個小小的佛龕裡端坐著一尊泥塑的釋迦像，他頭頂蔚藍色的髮髻，神情如水卻透著一絲憂鬱，而這憂鬱分明是此時才顯現的。——這些，全部，對於我來說既是信仰的象徵，也充滿藝術的美感，但此刻我都要把它們取下來，收起來，藏在一個不為人知的角落。因為他們已經明令禁止，不准在自己家裡擺放凡是與宗教有關的物品，絕對不准！

在康地囊謙遇見的阿尼們。

　　明天他們就將挨家挨戶地清查，對，就是這個字眼：清查！當我把這些唐卡和供燈，照片和佛龕，全部堆放在一個紙箱裡的時候，不禁深感羞恥。

13. 參與

　　人人都在參與，人人都無法逃避。參與同樣的建設，參與同樣的毀滅，參與同樣的幸福遊戲，快樂大行動，公開或私下的大小屠殺。這是

上→嘛尼石中的佛龕。

下→嘛尼石中的佛顏。

看不見的戰線。不論違心還是甘心，都顯得十分地默契。

　　媽媽說，那時候，你剛出生，所以我不可能去參加任何運動，待在家裡一心照顧著你。

　　可是，當她出門上街的時候，見遍地亂扔的一頁頁經書，那些從來放在頭頂上敬奉的神聖書頁，在高喊「造反有理」的革命者的腳下落滿腳印，儘管她不願意也這麼踐踏而過，但她更不敢把這些書頁撿拾起來，藏在懷中……

14. 良心

　　一個陳舊的話題。一個重複一遍就要令人大笑的話題。像掛在鐵鉤上的一顆原本鮮紅卻已變色、原本鮮活卻已死亡的心臟，正在待價而沽。一些人路過看見，為它奇異的顏色、奇特的形狀所吸引，滿懷激情地描述或描繪起來，卻見橫立一側的屠夫舉起了手中閃閃發亮的大刀，慌不迭地紛紛掏出各自的心臟雙手奉上。啊，這交出去的心臟和鐵鉤上出售的心臟一模一樣，毫無區別！

15. 拒絕

　　這是某一種生命存在的狀態。或者說，是她的生命存在的狀態。她只是拒絕。她的拒絕只是出於不要、不幹、不參與的願望而已。

　　拒絕，僅僅是拒絕，只能是拒絕，而不可能作出太多、太大的反應

──像反對，反抗，反攻，等等趨於激烈的行為。而只能是，最多是反感而已。因為反感而拒絕，這種拒絕不過是一種退卻，一種隱蔽，一種固守在自認為安全一方的懦弱的消失。

唉，拒絕，無奈地對「存在的一種縮減」。

16. 輪回

我不知道我的前生往世是什麼。我無法知道。在所有的眾生當中，我有可能是哪一些形狀的軀體裡面隱匿著同一個靈魂？似乎，有的人「選擇了天鵝的生涯」，有的人「選擇了蒼鷹的生活」，有的人「轉生為一個嫻于技藝的女人」──這些都是一部小說裡的語句。

難道真的能夠「選擇」嗎？那也一定是不自覺的、無意識的「選擇」。

我多麼希望，我的前生往世使我「選擇」的是一個吟遊歌手的命運啊，讓我在西藏的大地上，為生命和靈魂的流轉與解脫邊走邊唱！

17. 愛人

奇特的因緣，發生在他和她之間。奇特的因緣，通過一個特別的地名來連結。這個地名，不，這個地域，這個地理學早就存在，但對於她的意義，確切地說，如今已是與某個人神秘地聯繫、靈犀地溝通的意義了。

西藏的村莊。

　　西藏啊，它就像一根註定的紐帶，將兩個身處兩地並不相識的人兒
連接在一起。西藏啊，從地理學上來說，是回憶的地理學，遠古傳說中
的地理學，宗教意味的地理學，如今它又增添上一筆溫暖的色調，讓我
一說出西藏這個名字，就充滿溫柔而傷感的情懷，因為是它把生命中的
愛人帶到了充滿變數的生活當中！

18. 群眾

我為什麼這樣地害怕人群呢？我為什麼不能夠和人們輕鬆地、自在地交往呢？我的驅散不去的百般無奈、萬般緊張，都為的是什麼呢？忘記是在哪一本書上看到的一句話，像是給自己終於找到了最有力的理由：「……和群眾接觸真是再危險不過；光榮和無為是兩件不能同睡一床的東西。」

……可是，可是我身為藏人中的一分子，西藏龐大而苦難的身影像一塊大石頭壓迫著我的脊樑，「光榮」和「無為」，我只能選擇一樣，非此即彼！

……可是，可是我天生消極的女人性情啊，又使我總是想在人群中隱藏自己，消磨自己，只為小小的自由自在而活著！

19. 使命

僅僅一個寫作者是不夠的。僅僅一個信徒是不夠的。僅僅一個人是不夠的。在此生有涯的短短時光當中；在前生無涯的長長時光當中；以及，此地，彼地，無數個此地，無數個彼地，無數個此地與彼地相交叉的空間裡；對於我來說，只能是，也必須是，而且最好是一個永遠的審美主義者！

當然，這樣的審美，應該是基於一種充滿了宗教情感和人性光輝的終極關懷之上的。具體而言，它尤其著眼於那精神的故鄉——西藏！這一塊為慈悲與智慧的化身——觀世音菩薩所庇護的土地！這一塊在現世的苦

難中冉冉上升的土地！這一塊至今仍在掙扎、苟活卻蘊借著希望的土地！

為此，這樣的審美不是輕鬆的，暈眩的，愉快的，賞心悅目的，眼花撩亂的，浮光掠影的……這樣的審美，飽含太多的心疼，太多的歎息，太多的淚水，應該更有太多的沉浸和思考，啓示和昇華！

因了這些，一個審美主義者同時義不容辭地承載著見證和記錄的使命！

20. 家園

……這是我從未見過的草原。那綠色之中所有的不同的綠；那黃色之中所有的不同的黃：由淺入深，由深一點點過渡到另一種顏色，如泛著鐵鏽一般的紅。一層又一層。一片又一片。重重疊疊，延伸到視力不能及的山腳和天邊。那麼多的花。那麼多倏忽跑過的小動物。

細雨紛飛。一段音樂從隨身攜帶的小機器送入耳中。原本包含的悲哀如洪水漫溢，霎那間湧向看不夠的草原湧向我。每一根草和每一朵花都落滿了悲哀的淚滴，但那不是雨，是源遠流長卻又深藏其中的感受在氣候的作用下流露無遺。原來正是那音樂幫助我理解了這草原。不然即便我親眼看見這草原，四肢貼近這草原，我也只能知道它的廣闊和孤獨。也正是這草原幫助我理解了那音樂，但不必說出那音樂的名字和背景，最多只說，那音樂是悲哀的，更是默默承受的，它的源泉來自於一個同樣苦難的民族。

滄桑老僧。

　　愈發急促的雨愈發密集，被漸漸猛烈的狂風卷得亂飛，一隻鷹卻闖進了我的視野，就像一段熟悉的文字裡絕無塵世氣息的動物那樣，它正在「高傲地飛翔」，讓我幾欲低呼：「讓暴風雨來得更猛烈些吧」，但望著彷彿無法停止飛翔卻已疲憊深深的鷹，我驀然心悸。不，不能說是心悸，而是惻隱之心突然充滿了我的胸懷，擔憂哪裡才有它的棲息之處。

　　但我知道，我在此刻看見並走進的這草原只是非常短暫的一瞬間。對於它來說，正如年年輪回的四季，歷史，或者說往事，已讓它承載太多，以致於它沈默無言，何須表白。在這個瞬間，我看見的實在很少，也實在是它本身仿若寂靜之至。那些曾經的比暴風雨更加猛烈的喧囂和

打擊似乎已經遠去。那些曾經的祈禱，曾經的掙扎，曾經的片刻歡樂似乎已經遠去。我只有竭力回憶，仔細辨認，才恍然可見草原上如幻象般迭現著帶著武器的軍隊，或帶著甘露的僧侶和鮮花盛開的日子，甩動長袖旋風般踢踏舞蹈的我的自生自滅的族人。

因為這草原！我要向那無形的卻無所不在的因緣或緣起祈求，願我無數輪回的所有生命都再度回到這個時候。願所有生命的耳朵都傾聽這草原，願所有生命的眼睛都凝視這草原。其實我想說的只有一句話：願我的寫作也像這草原一樣，具有這般廣闊的形貌，孤獨的精神，悲哀的感受，默默承受的力量，以及尤為珍貴的惻隱之心！

21. 祈禱

……西藏啊，我生生世世的故鄉，如果我是一盞酥油供燈，請讓我在你的身邊常燃不熄；如果你是一隻飛翔的鷹鷲，請把我帶往光明的淨土！

二○○○年一月於拉薩

半個蓮花，燦如西藏

回到拉薩。每次都這樣。很親切。看見近在頭頂的藍天，看見裸露的群山，這才是原生態。一下子安靜下來了。

還有清涼的空氣。輕輕地呼吸，吐納，如同在清洗肺腑。

我暗暗慶幸。我知道，只要回到拉薩，就會健康的。哪怕機艙裡，道路上，最後是家的周圍，有很多很多的異族人。哪怕在路上被三十輛軍車擠到一邊。哪怕所謂的西郊遍地是垃圾和垃圾一樣的人。哪怕。但拉薩終究是拉薩。我們的拉薩。

想知道拉薩什麼呢？

⋯⋯帕廓街。似乎只有在這裡才看得到藏人。大昭寺。我前世居住的地方。金光閃閃的佛。微笑著。忍不住問，什麼時候我的願望會實現？那麼點燈吧。最好是讓自己變成一盞酥油燈。「古修」瑪尼又在開玩笑，說，最近很忙啊，忙著修鐵路，等鐵路修好了，普布喇嘛家就沒土地了，他的家人只好挎著個籃子，沿著鐵路大聲叫賣了。

這天中午，在郵局門口停車時，突然聽到牧歌響起，是個男人的聲音，婉轉又好聽。尋聲看去，一個頭上紮著紅繩的年輕藏人正從街上走過。一看就是個牧人，不過穿的不是藏裝，是一件咖啡色的皮衣，很新，像是剛買的，但質量很低劣，亮晃晃的。他顯然心情很好，可能因為陽光很好，也可能因為身上嶄新的皮衣。反正他的心情一定很好，所

從康地來拉薩朝佛的父子倆。

以他就很高興地唱起了他可能在草原上總愛唱的歌兒。也不知道他唱的是什麼意思，總之很好聽。而且他的神情那麼地旁若無人，在汽車的喇叭聲中，在賣廉價商品和瓜子、水果的吆喝聲中，他旁若無人地唱著牧歌，高高興興地從閃著刺眼亮光的瓷磚樓房前走過去了。看著他唱著牧歌走過去，我忍不住笑了。

　　想起去年夏天，也是騎著車從這條路上經過，突然看見迎面走來兩個年輕的男女，也是牧人的樣子，都穿著寬大的藏袍。女的上衣是一件白色的斜襟襯衣，飽滿的胸脯被緊緊地繫在腰間的長袖襯托得很高。但

讓我注意的不是他倆的高大和漂亮，而是那男人一隻手抱著女人的肩，另一隻手正在堂而皇之地撫摩女人的乳房。最有意思的是他倆的表情，男的漫不經心，女的無動於衷，兩個人還在嘻嘻哈哈地說著什麼，那樣一種天真無邪，那樣一種光明磊落，那樣一種自然健康的狀態簡直讓我著迷。可是滿大街來來往往的人流中好像無人看到這一幕，除了我一邊放慢了車速目不轉睛地看著，一邊傻乎乎地笑了。

騎車穿過全城，拉薩嚇我一大跳。才不過幾日，這城市已經變成了一個大工地。到處都在挖，挖，挖。不知道最後會挖出個什麼樣子來。包工隊們雲集而來，埋頭苦幹。居然會有那麼多的包工隊簡直讓人吃驚。

拉薩正在越變越好看嗎？當華燈初上的時候，著實令人目瞪口呆。因為那一根根燈柱上爬滿了被擰成了奇形怪狀的電線，天一黑，全部變成了犛牛的頭、扭捏的魚和肥胖的蓮花，頗有節奏地在半空中閃閃發光。那是「紮西達傑」（象徵祥瑞的傳統圖案「吉祥八寶」）嗎？實際上醜陋之至，但又非常滑稽，想想看，夜空下的拉薩街頭遍佈會發光的牛腦殼，那麼巨大，那麼怪異，絕對要把從鄉下來的牧民嚇一跳。

無比多的妓女。她們可真的是了不起啊。因為這個季節的拉薩氣候無常，除了她們，幾乎所有的人都還裹著好幾層衣服，哪裡敢脫得又露胸脯又露大腿的？這些被流行歌曲中出現的「神鷹」、古老的西藏預言中提及的「鐵鳥」，從內地運來的不分晝夜、成群出沒、媚態十足的妖精們，會給拉薩帶來什麼樣的瘟疫呢？

陽光打在寺院門上。

　　成人商店。髮廊和診所。茶館裡的麻將桌。幾曲河畔往昔有樹有水有經幡的「古瑪林卡」，已被改造成餐館、賭場和按摩房。等等，等等，等等。這才是「逛新城」歌曲裡的「拉薩新面貌」。

　　只有進了寺院才會重新快樂起來。

　　難忘新年前夕的大昭寺，朝佛的藏人成千上萬，康巴人，安多人，衛藏人，而且大多是年輕人。當他們像脫韁的野馬衝進寺院，然後在

「覺仁波切」跟前爭相伏地長拜，爭相湧向「覺仁波切」的身邊，誰都會被他們比世上其他人更由衷的信仰所打動。

佛教深入我們的血脈，像遺傳基因一樣相傳著。當作為某種象徵的警察大步走來，他們開始有序地排隊，但禱告的時候還是不顧一切。他們既虔誠又狂熱，尤其是那麼多的年輕人，一舉一動都透著血性和野性。

一道小門隔開了我和他們。我站在他們的身後像是身處兩個世界，這邊只有我和幾尊寧靜的佛像，而那邊是洶湧的汪洋一般的和我血脈相同的群眾。但這兩個世界其實是相連的，是被釋迦牟尼永恆的慈悲的微笑相連著的。只有佛知道，像我這樣一個即使穿上了藏裝也常常被錯認的血統混雜的人，內心是多麼地純藏！如果說這是一種狹隘，那就算是狹隘吧，但我的狹隘裡面沒有暴力。

有三批人為釋迦牟尼佛像上金粉。都是藏人。他們的臉迎著被燈火映照得無比明亮的釋迦牟尼佛像。這尊在藏人心目中具有非凡的靈異能力的佛像，讓藏人們深信從內心發出的祈願一定是會得到應驗的。他們肯定也會為自己祈願的，但第一個祈願都是給他的。如果你也在場，如果你看見他們的臉，看見他們的眼睛，看見他們的雙手，你一定會和我一樣，相信此時此刻面對的釋迦牟尼佛像實際上已經幻化為他們心中的本尊喇嘛了，幻化為他們，不，我們的如意之寶──「嘉瓦仁波切」了。

我帶了相機。在我的要求下，喇嘛們揭開了蒙在「覺仁波切」腿上的絲綢。在雙盤著的左腿上，露出了一個深深的洞穴。有一分錢幣那麼

經歷了千年風霜的釋迦牟尼佛像，在拉薩的大昭寺閃爍著永恆的光芒。
為藏人所尊稱的「覺仁波切」佛像上金，素來被視為最大的功德。

供奉在大昭寺的釋迦牟尼十二歲等身像。注意看佛像盤著的左腿上有一
個深深的洞穴，大昭寺的一位老僧說這個洞穴是西元八世紀篡位的國王
朗達瑪滅佛時期砍下的。

大。一位老僧說這是一千多年前郎達瑪滅佛時用利器砍下的洞，旁邊原來還有一個洞，是三十七年前大破「四舊」時被紅衛兵用十字鎬砍的，不過後來被修補，但輕輕敲擊的話還可以聽見「空、空」的響聲。

據說有一段時間，「覺仁波切」的頭上還被戴上紙糊的高帽，高帽上寫著種種侮辱性的語言，但滿身的金銀珠寶、綾羅綢緞全都不翼而飛，「覺仁波切」就這樣帶著傷痕赤裸裸地跏趺而坐在蓮花座上，在漆黑的小小的佛殿深處默然無言。周圍的其餘佛殿全都變成了豬圈，裡面養著臭氣熏天的豬，樓上的數十間佛殿則成了解放軍軍人的宿舍。

我一連拍了好幾張，有用閃光的，也有沒用閃光的，不知效果如何。每次看到這個洞，我都要想到那個砍「覺仁波切」的紅衛兵，他太可憐了，造下這麼大的惡業，生生世世都萬劫不復。

遊客依然很多。大多是一群一群的內地遊客。有幾個外國人在跟喇嘛學說藏語。其中一個老外的個頭兒很嚇人，鐵塔一般，幾個內地的女子直往人家身上靠，擺出一副比個頭的媚態來，不過老外根本不理睬，他的眼裡似乎只有從鄉下來的髒兮兮的藏族人民。他朝著他們綻開了笑容。

又一個朋友要走了。最後一次去帕廓街，渴望留在西藏卻又不得不離開的朋友喃喃地說，我在拉薩很寂寞。

寂寞？這個詞我不願意聽。

幸好我的家在這裡。我在心裡說。那是一個絳紅色的家。只要感到寂寞，就會去那裡。心裡溫暖了。我是多麼幸運。

昨天晚上，一個過去的貴族用已經衰老的聲音真誠地說，我們之間是人與人的關係，而不是狼與狼，也不是狼與羊，所以我們是朋友，這跟民族無關。

　　於是那個將要告別西藏的人兒不禁落淚。

　　哈達。敬酒歌。流動的盛宴。——天下沒有不散的筵席。

　　有一首敬酒歌的歌詞是這樣的：在雪域下了很多的雪，像一朵朵花兒盛開，簇擁著一座金子一般的塔。啊，我的精神，我的歡樂，我的夢。

　　剛剛收到四張照片。是一個朋友在羊卓雍湖附近拍的。西藏的秋色，難以想像地美麗。很想讓所有的人一起分享這大自然的美。

　　有一年，一個寫詩的漢人從西北來到西藏，寫下如此脫離現實卻格外迷人的詩句：

> 　　大風吹亂了天空
> 　　我和你滾落一地——一對裸體擁抱的神

　　還有一句：

> 　　大風吹散的羊群捧住愛人的心臟

　　還有一句：

> 　　打馬馳越山岡
> 　　半個蓮花，燦如西藏。

二〇〇三年二月於拉薩

正在學習的小紮巴。

IV
被塵封的往事

1.

遮蔽？是的，就是這個詞：遮蔽。不是一點，也不是一部分，而是太多，太多，幾乎全部，都被遮蔽了。我說的是那段歷史，發生在整個西藏大地上，長達十年甚至更長時間，幾乎都被遮蔽了。

每當如此言說，眼前總有揮之不去的感覺，這個感覺是形象的，就像是隱約看見了一隻巨大的巴掌懸浮於頭頂，用一個成語來描述，即一手遮天。那麼，是誰的手呢？爲什麼，那手想要遮住天呢？

有「天」就有「地」。於是又想起一個成語：遮天蔽地。——這裡面「遮」和「蔽」都有了，但顯然不再被動，似有一種主動的因素驅使著。

是不是，所謂的「被動」和「主動」其實都爲一體？施與者與受之者都是其本身？找一個比喻來說，就像是我扔出去的亂棒，卻都紛紛打在了我自己的頭上；我站在風中吐出去的唾沫，卻都濺在了我自己的臉上。

不過這比喻還是不確切。這比喻太明顯了，毫無「遮蔽」一詞所具有的那種隱密、蒙昧甚至幾分陰謀的意味。而且，「遮蔽」還含有特意、有意或故意如此的意味。

是誰要「遮蔽」？是誰在「遮蔽」？又是誰被「遮蔽」了？

2.

見過一張有關西藏文革的照片，是一張在內容上具有震撼力、在形式上具有衝擊力的照片。熊熊燃燒的烈火。大肆漫捲著、吞沒著正在燒為灰燼的無數書頁——在這之前都是存放在寺院裡的佛教典籍。分不清誰是縱火者，誰是圍觀者，因為他們相互混雜，表情皆都興奮莫名。而且，比較內地的同一類文革照片中出現的人群，無論裝束還是相貌都如出一轍。只有作為背景的藏式建築提醒我們：這是西藏，這是拉薩，這是大昭寺的講經場「松卻繞瓦」。

當時在「破四舊」的號召下，寺院裡所有的一切更是首當其衝，都在「四舊」的範圍以內，理當掃除得一乾二淨。因此，能砸的就砸，能燒的就燒。然而，「四舊」實在是太多了，砸不完、燒不完的就扔，扔在大街上，扔在廁所裡。我母親曾對我說：「有一件事情給我的印象很深。有一天我去你澤仁叔叔家送東西，那是我生了你以後第一次出門。從軍區後門的堯西朗頓家到帕廓街東邊的魯布汽車站，一直到攝影站的一路上，不知道是不是正在抄大昭寺還是抄附近的幾個佛殿，過去放在寺院裡的經書被扔得滿街都是，地上撒滿了經書，一頁頁，比樹葉還多，走在上面發出『嚓、嚓』的聲響。我心裡還是有點害怕，覺得踩經書是有罪孽的，可是沒辦法呀，地上全是經書沒法不踩上，躲也躲不過。我真不明白，想著人們怎麼連經書都敢踩呀。車也從經書上面碾過，那些經書已經又髒又破。那時候是秋天，風一吹，破碎的經書就和樹葉一起漫天亂飛。」

住在帕廓的姑姑心有餘悸地回憶：「……每次踩著經書和佛像走路

的時候，心裡面的那個害怕啊，實在是說不出來。那時候還把夾經書的木板拿去蓋廁所。那木板上面刻的有經文和佛畫。天哪，在上面拉屎撒尿，罪孽太大了。」

許多信教的老年人是那樣地難過，悄悄地歎息，人活這麼大年紀有什麼意思？活的年紀太大了，連菩薩的死都看見了，還有比這更不幸的事情嗎？我小時候的保姆嬤益西啦搖著白髮蒼蒼的頭說：「難道不是這樣嗎？文化大革命的時候，連菩薩也被整死了……」

3.

還見過兩張照片給我的印象極深。在大昭寺過去的講經場而此時批鬥「牛鬼蛇神」的現場──「松卻繞瓦」，一個幹部模樣的漢人滿面笑容，他顯然是批鬥會的主持者。兩張照片並不是一個連續的過程，但他的動作卻是連續性的：微微後仰著身子，笑容不變，那不屑地指點著胸前掛著一摞經書正在低頭挨鬥的喇嘛的手指，即使放下來也像是隨時準備伸出去。

他的笑容是這兩張照片唯一的笑容。而在其他人──即使是屬於同一個戰壕的「翻身農奴」──的臉上，卻不見如此輕鬆、暢快的笑容。他們的臉上更多的是激動、激昂和激憤，但又略帶緊張，和一種似是不敢相信眼前突變的迷惑。甚至那個押著挨鬥喇嘛的年輕藏人，那個居民紅衛兵，其姿勢和神情不但不兇悍，竟奇怪地好似帶點不自覺的誠惶誠恐。只有他在笑。只有這個漢人幹部開懷地笑著。這是一個佔領者的笑容。

古格遺址裡殘損的壁畫。

是一個權力在握者的笑容。是一個新主人的笑容。所以儘管我們已無從得知他的簡歷，但是我們不能忽略他的笑容。這個人滿面的笑容其實具有象徵性。

　　而那位頭戴高帽的喇嘛同樣具有象徵性。包括他面前的那輛堆滿了法器、唐卡等等宗教物品卻被歸爲「四舊」的木板車。有人指認他有可能是大昭寺的一位高僧，也有人說是色拉或哲蚌或甘丹這三個寺院的高僧。其實我們又何嘗不可以把他看作是被勒令穿上護法法衣遊街的德木

活佛，或者是被紅衛兵用金剛杵打死的拉尊仁波切？因爲他們擁有一個共同的名字：「三大領主」。

　　至於那麼多圍成幾圈的看客裡面，有多少人是出於被解放的歡欣鼓舞，有多少人是出於恐懼和惶惑，有多少人是出於爲己盤算的心計，我們也一樣無從知道。但我們知道一點，那就是，事實上，奴隸依然是奴隸。當面帶如此笑容的新主人出現時，當昔日用以傳播佛法的地點變成不公正的法庭時，當一個人被莫須有的罪名加以羞辱性的審判時，那些老老少少、男男女女的圍觀者們，或許還構不上幫兇的角色，但至少在表面上顯得那麼馴服的他們其實還是奴隸。他們其實從來也沒有被真正地解放過。

　　「松卻繞瓦」在這個時刻喪失了它原本滲透的宗教精神。這個時刻，不，這個時代，這個被藏人稱爲「人類殺劫」（文化大革命）的時代，把太多的恥辱深深地刻在了鋪滿講經場的每一塊石頭上面。「松卻繞瓦」從此成爲一九六六年開始的那場革命的見證。

4.

　　帕廓街，不，被解放西藏的「金珠瑪米」叫成「八角街」的那條著名的老街，在那個群情激奮的「紅八月」，以一個充滿革命意味的新名字取代了宗教涵義的舊名字。破舊立新。大破大立。那種改天換地的豪邁勁兒濃縮在一塊曾經矗立在舊式石牆旁邊的新牌子上。「八角街」從此改名爲「立新大街」。儘管時光流轉，如今又是藏人口中的「帕廓」了，

又是漢人口中的「八角街」了，又是一條轉經的街和做買賣的街了，但也是秘密警察最多的街，那是因為曾經在一九八七和一九八九年，在這條街上都發生過「騷亂」。

不過要把這「立新」翻譯成藏文並不容易，就像「革命」、「階級敵人」、「無產階級專政」等等意識形態化的概念，在藏文中並不能找到相應的定義。我們無法想像當時的革命者們是如何絞盡腦汁，才在語言的汪洋大海之中抓住了勉強可以解釋「立新」的兩個辭彙，繼而拼湊起來，在飽含「舊文化」的藏文中生造出、硬插入又一個嶄新的辭彙。我們也無法知道當時的廣大人民群眾，是如何艱難地念誦並牢記諸如此類的一個個生澀的辭彙，以至於有時會鬧出把「方向性」說成藏語中的「豬肉」、把「路線性」說成藏語中的「羊肉」這樣的笑話。那時候，從未有過的新詞一個個不斷地湧現出來，天性愛作樂的藏人為了加強記憶力而編造的笑話也一個個不斷地湧現出來。新生事物層出不窮。

其實在這個世界上不只是西藏人要面臨「立新」的問題，猶太作家埃利·威塞爾在《一個猶太人在今天》這本書裡寫到：「在二○年代與三○年代有過許多關於革命的談論——幾乎像今天一樣多，多得甚至讓一哈西德教派的拉比，儘管他生活在國際時事的邊緣，也決定去打聽一下。但當時他在他虔誠的信徒中詢問：『一場革命，那是什麼呢？』時，卻沒有一個人能夠給它下個定義，因為這一概念並未在《塔木德經》文學中出現過。從沒有這麼好奇過，這位拉比要求見一下某位猶太人，一個職業的教授，享有開明的盛譽。『好像你對我們哈西德教徒不理解的事情有興趣；告訴我，一場革命是什麼？』『你真想知道嗎？』教授懷

疑，『好吧，是這麼回事。當無產階級開始與腐朽的統治階級展開了一場鬥爭，一個辯證形勢就發展起來，它使群眾政黨化並引發了一種社會經濟的變化……』『我真不幸，』拉比打斷道，『以前我有一個詞不認識，現在，因為你，我有五個詞不認識了。』」

　　當時改名是風尚，是「破四舊」、「立四新」的重要內容之一，不可不改。不但街道改名，商店改名，鄉村改名，甚至人人都要改名。我母親回憶說：「當時要求人人改名字，說藏族人的名字屬於四舊，有封建迷信的色彩，必須改名換姓。我們是由公安廳統一改名字的，每個人的新名字都要上報政治部批准，不是姓毛就是姓林，有的就叫高原紅。我先選了一個名字叫毛衛華，但公安廳裡已經有人叫毛衛華，我想漢族名字裡也有叫玉珍的，乾脆我就叫林玉珍吧，跟林副統帥一個姓。可是雖說要求新名字都得用，但除了軍代表點名平時都沒人喊，好多人都忘記了。我的一個同事小達娃叫高原紅，但每次點她的新名字她都沒反應，我們就趕緊捅她，『達娃拉，在叫你呢』，她才慌不迭地連聲說『到、到、到』。想起來簡直好笑又好氣。那時候的人都跟瘋了一樣。真的，文革時候人都瘋了，半夜三更說要去遊行，『嚕』就走了，全都跑去遊行，敲鑼打鼓，使勁喊口號，精神還好得不得了。」

5.

　　記得有一次，一位總是沈默寡言的年輕活佛突然對我說起了他前世的遭遇——當然他是聽曾經親歷其境的老人們講的。那是一九五八年的時

「希德」廢墟裡殘破的壁畫。

候，康區已經在進行「民主改革」，他的前世是當地寺院的主持，也是寧瑪教派的一個相當重要的大活佛。那之前，寺院裡已有不少活佛和喇嘛逃走了，許多人都勸他的前世一起跑，但已經六十多歲的老活佛不願意。他說我不走，這是我的寺院，我不能走。結果，災難的那一天降臨了。那天，「翻身農奴」在幹部們的帶領下，把這位活佛和寺院中剩下的大喇嘛趕到一個糞坑旁批鬥，又是打，又是罵，沒完沒了。還跳出一個男人，是藏人，竟用木棍挑著糞坑裡的糞便硬是塞入活佛和喇嘛的嘴

上→文革時，西藏的「望果節」上，佛像換成了
毛像。
中→在過去的講經場上跳「白毛女」。
下→一幅文革作品，在二〇〇四年之前尚還保留
於哲蚌寺佛殿的牆上，成為旅遊一景，後被工作
組勒令塗蓋。

裡，逼著他們嚥下去。又跳出一個女人，也是藏人，不僅如法炮製不說，還騎在老活佛的脖子上，用她骯髒、惡臭的裙子下擺罩住老活佛的頭。

聽到這裡，我不禁落淚。我問眼前這個看上去十分文弱的活佛：「仁波切，那麼你的前世他怎麼辦呢？」活佛淡淡地說，「那有什麼，吃就吃吧。」

雖然他是這麼說的，雖然我也知道，像那位老活佛那樣的大成就者在精神領域中早已超越了這些劫難，可以忍受一切不幸，即使最後被飛馳的馬活活拖死的時候也面帶微笑，而且，那惡魔似的女人，據說不久就吐血而亡，那惡魔似的男人也斜嘴、抽筋而死，然而，我還是忍受不了這樣的事實。

6.

無一例外，每每在回憶那被塵封的往事時，很多人常用這樣一個詞來形容當時人們的狀態——「瘋狂」。他們會說，那時候，人都跟瘋了一樣。或者乾脆就說，「人都瘋了」。

「瘋狂」肯定是一種生理狀態，也是一種心理狀態。在這種狀態下的生活無疑充滿了種種暴烈，具有駭人的力量。但若要分析卻相當不易。因為單是幾個人的瘋狂尚能按照病理學去診斷和治療，偏偏是那麼多人都瘋狂，且前所未有地集體發作，這是為什麼呢？

人若瘋狂總是有原因的。自身的生理與心理素質不必說，誘發瘋狂

殘缺的佛像。

的契機顯然來自於外界。而在那外界彌漫著的或激盪著的，究竟是什麼，竟使人陷於非人的狀態之中？

難道是「權力」嗎？確切地說，是「絕對權力」嗎？在「文革」甚至更長的時間裡，絕對權力的網路無所不在，疏而不漏，其中的控制與被控制、監督與被監督、服從與被服從等關係，即使兩個人相處也有可能存在，更不用說數十人、數百人乃至千千萬萬人的集體之中。

傅柯說：「人們想要這種權力，而人們也在同等程度上畏懼這種權力。這樣，一種無限制的政治權力對日常關係的干預就不僅成為可以接

西藏路上，文革痕跡今猶在。

受的，人們習以爲常的，而且是人們迫切渴望的，並同時也變成了一種
普遍流傳的恐懼的主題。……在日常生活層面開始運作的權力將不再是
那個既身臨其境又遙不可及的君主，他無所不能但又反復無常，是一切
正義的來源，也是所有誘騙的目標，一身兼具政治的原則與巫術的效
能。」

　　於是，人即使有對權力淡漠的，甚至無視的，但沒有一個人能夠從
生活中完全地剔除那恐懼的因素。恐懼正是基於千千萬萬種權力而產生
的，因此，一個人，你可以不去理睬權力，招惹權力，但無所不在的權

在拉薩丹傑林居委會某居民院的牆上，
至今還保留著藏漢文字書寫的毛主席語錄。

力卻偏偏要來理睬和招惹你，怎麼躲避也是躲避不過的。

　　為什麼會瘋狂？為什麼要瘋狂？為什麼不瘋狂？——這就是問題和答案嗎？

7.

　　假如……不，我當然不可能目擊當時。除非時光倒流，而我須得保持如今的狀態和心態，我並不願意成為其中一員。在那些支離破碎、斷

老寺尺覺林的牆上殘留著文革標語——「高舉毛澤東思想偉大（紅旗）」。

斷續續的敘述中，當年的參與者們（其實個個都是參與者）漸漸面目模
糊。雖然很多時候，他們的語調和神情亦如往常，但總會有突然失控的
一瞬，某一扇記憶之門突然開啓，通向一個埋葬在記憶深處的世界，而
在那劇變中的世界的中心或角落，孤單地佇立著他或她的青春時節的身
影：驚詫，興奮，昏了頭，甚至迷狂間形影混亂。這身影如此突兀的顯
現使他們無法持守如今已知天命之年的矜持和穩重，終於難以控制而突
然語不成句，突然淚光閃爍，但都是瞬間即逝。

　　尤其是藏人。我說的是當年的那些藏人們，他們有的是足夠的歎
息，遮遮掩掩的悔恨，以及將殘留的恐懼蔓延到今天的時局，用一句

「不敢說」就為那一段歷史挽上一個不易解開的結。但他們，說實話，我還沒有從我訪問過的哪一個當年的藏人身上，看到誰擁有比較完整的良心。是不是，通過對那一段歷史的回顧和總結，我們所要尋找的僅僅只有一個目的：那就是尋找一個人的良心，進而擴大到尋找一個民族的良心？然而，這個「良心」何以鑒別？它是否僅僅是一種對於「是非善惡的評判」？有時候，似乎只能從一個小人物的行為上看到這一點。比如，洛旺叔叔這個當權派在挨批鬥時，一個不知名的炊事員會悄悄地給他送上一缸子盛滿糌粑和酥油的熱乎乎的茶。

不過，尋找良心就是我們探究那一段歷史的目的嗎？何況我們又有什麼資格來進行這種審判性的工作？假如……我們生逢其時，毫無疑問地，肯定也是其中一員，肯定誰也逃脫不過、洗刷不掉，肯定誰都是那被當然選擇的，而不是自己就可以作主選擇的。或者說，我們在工作中應該記住的，只是這樣一句話：「道德主義者必讚揚英勇，譴責殘酷，可是不能解釋事故」（這句話出現在黃仁宇所著的《從大歷史的角度讀蔣介石日記》這本書裡，其中寫到：「……我們習寫歷史，警惕著自己不要被感情支配，但是這種趨向極難避免，即我自己的文字在內。有時縱不加評論，在材料取捨之間已使讀者思潮起伏。……這也就是說：如果被當時人的情緒牽制，我們極易將一個範圍龐大的技術問題，視作多數規模狹小的道德問題。或否或臧，我們對當時人之褒貶是否公正不說，總之，就使我們因著大時代所產生之歷史觀失去了應有之縱深。流弊所及，使我們對自己今日所站在的立足點惶惑。」他還寫到：「……以道德名義作最後結語所寫之歷史，常以小評大，有如法國歷史家勒費爾所

述，『（道德主義者必讚揚英勇，譴責殘暴，可是）不能解釋事故。』」）。換言之，假如我們能夠做到這一點，也即努力地「解釋事故」，那已經是極其難得。而這顯然困難重重，所需依憑的外在和內在的條件甚多。

是不是，惟有記錄，記錄；越來越多的記錄，方方面面的記錄；那一個個「事故」才會從那些支離破碎、斷斷續續的敘述中，以無數個「偏」，漸漸地概括出一個比較真實的「全」來？

二○○一年－二○○二年於拉薩

藏傳佛教是鴉片嗎？
——與一位網友的討論

　　最近，由一張關於西方兒童被確認爲藏傳佛教的一位轉世活佛的圖片，在「新西藏論壇」上引發了一場很有意義的討論。一位叫夏洛的漢人網友針對藏傳佛教及其信眾進行了他的「力爭站在文化的本質高度衡量文化本身的價值」的發言。作爲一個佛教信徒，作爲一個藏人，在此我也作一發言（與夏洛不同，我的發言與立場有關，但可能並不具備高度），以示回應，也以示質疑。

　　在此，之所以要表明自己的身份，並非蓄意刻劃某種界線，而是事實本身即如此。當然，如果要細加說明，還可以附加上許多。但一個人內心的事實即如此。或許並不重要，不值一提；或許實際上很重要，因爲這與立場相關，並非一種「可有可無的虛架子」，就像薩義德所說：

　　　對於一個研究東方的歐洲人或美國人而言，他也不可能忽視或否認他自身的現實環境：他與東方的遭遇首先是以一個歐洲人或美國人的身份進行的，然後才是具體的個人。在這種情況下，歐洲人或美國人的身份決不是可有可無的虛架子。它曾經意味著而且仍然意味著你會意識到——不管是多麼含糊地意識到——自己屬於一個在東方具有確定利益的強國，更重要的是，意識到屬於地球上的某個特殊區域，這一區域自荷馬時代以來一直與東方有著明確的聯繫。

當然在他這段話裡，那個「研究東方的歐洲人或美國人」顯然不是我，如果可以置換的話。比如東方之於西藏，比如那個研究者之于你。

1. 布希的兒子與藏傳佛教有關嗎？

　　夏洛說：「即便布希的兒子當了『轉世靈童』，我也不會覺得藏傳佛教就因此更偉大或更愚昧。」

　　——我不認為布希的兒子與藏傳佛教有關。雖然從另一個角度來說，每個人或許都與藏傳佛教或者說佛教的基本理論有關。

　　對於視眾生平等為教義基礎的佛教來說，不要說是布希的兒子，即使是薩達姆的兒子，即使是你，即使是我，從根本上來說，在生命的緣起上都是一樣的，無二無別（當然你我父母不同，也可以說緣起不同，這叫共中有別）。儘管布希並沒有兒子，儘管薩達姆的兒子業已暴斃，儘管你是漢人，儘管我是藏人，我們都在六道輪回中具有同一種生命的存在形態：那就是人。——當然，這是佛教的觀點，可謂一家之說。

　　但是佛教並不因為我們的個體差異而為之所變。確切地說，因為追究生命本質的佛法而構建的佛教並不因為生命的外在形式之不同而不同。哪怕布希本人，哪怕薩達姆本人。哪怕毛澤東本人。哪怕達賴喇嘛本人。

　　哪怕鬼怪或神靈。

哪怕天空中飛翔的鷹鷲，哪怕過街的老鼠。等等。等等。

但若是非要因此而一步跨入類似于道德範疇的境遇之中加以評判——很遺憾，那只能是一種世俗化（甚至庸俗化）的眼界。當然這也是我的一孔之見。

2. 鴉片是什麼？

夏洛説：「即便並非所有的宗教都是鴉片，我仍然覺得藏傳佛教的客觀效果基本上就是鴉片。」

——鴉片是什麼？「金山詞霸」告訴我們：鴉片「通稱大煙。得自罌粟乳汁乾燥物的一種藥物，乳汁由罌粟未成熟蒴果而得，味苦且辣，是一種有刺激性的麻醉毒品。」

那麼，在我們的夏洛朋友看來，藏傳佛教就是「一種有刺激性的麻醉毒品」了。不，不，他説的是「客觀效果」，而且還説的是「基本上」。這似乎表示他多少照顧了我們這些冥頑不化的信徒的感情，沒有劈頭一個悶棍打下來（不過，禪宗有「當頭棒喝」一説，或許我們需要悶棍一擊）。

記得當年達賴喇嘛在北京聆聽偉大領袖毛主席的教誨時，毛主席無比關心年輕的達賴喇嘛，在諄諄教導了一番之後，突然俯首對達賴喇嘛説：「你的態度很好。宗教是一種毒藥，第一它減少人口，因為和尚、

絳紅色的法會。（攝影：喇嘛尼瑪次仁）

尼姑必須獨身；其次它忽略了物資進步」。達賴喇嘛聞言十分恐懼，心想：「啊！原來你是個毀滅佛法的人」。

達賴喇嘛在他的傳記中繼續寫到：「他怎麼會這麼誤解我？他怎麼會以為我不是衷心信佛？」

接著他這樣分析道：「唯一可能的解釋是毛澤東誤解了我對科學、物資進步的高度興趣。我的確是想使西藏和中國一樣現代化，我的心基本上也是科學的。因此唯一的可能是，他對佛法的無知，他忽略了佛陀曾開示說，任何修習佛法的人應該要親自檢擇它是否正確。因為這樣，所以我一向對現代科學的真理、發現持開放的態度。也許這樣也使毛認為：對我而言，宗教的修持只是一種依靠或習俗罷了。不管他怎樣想，現在我知道他完全誤解我了。」（《達賴喇嘛自傳：流亡中的自在》）

誤解？是的，誤解。就像莊周所言：「子非我，安知我不知魚之樂？」而莊周之所以知道魚的快樂，是因為他在游水之時已形同於魚。可是，如果非要認為游在水中的魚並無快樂，甚至從無快樂，它只是被麻醉了，昏昏然、癡癡然地游來游去，卻毫不自知，徒然令站在岸上的人（他似乎是比魚更高級的生命）為之歎息——唉，這芸芸眾生在大千世界的隔閡之深也莫過於此了。

3. 誰是我們的代言者？

夏洛說：「很多藏族知識份子不去立場鮮明剖析藏傳佛教，主

要是出於民族凝聚力的考慮，他們並非支持藏傳佛教，而是愛自己的民族，即便這是個病弱不堪、諱疾忌醫的民族；其實對於藏傳佛教的負面作用他們是心知肚明的。」

——厚顏的我可否將自己放在這「很多藏族知識份子」的隊伍之中？畢竟我還算得是一個識文斷字的人。如果允許的話，那麼，我要問，誰在代替我們說出我們的心裡話？誰是我們的代言者？——你？還是你們？

看來這世界確實存在具有大神通的高人（雖然他們常常謙虛地說自己是「無神論者」）。他們的法眼如電光火閃，能夠穿透青藏高原那一座座相連的山川（難怪一位漢族同胞揮筆寫下了《青藏高原》這支歌，且發出詢問：「難道說還有讚美的歌／還是那仿佛不能改變的莊嚴？」而這個「莊嚴」，與佛教的「莊嚴」似乎同義），直指我們的內心，看穿我們的內心——原來我們實際上是諱疾忌醫啊！

原來我們實際上是這樣地不瞭解自己！僅僅出於把一個已經病弱不堪的民族緊緊地抱成一團的狹隘用心，不得不繼續像癮君子一樣吞吸「鴉片」，至少是自己不吸（據說我們其實「心知肚明」），卻縱容我們的親人們吸下去。——看看，原來這些民族的精英們就是這樣，高舉著民族主義的旗幟，卻無視在如同鴉片的宗教那可怕的麻醉下奄奄一息的廣大民眾。

這麼說來，倘若長此以往，這個民族只有束手待斃了。除非是你或者你們給我們帶來新的光明，或者乾脆就駕著耀眼奪目的光芒，降臨到我們這個萬馬齊喑、水深火熱的土地上，來拯救我們吧。再不濟也得當

一當起死回生的神醫，給我們開出一個新的藥方，袪除痼疾，重新作人。——你們可千萬不能見死不救啊。

張承志這個曾經在蒙古大草原上當過多年知識青年，因此將其視為自己的文學安身立命的三塊大陸之一的作家，在一篇回憶插隊所住的蒙古人家的老阿媽的文章（〈二十八年的額吉〉）中，提到了「發言者資格的問題」。他說：「代言的方式，永遠是危險的，聽見對我的草原小說的過份誇獎時，我的心頭常掠過不安，我害怕——我加入的是一種漫長的侵略和壓迫。」

毫不隱瞞地說，對此我深以為然。同時，我還贊同他的這句話：「血統就是發言權麼？即便有了血統就可以無忌地發言麼？」所以每當我想要說「我們」的時候，其實總是躊躇再三，猶豫不決。比如此時此刻，當我詢問——誰是我們的代言者？而心底裡多少有點兒不安。「我」能夠代表「我們」嗎？

又得老話重提了。我曾經說過：「無論如何，關於『西藏』的真實話語應該由西藏人自己來表達。必須要由西藏人自己來表述西藏。問題在於堅持什麼樣的立場而這至關重要。並不因為你是西藏人，你就擁有真實和準確地表述西藏的權利。你是一個西藏人，這個身份固然在你表述西藏時有了一種可靠，但你若不是一個具有獨立品格和懷疑精神的思想者，你所表述的西藏同樣是依附於某種觀念甚至意識形態的。那麼，你表述還不如不表述！」

然而有趣的是，在我們的夏洛朋友看來，他的表述似乎才是傳達了真實。用一句通俗的話來說，他像是我們肚子裡的蛔蟲。冒犯，冒犯。

上→遠在阿裡的佛塔，象徵著佛教在西藏的復活，那是千年的
往事，但佛塔本身卻在「文革」中被毀，如今依原樣修復。
下→壯麗的白居寺就在後藏。

4. 神權至上是藏傳佛教的本質嗎？

　　夏洛說：「藏傳佛教本質上的神權至上，將繼續剝奪人的深入質疑的權力，使懶惰者得以借神之名放棄思考；使思考者備受心靈折磨，乃至噤口不言；而敢於冒天下之大不韙的仁人志士仍將繼續夭折于萌芽狀態。」

　　——藏傳佛教的本質是什麼？接下來我們終於要談到這個宏大的主題了。是的，很宏大，儘管對於許許多多普通得不能再普通、平凡得不能再平凡的西藏人來說，它只是一句六字真言：嗡嘛呢叭咪吽。而你可以說他們其實並不解其意，那每一個神秘的發音構成了「鴉片」在點燃時繚繞不絕的煙霧。但是，無論藏傳，還是漢傳，還是南傳；無論小乘，還是大乘，還是金剛乘——歸根結底一句話：「諸惡莫作，眾善奉行，自淨其意，是諸佛教。」應該說這才是佛教的本質，它以人為本，以眾生為本。

　　何謂神權至上？佛教不同於基督教、天主教、伊斯蘭教（強調：這裡沒有比較高下之意）。佛教並不是有神論或唯神論。當然藏傳佛教也就不是有神論或唯神論。雖然佛教承認神通，也給予神靈和魔怪一席之地。但是。「大小神通皆小術，惟有空空是大道。」此乃佛陀所言。而佛陀本人也不是神。佛陀也是人啊，是覺悟的人，得到大自在的人，當然也就成為人上之人，所以就有奇蹟了，至少是讓一種宗教在世界上傳播了二千八百多年。神算什麼？只不過是一種比人稍微厲害（神的厲害

在於具有更強的力量）的生命罷了，祂的地位並不太高。神也有生老病死，神也有脾氣，而神如果變壞了，就是魔了。藏傳佛教本身並不也從未將神以及魔推崇到無以復加的地步。

至於說到「神權」，最簡單的有兩種解釋（爲圖方便，還是摘自於「金山詞霸」）：1、古代統治者宣揚自己統治權力是神賦予的，所以把這種權力叫神權；2、迷信的人認爲神所具有的支配人們命運的權力。那麼，藏傳佛教中是否有這兩種現象呢？——應該說，這句話不能這麼說，因爲就藏傳佛教本身而言，如果這麼說便是錯，這屬於常識。所以換句話說，在政教合一的傳統西藏社會是否有這兩種現象呢？比如達賴喇嘛有沒有說過他的權力是神賦予的？

這一世達賴喇嘛這樣講過：「『達賴喇嘛』的意涵，言人人殊。有些人認爲我是大悲觀世音菩薩的化身，也有人視我爲『法王』。然而在一九五〇年代末期，我卻是中華人民共和國人大委員會副委員長。隨後我從西藏出走，展開流亡生涯，即遭詬詆爲反革命分子與寄生蟲。無論上述稱謂如何，均非我本意。我認爲『達賴喇嘛』是一個示現個人職務所繫的頭銜。在下僅是一介凡夫，一個不經意間走上僧途的藏人。」他還進一步解釋說：「更嚴重的誤解源自中國人把『喇嘛』解爲『活佛』，意喻『活著的佛』。這是不對的，西藏佛教裡沒有這回事。只有這種說法：某些人可以自在地轉生，例如達賴喇嘛，這種人稱爲『化身』。」（《達賴喇嘛自傳：流亡中的自在》）

不過迷信的人們確實多如犛牛身上的毛。這得承認。世世代代生活在具有絕對高度（有人比喻爲「天堂高度」）地帶的廣大藏族人民，日日

曬太陽的老僧。

夜夜面臨著並經受著大自然的千變萬化，反復無常。生命中的許多時刻既有瀕於極限考驗的危急之時，也有融於天人合一的愜意之時，神與魔似乎無處不在，與人們同呼吸，共命運。那麼，如何叫他們不迷信呢？

當然，夏洛所說並非不實。在西藏千百年來以宗教為主體的歷史上確曾有過「使懶惰者得以借神之名放棄思考；使思考者備受心靈折磨，乃至噤口不言；而敢於冒天下之大不韙的仁人志士仍將繼續夭折于萌芽狀態」的現象。這是藏傳佛教使其然？還是政教合一的傳統西藏社會使其然呢？所謂政教合一，首先是政，其次是教，這當中因為人穿梭於其

間並不能做到遊刃有餘，此乃人性使其然，故而政與教合一自然弊端多多，也就悲劇多多。但是。若要把「神權至上」的帽子戴在藏傳佛教的頭上，恐怕並不合適。

5. 如果以藏傳佛教為自身屬性就是「閉環」嗎？

夏洛說：「以藏傳佛教確認自身屬性，這是一個閉環，藏人的悲情將在自己人手裡繼續下去，越來越深重。」

——作為一個經常見到漢人和其他族人的藏人，經常會聽到這樣的詢問：糌粑是什麼？酥油茶好喝嗎？高山反應是不是很可怕？你磕不磕頭、念不念經、信不信佛？等等。等等。

在此，且不說答案是什麼，而是這一個個問號彷彿是貼在我們身上的標籤。是的，一個個與眾不同（這裡的「眾」指的是相對于藏人的其他「眾」）的標籤構成了頗具特色的西藏符號。這原本是我們日常生活的組成部分，卻成為需要我們面對的西藏符號，而當我們籠統解釋的時候，是不是，也在有意無意地將西藏符號化？

這些符號是我們的屬性嗎？或者，一個民族的自身屬性是什麼呢？比如，漢語裡的「西藏」，藏語裡的「博」，英語裡的「TIBET」，究竟具有什麼樣的具體內容？正如學者余英時所說：「『中國』這兩個字究竟有什麼樣的具體內容，恐怕今天誰也說不清楚。它是地理名詞呢？政治名

詞呢？文化名詞呢？還是種族名詞呢？我敢斷言，無論是從地理、政治、文化或種族的觀點去試圖對「『中國』這一概念加以清楚的界說，馬上便會引出無窮的爭辯。」（《民主與民族主義之間》）

糌粑和酥油茶屬於地方飲食，不必囉嗦。高山反應與地理學和病理學相關，亦可不提。況且這世間有的是相似海拔的區域，並非西藏的專利。獨獨這樣一種宗教，即使是在佛教體系裡也獨樹一幟，甚至被賦予專用名號的「藏傳佛教」（也曾被稱之為「喇嘛教」），似乎才是這個民族獨具的屬性。——是這樣嗎？

藏傳佛教是佛教與西藏的原初宗教——本教在西藏大地上相結合的產物。這是常識。也是事實。為此在宗教界有不少圍繞藏傳佛教的議論。但當今西方世界的一位哲學學者兼藏傳佛教信徒如是說：「在宗教問題上，一種純粹是歷史性的研究往往是沒有意義的。清醒的理智告訴我們，如果不與其地點、時間和當地的特點相適應，那麼任何一種教義都不會行之有效。一種特別嚴格的宗教體系很快就會變成一只空蛋殼、一種被蛀空的殘餘物，而只會使史學家們感興趣。事實上，佛教徒始終都把佛陀教法作為能適應各種形勢的教義。這是一種具有生命力的、變化無常的和不費任何力氣就能適應周圍不同環境的傳統。」（約翰・布洛菲爾德，《西藏佛教密宗》）

話題扯遠了。對於藏民族來說，整個雪域高原恰如一塊天生就應該為佛教所養育的土地，還在一千三百多年前，那無形的，持久的，光芒中的光芒，黃金中的黃金，糧食中的糧食，總之一切珍寶中的珍寶，恰如一份恩賜，命定一般地降臨到了這塊高拔而遼闊的土地上，從此這塊

土地上的人有福了，這塊土地上所有的生命都有福了。山還是這山，水還是這水，可這塊土地的性質改變了，它最裡面的，最重要的，那心臟一樣的，已經變了，徹底地變了。而這惟有藏人自己才知道。惟有他們，心領神會，心心相印，心曠神怡（不好意思，當我如此概而論之的時候，是不是仍然在將西藏符號化或者詩化？）

　　然而，有人告訴我們，這不是光芒，不是黃金，不是糧食，而是有刺激性的麻醉毒品——鴉片，嗚呼哀哉，哀哉嗚呼！既然他已經說這是鴉片，那麼吞吸鴉片自然不會有好下場，這是不爭的事實。那麼若是以其為自身屬性，自然將淪入「閉環」之中，多麼可怕啊！這是夏洛朋友為我們確立的因果關係。這是他為我們找到的答案。我們得感謝他才是。看看，他一眼就發現了我們身上的死穴；看看，我們猶如瞎子，居然死穴藏身於何處都不知道，居然身陷絕境還不知曉，假如我們非要把藏傳佛教當作自身屬性的話。除非我們否認這一點，我們才能脫離苦海，不為那個「閉環」所羈絆。看看，拯救我們的人果然來了。他苦口婆心地告訴我們，這是鴉片，吃不得，把鴉片拋棄了吧，這樣才會身體健康，長命百歲，乖乖，聽話。

　　事實上，信仰藏傳佛教的不一定都是藏人，而不信仰藏傳佛教也不一定就不是藏人。更何況曾經在一個不正常的年代，曾經有不少藏人改變信仰，接受另一種宗教，履行另一套日常，那麼，又如何來確認這時期的民族屬性呢？——看來話題越扯越遠，越複雜了。儘管那只是短暫的時期，在一千三百多年的歲月長河中匆匆已逝。那麼，以什麼來確認這個民族的屬性呢？血統嗎？恐怕這是一個關鍵：血統。就像要知道是不

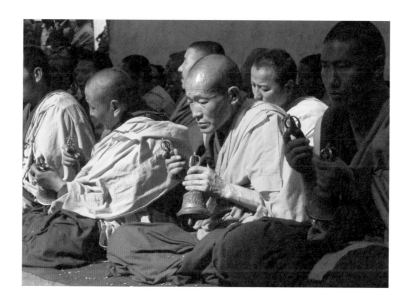

是這個人的孩子，就去做DNA的測試。而DNA是什麼？難道不是每個人的生命基因嗎？

可是，可是，我得說，被你視作「鴉片」的藏傳佛教恰如DNA一樣，已經深入我們的血脈，融入我們的血統，遺傳於我們的世世代代，使我們在生命的輪迴或者說迴圈之中，獲得了悟生死、離苦得樂的法寶。我得說，這實在是我們這個民族的福報與光榮。是我的福報與光榮。抱歉，夏洛朋友，拂了你的好意。

6. 藏人的悲情僅僅是自己造成的嗎？

夏洛上面一句話中，還提到「藏人的悲情」。而「藏人的悲情」，何以堪說？！至少不是我，能夠在這裡以一篇區區千字的短文娓娓道來的。

但是不是多少還得寫一寫？比如引經據典，聽聽這樣一些言論：

> 十三世達賴喇嘛被西藏人譽為「偉大的十三世」，他幾乎實現了西藏歷史上的獨立自主，但因為人類已經進入二十世紀，翻天覆地的變革乃大勢所趨，自己不變別人就會讓你變，即使遠在「世界屋脊」也難以避免。圓寂于一九三三年的他曾留下一份重要的遺囑，在論及西藏的未來時預言道：「目前正值各國五害橫行的時代，最令人髮指的是赤色分子的工作方式。他們不允許尋訪庫倫大喇嘛的新的轉世靈童；他們搶走了寺廟的全部聖物；他們強迫喇嘛充當炮灰；他們毀滅宗教，甚至連宗教的名字也蕩然無存。你們可曾聽說過庫倫發生的這一切？這些情況仍在繼續發生；此類事情有可能在這裡——西藏的中心發生⋯⋯。」（查理斯·貝爾，《十三世達賴喇嘛傳》）

於是，度過了漫長的流亡歲月的十四世達賴喇嘛，對成於此亦敗於此的西藏政教合一的制度這樣評說：「這套制度由偉大的達賴喇嘛五世所創，他是首位在宗教領袖的職務外，兼攝世俗權力的『法王』。不幸的

是，雖然這個制度在過去一直運作良好，但在廿世紀卻是毫無希望地不合時宜。除此之外，經過大約廿年的攝政時期，這個政府已是十分腐化……」（《達賴喇嘛自傳：流亡中的自在》）

曾經可能擁有機會接觸並接受現代化來實現自身變革的當時西藏，正如西藏歷史研究學者梅‧戈爾斯坦所總結的：「具有諷刺意味的是，為了想方設法地保護西藏所崇奉和珍視的佛教教義和思想觀念，使之不受西方的制度和思想可能帶來的危害，寺院集團和宗教保守勢力設立了一整套條件予以限制，而噶廈政府卻沒有能夠憑藉這些條件來捍衛和維護那些真正的宗教教義和制度免遭中共的打擊。」而且，「統治者內部迅速而不尋常的變化所造成的出人意料的後果使西藏陷入內亂之中，而當時西藏所面臨的外部威脅正在逐步升級，最後終於導致西藏政教合一政體的傾覆。」（梅‧戈爾斯坦，《喇嘛王國的覆滅》）

十四世達賴喇嘛在回答一位西方記者的採訪時，進一步剖析巨變之前的西藏說：「是的，西藏是完全地忘了要自我建設……整個社會、宗教界、政治權甚至攝政本身都太無知了。他們根本就不知道外界到底發生些什麼事情。他們依舊以為西藏是塊神仙地，因此高高在上不會受到人世間各種糾紛的波及。真是盲從盲信。」（董尼德，《西藏生與死──雪域的民族主義》）

但回顧在西藏度過的時光，他充滿懷念地說：「古老的西藏並不完美，然而，實不相瞞，當時藏人的生活方式確是獨樹一格，有很多的確值得保留，如今卻是永遠失傳了。」一九五六年，在一次去西藏某地的出遊中，他遇見了一位牧人──「『你是誰？』他問道。他長得又高又

上→在大昭寺門前磕頭。

下→朝佛的小孩子。

壯。頭髮既長且粗，就像犛牛一般。『我是達賴喇嘛的僕人。』我回答道。……因為他非常純樸，我很高興發現他的宗教信仰深厚；即使在這偏遠的地區，佛法也如此興盛。他過著普通的農民生活，適應自然和環境；但是對他眼前地平線以外的世界卻不太有興趣。……對這次談話，我非常高興；因為這給我許多有用的見識。尤其我還學到：雖然這個人完全沒有受過教育，但是他知足；雖然他沒有最起碼的物資舒適，但是他安全、無慮，因為他所過的生活就像以往無數代祖先所過的一般，無疑地，他的孩子、孫子也會同樣生活下去。同時，我瞭解到這種世界觀已經不合適了，不管共產黨搞得怎樣，西藏人無法再活在刻意選擇的寧靜隔絕中。」（《達賴喇嘛自傳：流亡中的自在》）

研究「西藏問題」的中國學者王力雄則以如此詩意卻悵然的筆觸寫到：「那裡的天湛藍，雪峰耀眼，寺廟金頂輝煌，那裡有青稞、犛牛、酥油茶和糌粑，幾百萬人民與神靈鬼怪共度了千年寧靜，現在正被碾軋進那片高原的歷史巨輪所震盪。」（王力雄，《天葬——西藏的命運》）

然而，然而……他們說：「太陽啊霞光萬丈／雄鷹啊展翅飛翔／高原春光無限好／叫我怎能不歌唱／／雪山啊閃銀光／雅魯藏布江翻波浪／驅散烏雲見太陽／革命道路多寬廣／／毛主席啊紅太陽／救星就是共產黨／翻身農奴把歌唱／幸福的歌聲傳四方……」可為什麼，當我此刻在酷熱的首都北京聽著這首多麼新西藏的歌兒時，淚水竟悄然滑落？

7. 藏傳佛教沒有能力成為現代生活的思想資源嗎？

　　夏洛說：「結論：即便藏傳佛教在關於個體生命意義上的某些看法具有一定程度的永恆性，但藏傳佛教仍然完全無能力作為現代生活的思想資源。」

　　——看來，要領會這句話，首要的問題是，除了需要明白什麼是「思想資源」，更需要明白前面的定語：「現代生活的」。如何理解「現代生活的」涵義？如何從這一時間性的限制來理解此時的生活與彼時的生活之不同？

　　不必廢話，此時的生活當然與彼時的生活大為不同，甚至已是天上地下，換了人間。比如高樓大廈之於牛毛帳篷，比如柏油馬路之於羊腸小徑，比如電燈之於酥油燈，比如汽車之於馬，比如E-mail之於古老驛站之間傳來送去的信。——社會在發展，人民要進步，此乃天經地義。我們熱烈歡迎，心存感激，高唱讚歌。

　　但人活著，總是要有一點精神的。毛主席的教導中這一句可謂大實話，堪稱真理（如果「真理」可以微觀到這麼一句真實的道理）。那麼，生活在現代的人們需要什麼樣的精神呢？或者說，生活在現代的人們需要什麼樣的「思想資源」呢？

　　「思想資源」其實也是一個宏大的主題。而且應該承認，這也是言人人殊的主題。畢竟大千世界，芸芸眾生，連吃飯的口味都各異，更那堪頭腦裡的彎彎繞。實乃是蘿蔔白菜，各人喜愛。

前兩天，見了幾個朋友，有趣的是談話間說到了宗教，竟才發現同席就餐的幾個人幾乎各有各的信仰。他們都是可以擔當「知識份子」名義的人（什麼是「知識份子」？我所敬佩的一位朋友說，從嚴格的意義上講，之所以是「知識份子」，需得符合這樣兩個性質：一是原創性；二是批判性，二者缺一不可），其中一人不但在寫作中以基督教爲資源，而且在精神上以此爲信念；還有兩人雖然並未具體傾向何種宗教，但對終極的追問和對永恆的追求卻從來體現在他們的寫作和思考之中，而那不是真正的宗教意識又是什麼？還有一人，早已從一著名的學府獲得了碩士的學位，卻乾脆削髮著袈裟，走入西藏東部那爲積雪覆蓋的山谷中的一所佛學院。——強調：那是一所藏傳佛教的佛學院。再強調：他並非藏人而是純而又純的漢人。

寫到這裡，看見網友azara的帖子，深有感觸，特摘引於此：

　　六月份我去外轉神山卡瓦格博。在綿延的山路上，數百人的隊伍裡，我是唯一的「混在藏人中的漢人」。但認識藏族多年以後，我終於有一次機會，不再是作爲一個調查者，旅遊者或記者，而是以朝聖者的身份進入他們的隊伍，因爲我是隨一家人步行去的。

　　對於藏傳佛教，我既有景仰，也有像夏洛一樣的懷疑，懷疑大多數樸素的藏人，不過是把信仰當安慰自己的迷信罷了。可在轉山的途中，我似乎越來越被那些快樂的，迷信的村民吸引，被他們完全不同于城裡人，以及我周圍大多數漢人的精神面貌吸引。在翻越四千多公尺的説拉山口時，路上所有的人在空氣有些稀薄，四野空

曠無際的高山上，大聲吟唱著六字真言。那時，同行的年輕女孩卓瑪說她要哭出來了。其實，我的眼睛也已經潮濕。

那時我終於相信，這些人組成的民族是異常強大的，儘管他們每個人只穿著解放鞋，披著擋雨的塑膠薄膜，拄著青竹杖。這些人信仰的宗教，有著極其堅韌的力量，因為他們並不依靠所謂現代的技術，而植根於幾千年文明的土壤，並同周圍歷史更久遠的山川樹木融為一體。記得《魔戒》中的樹鬍子嗎？他們才是中洲最具生命力的種族。

可能我也中了鴉片的毒了，可那樣不挺好的麼？

看來，藏傳佛教不僅僅作為過去生活的思想資源（乃至精神資源）哺育了我們這個古老的少數民族，也有能力作為現代生活的思想資源（乃至精神資源），不但繼續哺育著我們這個顯然落伍的少數民族，而且還哺育或吸引了一些或者說越來越多的藏族之外的現代人，難道不是這樣嗎？

8. 全民的希望和思想都寄託在一兩個人身上了嗎？

夏洛說：「全民的希望和思想都寄託在一兩個人身上，這樣的宗教負面作用肯定大於正面作用。考察現在世界宗教，全民靠一個人的宗教已經極少了，差不多都淘汰了。」

上→康地理塘寺喇嘛正在
用各種顏色的砂石製作環城。
下→寺院屋頂上的環城圖案。

——聽聽，這不容分說的斷言，這似是而非的指責，這滿面正氣的裁決。原以為，今天這個與時俱進的時代已經是一個允許多元化的時代。

既然如此弊大於利，留它何用？不如將其淘汰！——「淘汰」，這個聽上去包含許多可能性的辭彙，應該如何在實踐中得以貫徹和執行？

連毛主席當年都多少心慈手軟地說：「你們不是要天長地久、永遠信佛教嗎？我是不贊成永遠信佛教，但是你們要信，那有什麼辦法！我們是毫無辦法的，信不信宗教，只能各人自己決定。」——他說這話的時間是一九五九年四月十五日，其時，他已經命令人民解放軍把膽敢分裂祖國的「叛亂分子」不是就地剿滅就是趕出了西藏。

連周總理當年也語重心長地說：「西藏正在破四舊，打廟宇，破喇嘛制度，這都很好，但廟宇是否可以不打爛，作為學校，倉庫利用起來。佛像，群眾要毀可以毀一些，但也要考慮保留幾所大廟，否則，老年人會對我們不滿意。」——他說這話的時間是一九六六年十月十五日，其時，他專門接見臂戴紅衛兵袖章的藏族學生發表把革命進行到底的新指示。

不過，毛和周是何等高瞻遠矚的人物，他們之所以要「搬走」（「淘汰」的另一種說法）這千年來沉重地壓在西藏人民頭上的「大山」（總共有三座，多麼生動的比喻），並非是因為看到了「全民把希望和思想都寄託在一兩個人身上」（而這恰恰是他們一貫以來的路線、方針和政策，難道不是嗎？）的悲劇，而是另有緣故。

於是西藏首先面臨的是如何被改變形象的問題。具體地說，是如何改變在世人眼中既神秘又費解但卻幾乎是西藏人全部生活意義的西藏宗

教的問題。於是乎它首先被定義爲萬惡的「三大領主」的魁首。而在強大的宣傳攻勢中被賦予的這種形象，隨著歷史的進程不斷地被固定，被強化，被灌輸，也就是說，在這樣一種形象處理中，由一套特定的辭彙所組成的一套表達體系和話語體系被模式化和合法化。正如薩義德所說的：「被這一話語體系視爲事實的東西──比如，穆罕默德乃一江湖騙子──是這一話語的一個組成部分，是這一話語每當涉及穆罕默德的名字時迫使人們必然做出的一種陳述。」

然而，藏傳佛教怎麼可能是「全民靠一個人的宗教」？！如果是，那它就絕對不是佛教。因爲佛教是一種不以他人爲「救世主」，卻倡導個體生命以理性而非盲從的修心（也就是要修出一顆「菩提心」，其精要即利他，而不是利用「他」或爲「他」所用）來獲得覺悟和解脫的古老智慧，否則，它怎麼可能會歷經千年的風吹雨打，迄今仍然屹立不倒，難以摧毀，並成爲越來越多的現代人尋求生存意義的精神資源？！這仍然屬於常識，毋庸贅言。

至於說到「希望」，當然，當然是希望。──這個民族的，這片土地的，希望！

9. 發展就是硬道理嗎？

夏洛說：「促進經濟發展、國家民族文明富強、人性解放現在已經成爲不言自明的標準衡量，談論宗教的價值時即便沒有提到這

個前提，其實也基本上是以宗教能否促進經濟發展、國家民族文明富強、人性解放爲衡量標準的，反對宗教的人說宗教使社會落後，支持宗教的人說宗教使社會發達。這就可以看出，雙方其實都沒有以教義爲最高衡量標準，而是以社會發展程度爲最高標準。……不論你喜歡不喜歡，促進經濟發展、國家民族文明富強、人性解放就是當下的最高衡量標準。」

——且慢，就算這是一句看上去不像大話的大話，但也應當回應幾句。

首先要問的是，發展就是硬道理嗎？學者王力雄在他的專門討論藏傳佛教現狀的文章《末法時代》中，從另一個角度回答了這個問題：「鄧小平的『發展才是硬道理』現在成爲全中國的座右銘。即使在藏區草原，也到處矗立這樣的語錄牌。中共對西藏乃至整個中國民族地區保持穩定的冀望，都寄託在『發展』二字上。他們相信，隨著經濟發展，物質生活水平提高，人們就會安居樂業，民族矛盾也會越來越少。」

接著，他舉例分析了「發展」與「穩定」之間似乎並不協調的關係，結論是：「即使僅僅從維持統治穩定，消解民族矛盾的角度，僅靠經濟發展也是不夠的。舊的矛盾的確會消除一些，但是新的矛盾又繼續產生，而且可能更複雜，更難解決。」

而我還要追問的是，一個民族要發展，必須以他的文明爲代價嗎？是不是，在「發展」的前提下，一切都應該讓路、退休，或者說都應該立即消失，人間蒸發？這也就推出了我的第二個問題，何謂「民族文

明」？也就是說，對於西藏民族來說，他的文明是什麼？——難道以他的宗教傳承為傳統文化之象徵的精神文明不在其中嗎？

　　一個民族要發展，必須以他的傳統和文化為代價嗎？一個民族的發展過程，如果是不斷地失去他的傳統和文化的過程，那麼他會變成一個什麼樣的民族呢？——那不就是一個沒有根基的民族，一個沒有記憶的民族，一個沒有家園的民族嗎？在電視裡看見鄂溫克族人的最後一個薩滿去世了，因為無人繼承他的傳承，他們世代所崇奉的薩滿教因此成為老人口中的回憶，而且這回憶會越來越淡薄，最後只能化作博物館收藏的幾件藏品。

　　是不是為了發展，我們就要拋棄我們的根基、記憶和家園？是不是為了發展，我們就只能成為自己土地上的陌生人？我們當然可以推倒已經破朽的舊屋，建立舒適的新屋，但我們難道就不能把舊屋裡的那些珍貴的回憶帶進我們的新屋？難道就不能把舊屋裡曾經給予我們慰籍的那些精神寄託——比如一幅唐卡，一尊塑像，一盞酥油燈，一塊嘛呢石——帶進我們的新屋，繼續伴隨我們的生命，充實我們的生活？誰說過，連同這些全都要被現代化的「鐵掃帚」（過去是革命的「鐵掃帚」）掃進歷史的垃圾堆，一個也不留？

　　衡量一個社會進步的標準是什麼？誰有資格來規定這進步的尺度？——政權與領導人？經濟指數？還是我們自己的心靈？我們的由千年來紮根雪域大地的藏傳佛教所培育的文明，對於我們來說，不是處所，是家園；不是裝飾，是歸宿；不是遺忘，是記憶；不是負擔，是使命；——我們怎能不珍惜，不看重，不維護呢？

至於說到「人性解放」，難道宗教的終極目的不正在於此嗎？難道傳承了二千八百多年的佛教所要解決的不正是這個問題嗎？難道藏傳佛教竟會是禁錮與摧殘人性的宗教，只有當「毛主席呀派人來」，千年雪山才會點頭笑嗎？只有當「銀色的神鷹來到了古老村莊」，轉眼間就會改變大地的模樣嗎？

二〇〇三年八月十一日於北京

布達拉宮的淪落

人去樓空

有必要解釋布達拉宮嗎？這座猶如萬道光華，照亮了古城拉薩的偉大建築，被世人視作西藏的象徵。它矗立在拉薩這片河谷中心的瑪波日山上，無論在影像上，還是在每一個觀者的眼中，都具有令人震撼的魅力。二十世紀初，跟隨一支攜帶武器的軍隊闖入世界屋脊的英國記者，遠望「在陽光下像火舌一樣閃閃發光」的布達拉宮，惟有感歎：這「不是宮殿座落在山上，而是一座也是宮殿的山。」

早在一千三百多年前，圖伯特王松贊干布時期，布達拉宮就有了最初宛如城堡的形貌；西元一六四二年，五世達賴喇嘛建立「甘丹頗章」政權，統一西藏，成為全藏至高無上的僧俗領袖，而他另一令人矚目的成就，即是在佛經中授記的觀世音菩薩之道場的神山上建造了布達拉宮。規模宏偉的布達拉宮從此成為西藏政教合一的中心，其神聖的地位一直延續到一九五九年。

曾幾何時，在西藏民間流傳著這樣一首深入人心的歌謠：

> 布達拉宮的金頂上，升起了金色的太陽；
> 那不是金色的太陽，是喇嘛的尊容。
> 布達拉宮的山腰中，響起了金制的嗩吶；
> 那不是金制的嗩吶，是喇嘛的梵音。

四個磕著等身長頭環繞拉薩的僧人，讓我為他們
在布達拉宮前留影。

布達拉宮的山腳下，飄起了五彩的哈達；

那不是五彩的哈達，是喇嘛的法衣。

　　而歌中所讚美的喇嘛，眾所周知，正是生活在雪域高原的圖伯特人敬奉為觀世音菩薩之化身的達賴喇嘛。然而一九五九年降臨了。在這年三月十七日深夜，達賴喇嘛被迫從他所居住的另一座宮殿——羅布林卡——出逃；兩天後，在聖地拉薩從未有過的猛烈炮火中，羅布林卡和布達拉宮變成屠戮之地，成為西藏歷史上翻天覆地之劇變的無言見證。一位參加過「平息西藏武裝叛亂」的解放軍軍人回憶，駐守於拉薩河對岸、朋巴日山下的解放軍三○八炮團，多年來，數門大炮一直瞄準著隔河相望的布達拉宮，以至在「平叛」時，發發炮彈可以極其精確地射入那一扇扇黑邊環繞的紅框窗戶，而在裡面爆炸。一位當年的「叛匪」卻回憶，正是不忍那惡魔般飛來的炮彈毀了「孜布達拉」，所以不再抵抗。於是，從一些當時留下的照片或紀錄片裡，可以看到雙手高舉白色哈達的「叛匪」，走下被炮火燻黑的布達拉宮，向「解放」西藏的「金珠瑪米」繳械投降（其實這是在「平叛」結束之後拍攝的，這些被帶到布達拉宮跟前重現當時情景的俘虜們已入牢獄）。

　　布達拉宮從此人去樓空。

　　從此，在隨後的歲月裡，布達拉宮不再是中心，而被佔領者設置為一個個時期、一個個境況的背景。既是意味深長的背景，又是必不可少的背景，更是廣為人知的背景。歷史悠久的布達拉宮從未像這半個多世紀以來，隨著遞進的時間和更換的空間，變得如此地豐富多彩，光怪陸

離，又如此地無助，令人悲哀。

革命的背景

起先，是在布達拉宮前面的大片草地、林卡和沼澤上，修蓋起新政府的辦公場地和宿舍，以及名為「勞動人民文化宮」的禮堂。其模式與軍營雷同，毫無美感。而彼時的拉薩正如革命歌手所唱，已經與北京「連起來」了。因此，千里之外的北京掀起的每一次政治運動，都會在拉薩激起相應的反響，甚至同樣的**轟轟**烈烈。「勞動人民文化宮」難以容納被發動起來的廣大「翻身農奴」了，舉行萬人集會的會場於是移往露天，背景總是默然無語的布達拉宮。

一九六六年，文化大革命這場紅色恐怖狂飆也席捲了西藏。在毛澤東「破舊立新」的號召下，一所所寺院被砸爛了，一座座佛塔被推倒了，一尊尊佛像被夷為粉碎，一疊疊經書被燒成灰燼……而布達拉宮，被痛斥為「三大領主的總頭子殘酷壓迫勞動人民的封建堡壘之一」，險遭滅頂之災。之所以得以倖存，恰恰是因為偌大一片青藏高原，再也找不到比它更適合充當背景的背景了。或許正因為如此，儘管羅布林卡被改名為「人民公園」，儘管確曾有人建議將布達拉宮改為「東方紅宮」，而且把「毛主席萬歲」五個大字刻成巨大的牌子，置於布達拉宮的金頂前俯瞰眾生，但布達拉宮還是沿襲舊名，而這也是背景的要素之一。革命需要目標，革命也需要背景。當五星紅旗插上布達拉宮，毛澤東畫像高懸其間，一個「換了人間」的新西藏就此誕生，其效果顯然無可比擬。

然而，被譽爲「西藏眞正的寶庫」的布達拉宮卻幾乎被擄掠殆盡。據記載，布達拉宮收藏的經書和歷史文獻多達成千上萬卷，許多都是用金粉、銀粉、綠松石粉和珊瑚粉撰寫的；還有不少存放貴重物品的庫房，精心保存著西藏各個歷史時期的工藝品、繪畫、掛毯、塑像以及古代的盔甲等文物，無一不是無價之寶。然而，這曾經薈萃了財富與藝術的布達拉宮卻所剩無幾了。那些最珍貴的，那些最精華的，那些不計其數的，那些不可估量的，能被拿走的幾乎都被拿走了。留下的只是沉重的靈塔，珍藏著八代達賴喇嘛的法體卻不是無神論者所需要的；留下的只是滿牆的壁畫，但也被塗刷上紅色的油漆，再覆蓋上毛澤東的語錄；留下的只是實在難搬的一些佛像和壇城，權當擺設的一些唐卡和法器；留下的只是一座徒有其表的布達拉宮，它依山壘砌，群樓重迭，殿宇輝煌，卻幾乎是一個空架子了。

　　有一個眞實的故事可以作證。一九八八年，中國政府第一次維修布達拉宮，撥款四千萬人民幣。財政部的某位官員在維修慶典上反復強調，中央財政很困難，可還是勒緊褲腰帶，給西藏撥出鉅款。充任全國人大副委員長的阿沛·阿旺晉美，這位西藏舊政權中唯一爲中共素來接納的貴族高官，著名的政治花瓶，這一次卻如此表態：既然國家困難，我們就不要中央撥款了，布達拉宮有一個名叫「朗色旁追」的倉庫，從五世達賴喇嘛起，每年都要存入大量的黃金珠寶，三百餘年從未間斷，也從未取出用過，那麼今天就把這個倉庫打開，用裡面的財寶來維修布達拉宮，想必綽綽有餘。可事實上，這個倉庫早已是空空如也，一無所有。據說阿沛其實心知肚明，他是有意這麼講的，因此當即就有人回

上→往日的布達拉宮及其白塔。

下→五星紅旗與布達拉宮。

左上→「西藏和平解放紀念碑」，二〇〇二年聳立
在布達拉宮廣場，與布達拉宮遙遙相對。
左下→一九七〇年代的照片。
右→從布達拉宮的視窗俯瞰新建的廣場，藏人認為
那象徵中國佔領的「解放紀念碑」形似尖刀或炮彈。

答：倉庫早就被搬空了，哪兒有什麼黃金珠寶？全都被國家拿走了，被運到上海、天津、甘肅的國庫裡了。於是財政部的那個官員再也不作聲了。

　　物質上的損失自不待言，僅僅只有背景功用的布達拉宮被塗抹上愈加濃厚的意識形態色彩。不論是批判「最反動、最黑暗、最殘酷、最野蠻」的舊西藏，還是歌頌「光輝燦爛」的新西藏，都需要布達拉宮隆重出場，以至於索性就將革命的大舞臺設置在布達拉宮腳下，例如曾經紅極一時的「西藏革命展覽館」，為了展示「舊制度所犯下的驚心動魄的種種暴行」，戲劇化地陳列了一百多個讓人慘不忍睹或者義憤填膺的雕塑，並配有音樂和解說詞，一九七六年的《中國建設》這本專向西方人介紹新中國成就的雜誌就此評論說：「推開展覽館的黑色門簾後，人們進入了人間地獄的舊西藏。」除了展覽館，還有廣場。廣場正是革命所需要的場地。廣場愈大，被形容為「群眾汪洋」的集會也就愈發熱烈，由此產生的效應也非同一般。於是，廣場的規模不斷地被擴大；於是，原來散佈在布達拉宮下面的「雪」村，有著濃郁的西藏風情和生活氣息的傳統民居被拆除。一九九五年，在耗費鉅資建成的「布達拉宮廣場」上舉行了慶祝西藏自治區成立三十周年的集會，這是一項被列入六十二個「援藏」專案之一的「大慶工程」，面貌一新卻大而無當，缺乏比例感。在廣場的正中，還仿照北京天安門前的國旗台，新建了一座日日飄舞著五星紅旗的臺子，此後，但凡必須舉國歡慶的政治節日，都要由全副武裝的軍人在這裡舉行升旗儀式。

　　因新建的廣場而撤遷的還有展覽館，它已經完成了它的歷史使命，

據說目前正在重新籌建之中。而于一九九九年成立的西藏博物館，面對羅布林卡，背臨布達拉宮，正好座落在這兩處歷史古跡之間，其陳列主題是以千餘件文物或藝術品來表現西藏的歷史和文化，卻遠遠無法與布達拉宮相提並論。然而，沒有了革命的展覽館，卻又有了革命的紀念碑。二〇〇二年，一座名為「西藏和平解放紀念碑」的建築物聳立在廣場上，與布達拉宮遙遙相對，聲稱「是抽象化的珠穆朗瑪峰」，卻毫無藝術美感，反而狀如一發昂首向天的炮彈，深深地刺痛了藏人的心。正如捷克作家克裡瑪所說，建築紀念碑的目的是企圖「喚起人們對征服者的忠誠」，而持槍守衛的軍人更如一種警示，時刻強化著布達拉宮或者西藏的現實處境。

商機無限的名利場

當然，在今天，布達拉宮已不僅僅只是作為一個政治化的符號而被充分利用。既然與時俱進，既然西部大開發，既然「發展就是硬道理」，那麼，就舉世聞名的布達拉宮本身而言，用時下流行的廣告詞來形容，肯定蘊藏商機無限。曾幾何時，聚集了神聖的法王和眾多喇嘛的修法之地，也聚集了僧俗高官和各地顯貴的權力中心，變成了如集市一般熱鬧的旅遊勝地。昔日演示神秘而莊嚴的宗教舞蹈的「德央廈」，任由大呼小叫的遊客彙聚並拍下「到此一遊」的留影；依然梵香繚繞卻不再靜穆的佛殿、修法殿、靈塔殿，指手劃腳的遊客與舉著酥油供燈的香客交臂而過；而在旅遊手冊上標示著「白宮」的幾間屋子，可以聽到導遊在用漢

上→布達拉宮前面的廣告。

下→布達拉宮下面的商店。

左→拉薩的三輪車夫大多是漢人。
右→漢式石獅盤踞在布達拉宮前。

語、英語或者其他語言介紹：「這是達賴念經的地方，這是達賴睡覺的
地方，這是他吃飯的地方，這是他會見客人的地方。這是他的收音機，
這是他的茶碗。」正如羅布林卡裡也被開放的「達旦明久頗章」一樣，
每個人只要花錢買門票就可以參觀一個人個人生活中私密的部分，並且
可以隨意評說。「昔日的尊嚴全不見了。」達賴喇嘛的兄長洛桑三旦於
一九七九年重返西藏時，目睹依舊閃閃發光卻全然不復的布達拉宮，痛
徹肺腑地如是感歎。

　　據二○○三年的有關報導，布達拉宮每年接待旅遊者和香客五十多

萬人次，日均一千五百人左右，而且還在以百分之二十的速度增長，日接待遊客最多時曾達到五千人，儘管向遊客出售的門票已從數十元漲至一百元。如此大的流量所產生的壓力使得土木石結構的布達拉宮難以承載，事實上已經出現了下垂、開裂甚至坍塌，儘管採取了新措施，如規定每天上午開放的四個小時之內，平均每二十分鐘限客五十人，每天下午開放的兩個半小時之內，平均每三十分鐘限客五十人，但即使這樣，每天接待人數也會多至八百五十名。

布達拉宮出現在行動電話的廣告裡，布達拉宮出現在五十元人民幣的圖案上，布達拉宮出現在MTV裡，布達拉宮出現在T恤上……布達拉宮甚至被微型化，用各種粗陋的材料做成成批量的模型，放置在賓館、餐廳和商店的櫥窗裡，點綴著如今這個在意識形態控制下的商品經濟社會的惡俗風景。就這樣，布達拉宮在不斷被複製的過程中，從天堂般的高度被推入了滾滾紅塵。

在這遮天蔽地的紅塵裡，寫著「開放的西藏歡迎您！」或「營造良好市場環境」的標語，與「反對分裂，祖國統一」的政治口號輪番出現在環繞布達拉宮的高牆上。至於廣場，它也被派上了更多的用場，為了展示一個日益「現代化」的新西藏，不是舉行諸如房展、車展等展覽，就是舉行各種物資交流會。身穿西藏服裝卻不一定是西藏人的妖嬈女子，格外熱情地向圍觀者推銷遠在成都、重慶等地的公寓或款型多樣的轎車和越野車，而在更多的叫賣聲中，來自中國內地的日用百貨被價格翻倍地兜售，其中有不少是假冒偽劣商品。甚至有著這樣那樣名目的彩票也在此拋售，喇叭裡高聲傳出的種種物質或金錢的獎勵使人頭攢動，

人心浮動。在拉薩強烈的令人眩目的陽光下，西藏人的物欲從未像今天這般被激發得如此熾盛，可又有幾個西藏的普通百姓能夠買得起昂貴的房子和車子？那些佈滿宮牆兩側和廣場周圍的商店與飯館，看上去個個都像是內地中小城市的複製版，與遍佈拉薩城裡的一幢幢瓷磚貼面並鑲有鋁合金和深藍色大玻璃的「現代」樓房，無一不是由內地農民組成的民工大軍創造的「包工隊」文化，連同昔日古柳盤旋草地卻已被砍去大半、昔日經幡垂掛水面卻已被盡數拆去而改成了搓麻將、打撲克、喝蓋碗茶、吃烤肉串的宗角祿康（又名龍王潭），更加使得為之簇擁的布達拉宮如同一座孤零零的島嶼被圍困在世俗化的海洋之中。西藏的官員們卻頗為自得地向世人宣稱：「世界屋脊」迎來了歷史上從未有過的最好的時期。

那麼，我們是不是應該為這個歷史上最好的時期放聲歌唱，手舞足蹈，全民大聯歡？那麼，這半個世紀以來，如遭凌遲一般，已被政治化、商業化的布達拉宮，是不是應該再添加這樣一個功能：娛樂，或者雜耍？具體地說，以布達拉宮為背景的那個廣場，總有那麼一些時候，變成了一個供八方來客作秀、出名、撈錢的娛樂場，甚囂塵上，到了不可收拾的地步。

於是，名為「心連心」的藝術團帶著黨中央的關懷從北京來到這裡，一群電視晚會明星脖子上掛著西藏人民獻上的哈達，上氣不接下氣地表演著歌頌民族團結的節目，有的明星據說因高原反應很厲害，須得抱著氧氣袋登場，這十足矯情的場面最後在「五十六個民族五十六朵花」的歌聲中換得雷鳴般的掌聲，而熱烈鼓掌的群眾往往是從拉薩的各單

位、各學校、各軍營挑選來的。於是，時裝模特兒大賽的賽場也搬到了這裡，據報導：「來自全國各地的五十一名模特兒以輝煌的布達拉宮為背景，踩著西藏音樂的獨特節奏，用摩登的裝束和『一』字型的步伐，在寬大的T型臺上演繹著令人驚歎的現代時尚」，「數千名拉薩人如潮水般湧在T型台周圍」，更有意思的是，西藏的最高官員們連同軍隊首腦皆「到場祝賀」，並向獲獎的模特兒「披上了西藏人民的至高榮譽——聖潔的『哈達』」。

號稱「亞洲第一飛人」的柯受良，這個在不久前突然暴亡的臺灣藝人，在二〇〇二年十月一日這一天，「以駕駛國產吉利轎車在布達拉宮廣場進行『飛車』表演的方式，向國慶、向歡度國慶的人們呈獻了一份特殊的賀禮」，報導上還說：「儘管這不是柯受良飛車的最遠紀錄，但飛越成功後的柯受良對自己能在布達拉宮廣場——特別是在國慶日這天做表演——感到特別榮幸。『海峽兩岸是一家，各民族團結在一起，中國一定更強大。』柯受良在接受記者採訪時如是說。」

遺憾的是流行歌手韓紅，這個有著一半藏族血統的女子，也把布達拉宮當作了炒作自己的佈景，準備於二〇〇四年夏天在布達拉宮廣場舉辦個人演唱會。甚而至於，她還拋出「猛料」，屆時要「乘直升機，空降布達拉宮」。當然，這「空降」的地點是布達拉宮廣場而非高高的布達拉宮金頂，可如此具有爆炸性的標題新聞足以令人震驚。

拜託，各位先生和女士！——請尊重布達拉宮！請尊重這宗教的聖地、人間的奇蹟！或者，僅僅出於布達拉宮已被聯合國列入「世界文化遺產」的理由，而不必考慮它其實是一個民族靈魂之殿堂的事實，在此

再三籲請正奔著布達拉宮而來的各路人馬：尊重布達拉宮！否則不難想像，或許會有那麼一天，在更大、更多的利益和用心的驅動下，布達拉宮廣場甚至可能成為全世界最有名的馬戲團雜耍場，而曾經把紐約的「自由女神」雕像給「變沒」了的魔術大師大衛‧科波菲爾也可能光臨，再次翻版這一必定會吸引全世界目光的節目：將布達拉宮就地「變沒」。一旦有那樣的一天，西藏的官員們又可以自豪地宣佈：「世界屋脊」已經成功地與國際接軌了，已經實現了「全球化」。

維修的背後

是的，當局確實投資了五千五百萬元和黃金珠寶，歷時五年維修了布達拉宮。是的，當局確實又投資了鉅款，又在對布達拉宮進行維修。是的，這些是事實。然而，還有一些事實，一些被遮蔽的、被修改的、被忘卻的事實更值得一提。

比如一九五九年，為了「平叛」而向布達拉宮發射的那些炮彈，在消滅「叛匪」的同時也不知毀壞了多少擁有佛像、壁畫以及傳統器具的房間，甚至對土木石結構的建築物本身打擊不輕。

比如「文革」初期「破四舊」的風潮也同樣波及布達拉宮，其大致情況如前所述。

比如一九六九年以後，為了貫徹毛澤東「深挖洞，廣積糧，不稱霸」的戰備方針，拉薩也如各省市、自治區投入到名為「人防工程」的建設之中，掀起了挖防空壕、建防空洞的熱潮，以至在今天仍可看見當年的

上→藏女與布達拉宮合影。

下→望著布達拉宮的倆老外。

防空洞，恰恰位於布達拉宮所在的瑪波日山下，只不過東邊的防空洞被封閉，西邊的防空洞被改成了賣青稞酒的酒館。而布達拉宮斜對面毗鄰藥王山的自來水公司就是當年的防空指揮部。據說藥王山下面也有防空洞，之所以要在那裡挖防空洞，民間的說法是因為靠近區黨委政府大院，一旦有敵機進犯，官員們可以迅速地撤離到防空洞裡。其實拉薩人都知道正是因為在瑪波日山下大挖防空洞，且使用大量的炸藥爆炸山體，導致布達拉宮從地基到建築物均遭到極大的損害。一位當時在拉薩中學就讀的藏人，至今記得上課時常常聽到爆破的聲音震耳欲聾，有時路過附近甚至能感覺到地面的震動。而近些年之所以對布達拉宮重複維修，恰是當年的一系列行徑所導致的後患。

然而，即使進行維修也出現了很多問題，甚至是更進一步的破壞。據二○○四年二月三日「美國之音」報導，一盤從西藏偷運出來的錄音帶，「指責當局把維修布達拉宮的工程交給根本不懂西藏精細複雜的建築傳統和技術的漢人建築隊，把這一舉世聞名的文化遺產的維修工程視為兒戲」，例如，「按照西藏傳統的建築工藝，應該在牆裡加入一種特定的木條，但是漢人圖省事，以水泥和鋼材取而代之。眾所周知，水泥和鋼材作為建築材料僅有一百多年的歷史，用這些材料來維修已有一千三百多年歷史的布達拉宮，不但是對歷史的嘲弄，而且也因這些材料和其他原有的材料不相匹配，從而破壞整個宮殿的建築結構」。諸如此類的維修方式，也破壞了布達拉宮本身具有的西藏傳統建築風格。

藏人修建的布達拉宮應該由藏人來維修，可為什麼要交給那些被拉薩人稱為「包工隊」的漢人建築隊呢？這其中的奧妙，正如錄音帶所指

出的在「維修工程中出現的貪污浪費和腐敗現象」，表明了是由於某種交易的緣故。事實上，腐敗之風盛行全中國，同樣也在西藏大興其道，貪污與賄賂比比皆是，但多年來卻從未有過半點曝光，難道西藏果真是這世間最後的一塊淨土嗎？事實上，在早已不是淨土的「世界屋脊」，陽光下的罪惡從未絕跡，甚至在權力的掩護下無所顧忌，而不公諸於世是有理由的，最站得住腳的理由就是「穩定壓倒一切」，因此，為了不影響西藏的「穩定」，即使大昭寺、哲蚌寺、色拉寺等寺院的門票收入被高官的子女從中分成，也只能敢怒不敢言，任其繼續巧取豪奪；即使布達拉宮是「世界文化遺產」，也被那些在幕後交易的黑手染指了。

「失敗過但沒有流過淚」

如今的布達拉宮，仍然踞於山巔之上，但曾經的高度已不復存在。如今的布達拉宮，仍然仿若淨土顯現，卻佈滿了滄桑巨變的創痕。對於依傍著它度過人生年華的拉薩人來說，原本固有的生活場景已被改變了，替代了，覆水難收了……而這恰恰是現實。

不過，在如此現實的另一面，仍然保持著一種深藏不露的、綿延不絕的、百折不撓的精神。就像如今的每一個清晨，甚至更早，正是黎明之前最黑暗的時刻，一個個藏人走出家門，為的是履行心中的信仰。這些數著念珠的藏人，轉著嘛呢輪的藏人，磕著等身長頭的藏人，帶著糌粑、青稞和香草一路供奉的藏人，牽著小狗、大狗和放生羊一同轉經的藏人，猶如一圈圈漩渦似的河流環繞著拉薩。而河流的中心，那孤島一

般默默矗立著的「孜布達拉」，閃爍著依稀可辨的幾點燈火，愈發地突出了它的寂靜、寥廓，但也愈發地昭示了光明那緩慢卻不可阻斷的歷程。

就像一九九四年的夏天，在布達拉宮密佈紅框黑邊窗戶的白牆上，展示了兩幅巨大而珍貴的唐卡。這一盛大的傳統儀式已經四十多年沒有舉行了，而在此之後也再也沒有舉行過。一位來自內地的漢族詩人記錄了當時的情景：「拉薩所有可以看見布達拉宮的地點都被人們站滿了。我看見許多個子矮小的山民，他們站的地方根本看不到佛像，但他們朝佛所在的方向默默地流著淚。……成千上萬的人在曬佛的這一天，順時針方向環繞著布達拉宮行走。一路上都是塵土。西藏人、漢人、西方人、僧侶、百姓……扶老攜幼，猶如歷史上那些偉大的遷移。」

一九九九年即將結束之際，也正是二十一世紀即將來臨之時，在達賴喇嘛踏上流亡之路整整四十年後，不足十五歲的少年活佛噶瑪巴也突然出走，成為西藏又一位著名的流亡者。而印度這個接受了達賴喇嘛和許許多多流亡藏人的自由國度，也成為噶瑪巴的寄居之地，在這裡他寫下這樣一首意味深長的詩，恰恰與布達拉宮有關：

> 月亮似的花朵
> 在美麗的雪域夜空裡
> 歡樂的波光起伏的
> 細雨吟唱的悲痛中
> 和彩虹的光環裡
> 正義的微風吹起的白雲
> 飄向北方

啊⋯⋯

這次

盛開著千萬朵希冀之花

所以，悲哀與苦難已飛逝

酷愛的南風輕輕吹拂

蔚藍的天空中

再次

輕輕飄起

歡樂的雲朵

啊！

既不富裕又不貧窮的感受

是美麗的布達拉宮──您

光芒的窗戶中

花蕊似的目光

噢⋯⋯

花甲的太陽

今天

在溫暖的陽光中

心中流淌的鮮血

都是爲了正義

說一聲：

失敗過但沒有流過淚

二〇〇四年四月十六日於北京

上→在布達拉宮前訓練的武裝士兵。

下→武警旁邊祈禱的老尼。

上→往日藏地。

下→往日經幡。

烏金貝隆之旅：
是尋找還是逃亡？

1. 傳奇故事的梗概

一本以九十九元的定價創下中國「國內最貴」的《西藏人文地理》，由北京某商業集團和西藏某文化單位聯合打造，於二〇〇四年盛夏閃亮登場。在諸多人文地理類的期刊讀物中，因天時、地利與人和，第一次亮相便不同凡響，令人矚目。其重中之重，當推集圖片、文字與DVD三合一的紀實作品《尋找烏金貝隆》，作者為該雜誌的執行主編溫普林。藝術家出身的他堪稱資深「西藏發燒友」，不但有多年浪跡藏地的遊歷史，還有數部有關西藏的自述文體和紀錄片享有聲譽。

所謂《尋找烏金貝隆》，是以作者重踏西藏近代發生的一場上千人的遷徙之旅來展現的。概括地說，是「上世紀五〇年代，在藏北那曲地區，一個騎著野山羊的小活佛，宣稱自己能引領人們進入蓮花生大士所預言的理想國──烏金貝隆。於是在這位被人們尊稱為山羊喇嘛的帶領下，先後有幾個部落穿越了羌塘草原，經過阿裡，順著塔克拉瑪幹沙漠的南緣，直至新疆的巴音布魯克草原。這幾大部落公推的另一位領袖人物叫箚那倉巴，是聲聞阿裡的大修行者。一路上依賴他的智慧和神通，多次拯救了陷於絕境的隊伍。他們歷經艱辛，萬里長征之後又發生了許多出人意外的故事。『文革』時期，山羊喇嘛變成了女人，爾後在八〇年代初，全體藏族遷民又在一位康巴女人岡措卓瑪的帶動下，重返西藏。」

這段文字是從雜誌中仿照西藏傳統經書樣式製成的折頁上摘錄的。更有出自專業化的視角所拍攝的近百幅圖片和近兩小時的影像，記錄了作者在一位活佛的引領下，尋訪當年人物及其後裔的過程連同沿途綺麗多變的自然美景。而那位名為日桑多吉的年輕活佛，因為是箭那倉巴的長孫和岡措卓瑪的外孫，無疑為時隔四十多年的回溯所得出的結論——「為尋求理想而出走、又為無法排解的鄉愁而回歸」——賦予了某種權威性。

2.「烏托邦」似乎是理由

由十六世紀的英國空想社會主義者湯瑪斯・莫爾所創的「烏托邦」，是不能實現的完美社會的代名詞，但如今也似乎可以把宗教意義的理想世界，諸如天堂、淨土、秘境等等盡攬其中。而這通常是無神論者的一廂情願，就像《尋找烏金貝隆》的作者將西藏佛教徒心目中的「烏金貝隆」比喻成「烏托邦」。當然，對於西藏之外的人們來說，早已十分熟悉的「烏托邦」要比出自密宗經典的「烏金貝隆」更通俗易懂，雖然那其實是兩碼事，因為「烏托邦」的意思是「沒有的地方」，但「烏金貝隆」卻非虛擬世界，而是存在于現世卻隱藏起來的某個地方，如同西藏宗教中獨特的「伏藏」之說。

於是在《尋找烏金貝隆》這三合一的作品中，「烏托邦」成為當年那場集體遷徙的理由。並為此特設專版，將東西方文化有關「烏托邦」的種種說法羅列其中，以表明人類對理想世界的尋求實乃一種生命的衝

動和心靈的需要。然而，這是上世紀五○年代的藏北草原上幾個部落的藏人離鄉出走的理由，還是四十多年後來自北京的溫普林送給他們的理由呢？即便是那些遊牧藏人的理由，又為何早不走，晚不走，偏偏會擇選一個相當特殊的時期而不顧一切地出走呢？

用「特殊時期」來代指西藏的上世紀五○年代實在言輕。事實上，彼時的西藏正經歷著歷史上從未有過的巨大動盪。為了「解放在帝國主義壓迫下的西藏同胞」，毛澤東派來了荷槍實彈的「金珠瑪米」；為了「推翻萬惡的三大領主」，毛澤東派來了發動階級鬥爭的「工作組」。突如其來的革命風暴席捲了千年平靜的青藏高原，原本屬於「山羊喇嘛」和箚那倉巴的羌塘草原又如何繼續往昔的生活？其實作者在文章中也含蓄地表露過：「在那樣動盪的一個時期，可以說各個階層的人，都突然喪失了以往的目標，都開始找不到自己的位置和出路，這跟歷史上其他類似的大規模的家族遷徙，或者遠征的動機，都是一樣的。要麼是為了追求幸福生活，要麼就是為了躲避大的災難，如戰亂和瘟疫，於是人們便上路了」。

往往在危機的時候，宗教會顯示出非凡的力量。我相信象徵著幸福家園的「烏金貝隆」確曾鼓舞著深陷災厄的人們，因為那正是一個迫切需要「烏金貝隆」的關鍵時候。「烏金貝隆」猶如在遠方持續顯現的美麗信號，似乎人人都看得見也聽得到，畢竟人人都有求生的願望。首先行動的是「一個騎著野山羊的小活佛」，據說他發現了一部記載著前往「烏金貝隆」路線的天書，宣稱自己能引領人們進入「烏金貝隆」，而身邊的長輩們竟也堅信不移，紛紛隨之拔帳而去，並帶動了周圍幾個部落

也相繼而去，這看似符合西藏民間的底層民眾對待宗教的純樸態度，但從另一方面，是不是也可推測，彼時事態已到了不得不走的地步，這使得他們的離去更像是逃亡？儘管沿途因天災人禍導致的死亡非常慘重，卻並未中止他們的腳步，難道是有一種比死亡更可怕的力量在催逼著他們，迫使他們只能頭也不回地一意孤行？

我採訪過一位在那個特殊時期逃亡的藏人，當時才十四歲的他原本是藏地東部一所寺院裡潛心修習的活佛，卻在由「解放」而引發的劇烈震盪乃至血光之災中，不得不跟著無數同鄉人匆匆地踏上了不歸之路。「金珠瑪米」將他們統統視為「叛亂分子」，一路圍追，格殺勿論，一直追殺到了恰巧是「山羊喇嘛」剛剛離去的家鄉。在這片寒冷、荒蕪而且無邊無際的羌塘草原上，逃亡者們死的死、傷的傷、逃的逃、散的散。而那位藏人在他再也跑不動時，才發現他的身邊沒有兄弟也沒有經師，只剩下他孤零零的一個人。他狠狠地大哭一場，從此開始了他漫長的隱姓埋名的驚惶生涯。因此，在如此一種非人道的境遇下，與其說滿懷夢想地四處尋找「烏金貝隆」，不如把「烏金貝隆」看作是逃亡者的歸宿。

然而，對於那些拋棄家園的遊牧藏人來說，「烏金貝隆」在哪裡呢？是已經走在社會主義大道上的巴音布魯克草原嗎（它位於新疆西部，水草豐美，牛羊成群）？如果不是，他們何以最終定居於此，繁衍生息於此，並「很快地融入當地蒙古人的生活之中」？可如果是，他們又何以仍然躲避不了厄運，被捲入肆虐中國各地的各種政治運動中，或被羞辱，或更加窮困，這並不安寧的異鄉哪有一點兒「烏金貝隆」的影子？那麼，當他們在二三十年之後拖家帶口，重返故里，僅僅出於倦鳥

文革期間，牧區的批鬥大會。

思歸的滿腹鄉愁，還是出於美好幻想的徹底破滅？我不願意從這個「出走」又「回歸」的故事，得出其中暗含的有質疑宗教甚至否定宗教的結論，可如今已是半老婦人的「山羊喇嘛」明確告訴採訪她的人們：「烏金貝隆」不可能存在，這是迷信，不值得相信。不過也可以從另一個角度去理解這句話。我的意思是，或許她想要表達的是：「烏金貝隆」絕無可能出現在已經失卻家園的無情現實中。

事實上，無論是尋求理想也罷，還是逃離家園也罷，發生於特定歷史時期的那場遷徙之旅，其結果被事實證明是失敗的。但多虧「烏金貝隆」閃耀著宗教境界的聖潔光環，使得波及數千人的悲劇反倒有了令人為之敬仰的神聖性。也就是說，如果是尋找，就是神聖的尋找；如果是

上→進軍西藏的解放軍在訓練。

下→軍民經過布達拉宮。

逃亡，就是神聖的逃亡。「烏金貝隆」這個出自於西藏宗教的不朽意象，化了唯一能夠減少悲劇色彩的精神力量，支撐著飽受苦難的藏人們度過坎坷卻不乏慰籍的一生。這樣的事例，其實在許多民族的文化中都有類似的表現。

我只能把當年口耳相傳的「烏金貝隆」看作是彼時鼓舞人心的理由，卻不會信服作者為我們展現的如此天真甚至充滿浪漫情懷地尋找「烏金貝隆」的傳奇故事是真實的歷史。這怎能令人信服呢？除非是生活在另一種文化背景和另一個嶄新時代的人，而西藏的土著人當中又有誰會由衷地認可呢？從這個意義上來說，「烏金貝隆」確實是一個基於空想的「烏托邦」，但不是那些遊牧藏人的「烏托邦」，而是作者本人的「烏托邦」。包括他在尋訪過程中，拍攝了不少今天藏人的家中都掛有毛澤東畫像的照片，轉述了當年出走的藏人們說起毛澤東時的無比感激之情，很容易讓人認為「烏金貝隆」就是毛主席解放的「新西藏」，毛主席簡直就跟蓮花生大士差不多，而這其實也是他建構的「烏托邦」的一部分。在這個「烏托邦」的世界裡，毛澤東從未走下神壇，就像現實中，早已成僵屍的他陰魂不散，至今仍籠罩于藏人的頭上。

3. 會有一個「免疫」的西藏嗎？

薩義德在《文化與帝國主義》裡的一個重要觀點是，文化不可能「免疫于它的塵世關聯」。他顯然抓住了文化這個宏大的概念中常常被有意無意忽略的癥結，同時也為某種評判提供了一個可貴的視角。「免疫」

的說法深深地觸動了我，使得一直以來在寫作時有所意會卻尚未明晰的障礙不堪一擊。我有一種如釋重負的感覺，而這重負恰恰是因爲硬生生地將文化與塵世剝離開來的某種主流趨勢所施加的。

是的，在文化與塵世的關係中，首先需要強調的是，塵世並非淨土，瘟疫處處皆有。因此，當並不美好的現實中夾雜著那麼多的病毒：政治的、意識形態的；歷史的、日常生活的；經濟的、商業市場的等等，那麼多的且兇猛的病毒無一日不在侵入我們的空間，無一日不在感染我們的心靈，我們又怎能視而不見或者一味回避呢？怎能有意無意地在文化活動或文化形態中，營造一個被「免疫」的塵世呢？實際上，誰都知道一個「免疫」的塵世是不存在的。今天沒有，過去也沒有。只有「烏托邦」才是「免疫」的理想世界。那麼，西藏是一個「烏托邦」嗎？換言之，塵世中的西藏是一個「免疫」的「烏托邦」嗎？答案當然是否定的。可是，當塵世中的西藏被營造成一個「免疫」的「烏托邦」時，一個想像中的西藏便誕生了，它與歷史上和現實中無以計數的土著人的遭遇和痛苦經驗無關，與他們的眞實命運無關。一句話，它與西藏人無關。

當然在《尋找烏金貝隆》中，作者並未把歷史與現實的西藏營造成一個完全「免疫」的「烏托邦」，多少提及了風雲變幻的年月裡幾次重大的動亂給那些遊牧藏人帶來的災難。但要麼是輕描淡寫，一筆帶過；要麼就是附和多年來口徑統一的宣傳，如「因爲最早的叛亂是從康巴地區開始的，是在一些上層的奴隸主策動之下而引發的一些地區的叛亂。這些避難的人也把一些可怕的傳聞帶到了藏北草原，致使人心惶惶的了。」

蒼茫草原。

又如「作爲一個下層統領，他認爲解放軍救苦救難，跟他沒有實際的衝突，自己不是了不起的達官顯貴，他從心裡對解放軍沒有惡意，解放軍也不會傷害到他。但如果他不組織反抗或抗命不遵的話，他就會受到當地的部族聯盟的頭領的懲罰。……甲本洛桑對此完全清楚，同時受到山羊喇嘛的鼓舞，他急忙驅趕自己手下百十來戶藏民上路了。」倒是「山羊喇嘛」在「文革」中慘遭羞辱的悲慘命運讀來令人觸目驚心。

其實就作者歷時兩年、行程萬里的尋訪過程，不可能不知道至少一半的眞相和事實。從常識來看，這原本也是可以推測出個大概形貌的。

可遺憾的是他並未全部說出，而是做了很多處理和剪切。於是，一些眞相被隱瞞了，一些事實被刪除了，包含在這些眞相和事實中的苦難也就被忽視了。或者顧左右而言他，或者把故事的重心轉移到具有神秘和傳奇色彩的細節上，從而描繪出一個多少被「免疫」的西藏。而這，我們是可以理解的，畢竟眞實的西藏在今天是不被允許揭示的，但因爲作者乃知名的「西藏發燒友」，如此避重就輕，如此喧賓奪主，又是多少不能原諒的了。

4. 對遊戲的樂趣

翻開燙金印銀的《西藏人文地理》，扉頁上題寫著這麼幾句話：「西藏有一種千年遊戲，叫作『伏藏』與『掘藏』。藏即寶藏，伏是埋，掘是挖。……如果你相信緣份，就會相信伏藏和掘藏的故事，就會熱愛西藏的遊戲。」這就是雜誌編者的西藏態度嗎？或者說，是溫普林以遊戲人生的態度在滿世界飄蕩時恰好落到了西藏高拔得近乎空中的地面上？作爲一位活躍的藝術家，他寫過一部爲中國一些前衛藝術家立傳的《江湖飄》，其演義筆法讀來十分有趣。看來除了茫茫藝林，廣大的西藏也是一個任其逍遙的江湖，總是給他帶來「飛翔的快感」。江湖自有江湖的氣象萬千，引人入勝；但江湖也有江湖的險惡和悲劇，我們能否知道一點？

在他所有關於西藏的文字和影像中，主角多是各種各樣的宗教人物（活佛、喇嘛、阿尼和修行者），並且都與他有著親密的情誼，而他個人也常有捐款建廟的善舉。看上去他似乎應是宗教的追隨者儘管其實不

然，與其並行不悖的倒是他藝術家的身份和性情，這使得他有一雙善於發現美的眼睛和一顆善於感受美的心，同時也令他興致盎然，沉醉其中。事實上，對西藏自然景觀中變幻無窮的色彩的偏愛，對西藏民間生活中稀奇古怪的細節的著迷，在他飄遊於西藏的遼闊大地上時，總是超過了他對宗教本身的興趣。這倒也無可厚非。

在西藏的溫普林是快樂的，這可以從他的書中強烈地感受到。我承認，作為讀者而言也曾分享過他的洋溢不住的樂趣。一種十分常態的西藏氣息撲面而來，比起太多、太多的書寫西藏的作品更為真實、親切。我常常為他的西藏視角而感動，也因此我的期許也就相應地更高。也許過於高了。雖然他經常表白自己「沒有義無反顧的使命感，快樂至上乃人生第一原則」，但我還是希望從他的敘述中，不但看到一個快樂的西藏，還能看到一個不可能脫離複雜現實和沉重歷史的西藏。這不應該被忽略或者忽視，尤其不應該被康地一位活佛贈名為嘎松澤仁的溫普林所忽略或者忽視（需要補充的是，他其實也是一個少數民族，是偌大中國五十六個民族中早已被漢族同化的滿族後裔）。

比如在《尋找烏金貝隆》中，對他所敘述的傳奇故事的好奇心，很容易讓人忘記發生這個傳奇故事的時間和背景。但他不一定會忘記的。而那一段上千藏人悲壯遷徙的歷史之所以被他轉述得如此浪漫主義，究其個中緣由，是不是因為這個無須載入西藏史冊的溫氏故事，純屬是給西藏之外的人們看的？而且，因為必須首先交給掌握了某種裁決權的有關人士過目，歷史就得重寫，故事就得改頭換面？不過，也可能並非他有意為之。那麼，那些給他講故事的遊牧藏人，是不是在面對他和他帶

獨樹一幟。

邊遠藏地人煙稀少，有人煙處也是這般靜寂。

來的攝製組時，出於可以理解的早已習慣的戒心，共同向他隱瞞了很多或者本質上的眞相和事實？而溫本人，也就在這集體創作的故事中，再次獲得了他個人的樂趣。

而這個人的樂趣也會因多媒體的傳播最終轉化成大眾的樂趣。尤其是一些奇風異俗被渲染，比如那個從小騎在山羊背上的變性人（重要的是，她從小被看作是一位活佛）的奇特身世；一些宗教禁忌被曝光，比如那個褪去了袈裟以密宗修行的姿勢全身赤裸的胖男人（他也是一位活佛，可直至十六歲時才被認證）的大幅照片，雖然肯定能夠成爲最能吸引眼球的焦點，但如此一個隱藏在重大歷史事件當中的人間悲情故事，甚至可以說是史詩式的悲劇，就這麼變成了娛樂化的民間大戲，就這麼令人惋惜地變味了。

有趣的是，溫普林曾經批評許多人誤讀西藏，包括上世紀八〇年代「跑到西藏的一幫文化人」，雖不同於一九六〇年出品的黨的宣傳片《農奴》裡的那種把西藏妖魔化的誤讀，卻是一種「浪漫的誤讀，把它說成是人間天堂，沒有醜惡，沒有罪惡的地方」。但他又說：「誤讀並非不好，但是在一片誤讀聲中要有純正的聲音。」那麼，他在《尋找烏金貝隆》中，有沒有發出「純正的聲音」呢？我想我得遺憾地說，有一些，但遠遠不夠，因此他也基本上落入了誤讀西藏的圈子裡。這不止是我的看法，一位藏族老知識份子甚至認為這個故事在某種層面上無異於是反宗教的。

5.「重踏尋找烏金貝隆之路」

在這本《西藏人文地理》中還夾著一幅折頁形式的手繪地圖，以「尋找烏金貝隆」為名，展現的是從拉薩通往藏北草原的路線圖，有山有湖、色彩繽紛。與之相配的幾張照片更是具象化了沿途那蒼涼、大氣之美。路線圖的背面是詳細的行程說明，以及「山羊喇嘛」、笥那倉巴、岡措卓瑪和再度裸露身體的日桑多吉活佛的照片。其意是，當年那些遊牧藏人開拓的「尋找烏金貝隆」之旅，將變成由「西藏人文地理俱樂部」推行的「大型穿越活動」，從八月二十一日至九月十日，每個參與者只要交納三萬元的費用，就可能由活佛領著「重踏尋找烏金貝隆之路」。而如此純屬娛樂化的旅行，據說將使參與者的「精神也會得到提升」。然而，被忘卻了的或者說被有意省略不提的當年那些逃亡者的痛苦，又會被哪

一個外來的旅遊者感同身受呢？不過，這次穿越活動終究未能成行，也不知是不是因爲參與者並無幾多的緣故。

改版後的《西藏人文地理》看似確如媒體所譽的，「在眾多追捧美國《國家地理》風格的人文地理類雜誌和千篇一律的時尚旅遊類雜誌當中」，彷彿「橫空出世」，十分獨特。雜誌編者也自豪地宣稱，「在精神貧乏的年代，人們需要一本具有精神引領性的雜誌，更何況是在逐漸持久升溫的西藏熱的背景下」。可是，僅從上述這個被修改過的故事就會看出：眞實的西藏其實是被隱藏的，甚至是被深深埋藏的。因此，這樣的讀物又如何擔當得起「精神引領性」的作用呢？雖然它確實有著很濃郁的西藏氣息，可是，諸如「重踏尋找烏金貝隆之路」的策劃，分明將西藏的人文地理變成了打著西藏旗號的商業地理。是的，商業取代了人文，或者說，人文也被裹入了商業的算計之中。

二○○四年九月於拉薩

非僧非俗的此人猶如今日西藏的縮影。

表述西藏的困難

1.

薩義德在他完成於一九七七年的學術巨著《東方學》裡，在扉頁上首先引用了著名的馬克思的一句話：「他們無法表述自己；他們必須被別人表述。」接著引用了一位不算著名的英國作家的一句話：「東方是一種謀生之道。」

2.

西藏因其特殊的環境、處境和境遇，使得它似乎與世界上的所有事物隔離開來，又因為這種隔離形成了各種特殊的話語，當然不是它自己道出的話語，而是它之外的各方對於它的話語。儘管這些話語彼此矛盾甚至對立，水火不相容，然而作為西藏本身卻無從說起，原因在於它並不在場。它看似在場卻不在場，它是缺席的。或者說，它被巧妙地、意味深長地缺席了。而且是被各方有意無意地共同造成了它的缺席。

3.

「西藏」是一個早已就被界定為如此的概念。甚至有過之而無不及。所以，既然它已經被界定為如此了，它也就只好如此下去了，而作為它

自己，又怎麼可能為自己辯解或者說表述呢？有誰會傾聽？又有誰會相信呢？就像那羊的叫喚，「它再叫喚也還是羊的叫喚，細弱，無力，在黑暗的深夜有誰會聽見？」

4.

　　薩義德說：「書寫埃及、敘利亞或土耳其，恰如在這些地方旅行一樣，其實質是在一個政治意志、政治管理、政治控制的王國之中漫遊。」

5.

　　在眾多的西藏問題專家當中，曾在西藏工作數年而今棲居美國的徐明旭，對西藏問題的表述總是以他「發配」進藏這一悲劇性的開場白，來暗示他的寫作立場既客觀又準確，從而表明他在西藏問題上持所謂「反潮流」的姿態具有表述西藏的權威性。他如此反復地「妖魔化」他的在藏經歷已經成了一個「私人神話」，其目的在於「妖魔化」他已十多年不再去過的西藏。事實上他對西藏問題尤其是今天西藏問題的研究，更多的只是一種純屬文本的聯繫，以及在他自己所營造的一個虛擬的西藏空間中的聯繫，可想而知這裡面可能會有多少真實的成分。換句話說，他的研究以及研究結論只能說明他越發狹窄的想像、越發僵化的總結、越發武斷的觀點而已，「儘管他們試圖使其著作成為寬容客觀的學術研究，但實際上卻事與願違，幾乎成了對其對象的一種惡意誹謗。」

大昭寺門前的乞丐老婦。

　　而所謂「發配」是被當做罪人才如此。徐明旭認定他是因為真實的
寫作而遭到迫害，於是斷言「因為文字的緣故而流放西藏，有史以來我
還是第一人」。且不說這裡面有多少他個人臆想或強化的成分，因為在一
九八〇年代，從內地湧入西藏的大學生、藝術家很多，其中有的就與徐
在同一個單位和部門工作。難道他們都是因為受到迫害而被發配到西藏
的嗎？如果徐是一九五〇年代「反右」期間或「文革」期間進藏，或許
如此，他也就可以理所當然地在個人歷史上擁有這麼頗具悲壯色彩的一

上→拉薩老街上的商店。

下→時尚拉薩的黃昏。

左→賣的佛像。

右→北京東路的藏式歌廳門口在賣豬蹄。

筆，可是，眞要是在那樣的年代受到政治上的迫害，恐怕不是單單「發配」你進藏，而且還把你「發配」到一個實質上在西藏各機關單位中具有一定優越性的文化部門去工作吧，試想一想，在把意識形態看得高於一切的文化部門，安插上一個遭到「發配」的異己分子，這似乎不是黨的一貫作風。所以，他若眞的是被迫害、被發配，他去的地方應該是青海那些龐大的、秘密的監獄或像阿裡、藏北那些無人區，而不是西藏的

藏傳佛教的用品也大都由漢人製作和銷售了。

首府拉薩，更不是擔任一家省級文學刊物的編輯的工作。

　　實際上，徐明旭幾乎每一次都要強調這一經歷，目的在於以這樣的經歷來賦予自己所謂「反潮流」的姿態去表述西藏的權威，以告訴那些沒有這種經歷的人們——尤其是研究者們，因爲他的這樣與衆不同的經歷，所以他所說的、他所認爲的、他所定義的西藏才是最眞實的，才是最瞭解的，才是最深入、最體察、最洞悉，而別人都是或基本上是虛假的。所以爲了給自己的說法賦予合理性，他就得反復地、不厭其煩地、祥林嫂似地重複他的被迫害、被發配，以及常年在藏工作的經歷，正所謂「妖魔化」自己的在藏經歷。

6.

昨晚看一本書直到天亮。書名是《西藏是我家——一個西藏人告訴你一個真實的西藏》，作者是已經七十二歲的紮西次仁。老人的身世之傳奇、苦難，簡直是濃縮了西藏當代那複雜難言的五十年。他出生于後藏的普通農家，曾經是達賴喇嘛樂隊的一位樂手，一九五七年求學印度，後來在美國華盛頓大學學習，一九六四年決意放棄在美國的新生活，回到西藏被分在咸陽西藏民院學習，「文革」時候作為紅衛兵接受毛澤東的萬人接見，接著被當做「間諜」下了大牢，直至一九七八年才獲得自由。以後回到西藏，編撰《英藏漢對照詞典》一書，並開始自籌資金辦學校，以自己的力量在日喀則一帶辦了六十五所學校（包括一所職業學校），資助貧困兒童求學數萬人。他對舊西藏的反感和對新西藏的希望一樣強烈，一樣無奈，都毫無保留地傾注在他對西藏的深深的熱愛之中。正如他總結的：「我一直認為自己是一個西藏的民族主義者，也是愛國者，但是，現在我明白了這些名詞對不同的人會有不同的定義。我自己的觀念也因受歷史的無情壓力而柔和下來了。我堅決地反對回返到古遠的那種像舊式的西藏神權封建社會，但我也不認為改變和現代化的代價必須是失去自己的語言和文化。」

顯然，紮西次仁用畢生講述的西藏是我從未見過的西藏，也是我想像不到的西藏，這裡面有著身世的不同，閱歷的不同，更多的是，在歲月的替換當中，個人的命運浮沉早已註定，無法與更大的力量抗衡。但經歷了這麼多，即使仍有許多疑慮，老人還是說了這麼一句話：「西藏對我來說不只是一種觀念或一種抽象的詞語；那是一個地方——我的

一位畫家為創辦學校的粲西次仁畫了這幅畫。

家。」這句話讓我淚流滿面。眞的，我很難過，很心酸，因爲我體味到了一種同樣的感情。我也希望能夠寫出這樣一本有意義的書，可如果要讓我以我的一生或半生去做代價，我不知道自己有沒有這樣的勇氣。

7.

所以無論如何，關於「西藏」的眞實話語應該由西藏人自己來表達。必須要由西藏人自己來表述西藏。問題在於堅持什麼樣的立場，而

這至關重要。並不因為你是西藏人，你就擁有眞實和準確地表述西藏的權利。你是一個西藏人，這個身份固然在你表述西藏時有了一種可靠，但你若不是一個具有獨立品格和懷疑精神的思想者，你所表述的西藏同樣是依附於某種觀念甚至意識形態的。那麼，你表述還不如不表述！

8.

比如所謂的藏學中心之類機構的表述，奇怪的是在這些機構中的研究人員身上，儘管他們大多來自於所研究的這個民族本身，然而在他們那裡，民族或者民族中的某個群體（比如某個村莊）似乎只是爲其所用的工具。有一位宗教學者，已經著述過數本關於宗教研究的著作，但他本人極少去他筆下出現過多次的寺院，更不用說接觸僧侶了。

9.

如何才能如實地表述西藏呢？或者說，如何才能表述自己？

10.

就像紮西次仁迄今依然揮之不去的疑惑：「……爲誰？爲什麼？現在，我有時會自問：我所想要幫助的是西藏嗎？誰代表西藏？達賴喇嘛？那些過著流亡生涯的舊日權貴？當他們討論重要大事時就讓像我這

上→在大昭寺門口賣水果的民工。

下→這就是拉薩大街。

在街頭跳舞化緣的僧人。

種人等在門後！在西藏的比較進步的知識份子，或是那些流亡到印度、美國，和歐洲去的？西藏是我在德洲奧斯丁遇見的那個藏籍圖書館員嗎？他甚至於怕和我交談，因爲他認爲我是共產黨！西藏是在長武監獄審問我的那個軍人嗎？他要顯得比中國人更中國化！或者是那些在古確的村民？當我要爲他們建立學校的時候，他們立刻就懷疑我的意圖。要不然，就是那個當我已被判爲政治犯時還信任我的那個勇敢的婦人？她就在我急需一個工作的時候，給了我一個職務。我年歲愈大，愈難找到簡明的答案。」

左→拉薩街頭，漢人下棋，藏人觀看。

右→在街頭賣唱的格薩爾藝人。

11.

　　王力雄在《天葬——西藏的命運》中指出：「我們不能將自己置身於那些矛盾之中，把那些對立當做互不相容的獨立事物，在它們中間進行非此即彼的選擇。需要超越那些矛盾，站到俯視它們的高度，將它們視爲統一體，是同一事物之內的不同側面，從而對它們進行整體的綜觀和分析，才能最終找到避免分裂和搖擺的新思路。從這種高度來看，所謂

「國慶」節的帕廓不掛紅旗就罰款。

的西藏問題就不再是僅僅屬於北京和達蘭薩拉的爭執與是非。實際上，
西藏問題是當今人類社會共同面臨的問題的集中反映，是一個合併了各
種矛盾的典型『病灶』。」

12.

對於我來說，我寫下的文字是我內心湧現的文字，我只是我內心的
記錄者，我聽從內心的召喚。當心被打動，被感動，被悸動，被驚動，
被震動，被撼動……我知道，記錄的時候到了。而在西藏，我的心常常

上→在轉經路上彈琴賣唱的孩子。

下→在街頭賣藝的小女孩。

這兩個孩子身穿的是磕長頭者的裝束，
但如今的帕廓街頭也有以此要錢的裝扮者。

處在這樣的狀態當中。有時候，什麼事情都沒有發生，沒有人生也沒有人死，也許只是自己沒有看見而已，因為在無數瞬間當中一個短短的瞬間裡，哪裡看得見許多！可是，就在這個瞬間，你卻突然看見了那樣的光芒！恰恰就是那終日照耀著這塊土地的光芒，在這個再平常不過的時刻，讓你看見了——那光芒，是格外的、美麗的、催人神傷的光芒！

13.

那麼，在我內心湧現的，也正是在他們的內心湧現的嗎？我不知道。儘管我們血脈相連，血緣相繫，血統相關，我還是得說我不知道。但我確實聽見，每當這樣的時候，我們情不自禁，脫口而出的全是一句話，那就是六字真言：嗡嘛呢叭咪吽。我。你。他。她。甚至微風中也充滿了植物或別的生命的喃喃低語，那正是承諾永遠護佑這塊土地的觀世音菩薩留下的真言。請別說我們眾口一詞，異口同聲，我們有了真言難道還需要喋喋不休的廢話嗎？

14.

《天葬——西藏的命運》中有這樣一段也是我想說的話：「也許我只能展開一幅西藏的畫卷，讓你隨我一起在西藏令人神往亦令人心碎的歷史與現實中遨遊。那裡的天湛藍，雪峰耀眼，寺廟金頂輝煌，那裡有青

稞、犛牛、酥油茶和糌粑，幾百萬人民與神靈鬼怪共度了千年寧靜，現在正被碾軋進那片高原的歷史巨輪所震盪。朋友，讓我們一起為西藏未來的命運而祈禱。」

二○○一年五月十九日於拉薩

上→我給喇嘛們拍照。
下→轉囊廓。

後記：關於《名爲西藏的詩》

　　此書原名《西藏筆記》，事實上，二〇〇三年一月，我的散文集《西藏筆記》由廣州花城出版社出版。而這名字似乎過於平實。所以後來我曾思忖，爲何當初竟沒想一個有詩意的名字呢？是不是，正如在七年前的一篇文章中所表達的：「我終於明確了今後寫作的方向，那就是做一個見證人，看見，發現，揭示，並且傳播那秘密——那驚人的、感人的卻非個人的秘密」，而那樣的秘密，因爲不在別處，恰在包括了康和安多、衛藏和其他藏地的雪域西藏，惟有記錄——越來越多的記錄，如實的或者接近「事實」的記錄——或許能夠實現對自我的某種期許。畢竟，「見證」這個詞的份量是很重的，甚至不應該很輕率地隨口就說，我所敬重的一些學者、作家用「故事」、「敘事」、「記憶」等看似平常的詞語來替代，於是我將個人內心轉向之後的寫作輯爲一集，題名《西藏筆記》。

　　《西藏筆記》出版之後很快再版。我高興地看到這樣的反饋：「西藏離我們最近，我們卻對它倍感陌生。因爲他者的眼光，統治了人們對於那片高原的認識。所以，一定有很多人都像我一樣，在等待著藏人的發言——等待著那些能清醒面對劇烈變動的現實，又始終不放棄信仰的藏人的聲音。唯色的聲音是微弱的，可畢竟給了我們一個值得我們全身心地聆聽，並與之對話的西藏」（人類學學者郭淨）；「無論在哈佛廣場，還是在北京街頭，我們都可以毫不費勁地找到各種描寫西藏和討論西藏的書籍。然而在讀唯色的作品時，我找到了自己的聲音和影子。我常對那

些想瞭解西藏的朋友說，如果想近距離地感受今天的西藏，應該看唯色的作品。她筆下的西藏剛看時是如此的迷惘和脆弱，但很快你會發現另一面——清醒的和剛毅的甚至有時顯得固執的西藏。這大概也就是今天的西藏故事」（西藏歷史研究學者才旦旺秋）。

但這本書也引起了當局的不快，被認為有「嚴重的政治錯誤」，遭到查禁。隨後，海外媒體報導「中國查禁了一名藏族作家所寫的觸及敏感宗教問題的書」的消息。至於我個人的命運，竟也因此發生逆轉，被原來所在的體制驅逐，從此成為自由寫作者。

二〇〇四年底，臺灣大塊文化出版公司決定出版《西藏筆記》的海外版。但我提供的海外版與大陸版有所不同。在海外版中，刪除了大陸版中原有的幾篇文章，又增添了大陸版中沒有或者說不敢有的幾篇文章，並且對所有的文章重新做了修訂，另外在章節安排上也做了一些調整。我的編輯李惠貞女士建議修改書名，幾經討論，最終定名為《名為西藏的詩》。正如惠貞在E-mail中所言：「我覺得『詩』的包容性很廣，它是抽象的，有很多思索的空間，可以是美的，可以是哀傷的，也可以是憤怒的。所以，與其用很多詩來描述西藏，我覺得西藏本身就是一首詩。這是我閱讀您的書的感覺。」在此，我向她表示感謝。我更要感謝出現在書中的很多朋友，正是因為他們把自己親歷的故事向我講述，才使我得以記錄下來，形成此書。

而在我終於全部整理完畢，正是我父親的祭日這天。十三年前的十二月二十五日，拉薩大雪紛飛，最愛我的、我最愛的父親突然離開了人世，從此生死兩茫茫。我明白來世我必定還會遇上他，只是我不知道我

們將以什麼樣的關係再續前緣，但我希望還做他的女兒。如果他出家爲僧，那麼我願是他手中的一串念珠。

謹以此書，獻給我的父親澤仁多吉！

二○○四年十二月二十五日於北京

國家圖書館出版品預行編目資料

名為西藏的詩 / 唯色著. ──初版. ──臺北市
：大塊文化, 2006〔民95〕
面； 公分. ──（mark；55）
ISBN 986-7291-90-5（平裝）

855 94025768

LOCUS

LOCUS

LOCUS